Cartas de Amor alvaje(s)

Las cartas más encendidas de la literatura

Paula UIERDO

AGU

Torrelaguna, 60. 28043 Madrid
Teléfono 91 744 90 60
Telefax 91 744 90 93

• Aguilar, Altea, Taurus, Alfaguara, S. A.
Beazley 3860. 1437 Buenos Aires
• Aguilar, Altea, Taurus, Alfaguara, S. A. de C. V.
Avda. Universidad, 767, Col. del Valle,
México, D.F. C. P. 03100
• Ediciones Santillana, S. A.
Calle 80 Nº 10-23
Bogotá, Colombia

Proyecto gráfico y diseño de cubierta: O. M. B.

Fotos: Casa-Museo Unamuno (Salamanca), Contifoto, Cordon Press, Index, Stock Photo, Zardoya.

1ª edición: octubre de 2000

ISBN: 84-03-09208-3
Depósito legal: M-30.681/00
Impreso en España por Anzos - Printed in Spain

A mi familia, salvajemente

Índice

Palabras previas

¿Quién no ha tenido alguna vez su vida entera pendiente de una carta? ¿Quién no ha ansiado hasta la extenuación recibir unas cuantas palabras manuscritas del ser que ocupa de forma permanente y enfermiza su imaginación? Sin más datos que las cartas enviadas o recibidas puede reconstruirse la historia de una pasión. El objeto de este ensayo es descubrir las relaciones pasionales que mantuvieron distintos personajes de la historia de la literatura a través de su correspondencia. Del título, *Cartas de amor salvaje(s)*, se desprende cuál va a ser el sentimiento que predomine en las cartas. El plural entre paréntesis del adjetivo salvaje debe interpretarse en su doble acepción: lo salvaje del amor se encuentra no sólo en las cartas sino también en las relaciones que a través de ellas se pondrán de manifiesto.

El concepto

Antes de acometer la escritura propiamente dicha, fue necesario delimitar la clase de personajes célebres, vidas y pasiones en los que iba basarse el ensayo para dotarlo de homogeneidad y coherencia. Estudiando los epistolarios que han llegado hasta nuestros días, se descubrieron cartas de muy diversa índole escritas por variopintos personajes históricos:

reyes, reinas, emperadores, pintores, músicos, escritores, navegantes, filósofos y un largo etcétera. Si se optó por escoger a los escritores fue debido a que su correspondencia ofrecía el valor añadido de poseer un interés literario intrínseco y, también, porque resultaba muy sugerente conocer cómo se conducían en el ámbito de lo privado aquellos cuya herramienta de trabajo es la palabra escrita y manejan el lenguaje como forma de expresión artística. Si la literatura es entre otras cosas un juego de seducción, ¿qué ocurría en el territorio de la correspondencia íntima donde la seducción cobra un carácter hegemónico?

El siguiente paso fue determinar cuáles eran aquellas relaciones epistolares susceptibles de aparecer en el libro, ya que como era previsible la correspondencia de los escritores es la que ha trascendido en mayor número de ocasiones. Las condiciones para decidir quiénes iban a ser los elegidos fueron que el tipo de vínculo pasional explícito en las cartas tuviera un carácter peculiar en sí mismo y en relación con las demás parejas; que la correspondencia conservada y la documentación biográfica fueran suficientemente exhaustivas, cuando menos para poder relatar y pormenorizar los aspectos más relevantes de la relación epistolar.

Por último, había que establecer qué periodo de tiempo abarcaría el libro, ya que el sentimiento amoroso *versus* pasión es siempre la expresión de cierto modo de vida y de cierta concepción del mundo que son comunes a toda una clase o a toda una época. Se optó por considerar que deberían ser cartas escritas en el último siglo: desde finales del XIX hasta finales del XX, teniendo en cuenta que no se abordaría ninguna relación que siguiera viva en la actualidad. La elección de esta época en absoluto es inocente. La circunscripción a este periodo se decidió valorando dos aspectos. Por una parte, el hecho de que al ser un tiempo inmediatamente anterior al presente, la idea del amor y de las relaciones amorosas es bastante afín a la que hoy impera y, de esta manera, el tipo de relaciones puede ser más fácilmente identificable y comprensible. Por otra, este periodo de la historia se caracteriza por ser una época convulsa y de grandes transformaciones, cuyo punto de inflexión hay que colocarlo en la catastrófica Primera Guerra Mundial.

Así las relaciones epistolares abarcan el tiempo que va desde unos años antes de la pérdida del último vestigio del imperio español en 1898 y la proliferación de los nacionalismos en Europa, pasando por la aparición de los totalitarismos que principian en la Revolución Rusa, y en conflictos bélicos de diferente magnitud como son la Primera Guerra Mundial, la guerra civil española y la Segunda Guerra Mundial. Todos estos escritores, como no podía ser de otro modo, se ven afectados por esta situación de inestabilidad social y de desamparo ante un mundo que se derrumba en lo social y en lo colectivo, cuya consecuencia directa en el ámbito personal es la necesidad de vivir el momento, la exacerbación de los sentidos, la búsqueda sin descanso de la satisfacción individual, del logro particular.

En ciertos círculos intelectuales y artísticos, las costumbres puritanas se relajan e incluso se desprecian, por considerarlas una imposición a la naturaleza humana. En el terreno amoroso, la emancipación de la mujer supone la liberación de su sexualidad, la búsqueda del placer y el descubrimiento del propio cuerpo. Esta equiparación de la mujer con el hombre es un proceso lento y difícil pero sin retorno. La aparición del psicoanálisis traerá consigo una nueva percepción del individuo y propiciará que la búsqueda de nuestras motivaciones se convierta, en cierto modo, en una obligación moral.

En el ámbito estrictamente literario, en los primeros veinte años del siglo, empezó a desarrollarse lo que se daría en llamar el monólogo interior, una de las más poderosas revoluciones del lenguaje de las artes. El *Ulises* de Joyce es una tragedia que se desarrolla en el interior de los individuos, quienes expresan su sentimiento más trascendental: estar a punto de perderlo todo. Joyce refleja de una forma brillante y precisa el estado de ánimo que tiñe una época. Quizá también por esta razón las vanguardias artísticas de principios de siglo no sólo poseen un interés meramente estético, sino también la fuerza necesaria para describir el desasosiego que genera cuestionarse todo lo existente. Las dos guerras mundiales inoculan la incógnita sobre el sentido y la finalidad de la vida como si de un virus se tratara. Ha dejado de haber una sola creencia que permita explicar el mundo, la idea de progreso ha desaparecido, provocando una quiebra de la confianza en la justicia social y en las libertades individuales. El mundo del siglo XX se presenta como un gran cristal que se ha lanzado contra el suelo y ha estallado en mil pedazos.

El terreno personal también se ve afectado por esta sensación de que la vida tal y como se ha vivido y se ha concebido hasta entonces ha perdido su sentido y, por tanto, su finalidad; hay que empezar a vivir con los fragmentos de este mundo roto. El exterminio nazi, el gulag soviético, la bomba atómica en Hiroshima son experiencias que demuestran por primera vez en la historia de la Humanidad que esta tiene capacidad para destruirse a sí misma. En este escenario, el hombre es una criatura desamparada en un universo sin Dios, un ente aislado, egocéntrico, empeñado en enajenar la libertad del prójimo. La aparición del individuo como problema supone el surgimiento del lenguaje como conflicto. Este libro ilumina la intimidad de los escritores y el lenguaje que utilizan para desear en el mundo convulso que los vio nacer. Así la más moderna es la carta enviada por Henry Miller a Brenda Venus, fechada el 29 de septiembre de 1980, poco antes de que el escritor muriera, y la más antigua es la remitida por Emilia Pardo Bazán a Benito Pérez Galdós en 1889, cuando estaban viviendo el apogeo de su pasión secreta. Sin embargo, la gran mayoría de las cartas datan de las primeras décadas del siglo XX, cuando la pérdida de sentido afecta tanto a la concepción del mundo como a la concepción del individuo y de su relación con los otros: el fracaso en todos los ámbitos, incluido el personal, es quizá la característica común en todas las relaciones pasionales que se detallan a continuación, ya fueran estas duraderas o efímeras. Donde el objeto de deseo, el destinatario, no está al alcance y cuando lo está lo que se abraza es el vacío, porque el sentimiento ha desaparecido. El deseo amoroso es anhelo de lo que no se tiene y por tanto lleva implícito un sentimiento de carencia, de incompletud que es inherente al mismo.

LO SALVAJE

La elección de las cartas y de los fragmentos transcritos ha venido marcada por el hecho de que en su contenido se hiciera manifiesta una relación pasional y encendida. De esta forma, el ensayo abarca todo un repertorio de relaciones epistolares que van desde la pasión sublime hasta la correspondencia más escatológica, desde las relaciones heterosexuales a las homosexuales, pasando por las relaciones adúlteras, las no correspondidas, o los triángulos amorosos. Si bien todas estas relaciones se caracterizan por la diversidad de sus formas, lo cierto es que todas ellas se valen de la hegemonía del deseo como motor. El amor salvaje es un amor desenfrenado, enfermizo, violento, donde el sexo alcanza la categoría de expresión sublime o sublimada. Joyce se vuelve exultante en la expresión de su deseo sexual por su mujer, Nora. Desnuda su alma obscena, y la comparte con ella a través de escatológicas escenas. Eluard sale de sí mismo y se convierte en Gala, en su amada, en su ser. Delfina vive durante años de la nostalgia de haber estado "a pocos pasos" de Unamuno; es tan fuerte su pasión que le resulta inconcebible no ser correspondida. Henry Miller, el prototipo de amador, recrea en su imaginación y vierte en las cartas todos aquellos actos de lujuria sexual que hubiera llevado a cabo con la última mujer de sus sueños, Brenda Venus, si no fuera porque la edad y la enfermedad, entonces tiene ochenta y cuatro años, no se lo permitían. Miller sublima su pasión convirtiendo sus cartas en un canto a la nostalgia de la potencia sexual perdida.

La idea de que el deseo siempre es triangular; que sólo deseamos lo que un tercero desea, hasta el punto de buscar que el amado sea infiel para poder renovar nuestra pasión, se reproduce fielmente en la relación que estableció Simone de Beauvoir con Sartre. Dora Carrington y Lytton Strachey mantuvieron un vínculo quizá todavía más sofisticado: cuando Dora conoció a Lytton aborrecía su condición de mujer, en él encontró el sosiego que necesitaba. Las inclinaciones homosexuales de Strachey la libraban de un acto que ella repudia: la penetración. También Violet Trefusis consideraba la penetración como un acto de violación brutal; desde muy pequeña puso los ojos en su amiga Vita Sackville-West quien encarnaba al dandy sensible y deseable que ella necesitaba para la expresión de su sexualidad. Pero los condicionantes sociales de la época eduardiana impidieron que este deseo se cumpliera salvo en contadas excepciones.

Este mismo puritanismo fue el que se ensañó con Wilde, quien llegó a padecer el escarnio social al perder la razón por un joven lord inglés. Su "enajenación" le condujo desde una situación de prestigio social y literario, pasando por la ruina física, mental y social, hasta la tumba. Otra mujer que murió a manos de la pasión, supuestamente envenenada por su amante marroquí, fue Jane Bowles. No hay pruebas determinantes pero sí suficientes indicios como para sospechar que fue su amante quien la envenenó provocándole un prolongado delirio y una muerte en vida. El matrimonio entre Jane y Paul Bowles duró toda la vida a pesar de que cada uno saciase sus apetitos sexuales con amantes de su propio sexo. El alcohol, el delirio sádico, y los celos literarios son algunos de los ingredientes que marcaron el catastrófico matrimonio entre Scott Fitzgerald y Zelda, relación muy diferente sin duda a la que mantuvieron Benito Pérez Galdós y Emilia Pardo Bazán, quienes no sólo no se tuvieron celos sino que se admiraban pública y privadamente; su relación íntima fue corta en el tiempo pero intensa y secreta. El amor de Edith Wharton por Morton Fullerton posee todas las connotaciones del espejismo. Fue una breve pero contundente ilusión en el camino; lo suficiente como para que ella dijera que desde que le había conocido miraba el mundo con otros ojos, fue como un nuevo amanecer en la vida de la escritora que en aquel entonces tenía cuarenta y cinco años. Franz Kafka encontró en Milena la voz de su conciencia atormentada y autodestructiva, rebosante de culpa no sólo por lo que era sino por lo que no podía llegar a ser.

LA FORMA

Desde el punto de vista formal, cada capítulo hace referencia a una relación epistolar y por tanto a una pareja o a un trío. Los fragmentos transcritos de la correspondencia son los que marcan la pauta del relato y desvelan el tipo de relación que estableció la pareja, cómo evolucionó y cuál fue su desenlace. La elección de los fragmentos viene determinada por el contenido erótico o por la posibilidad de iluminar algún aspecto de la relación epistolar. Los capítulos están organizados por orden cronológico, atendiendo a la fecha en que se tiene constancia de que se escribiera la primera carta.

Todos los extractos de cartas han sido transcritos del español, tal y como aparecen en sus traducciones (todas las ediciones se recogen en el apartado correspondiente a la bibliografía), y se han respetado las expresiones, sintaxis, puntuación y ortografía originales; cuando aparece una palabra en otro idioma, se ha añadido a continuación la traducción entre corchetes. El signo de tres puntos encerrados entre corchetes es una convención para señalar que el texto no se reproduce completo.

EL GÉNERO

El género epistolar quizá termine por desaparecer. Hoy en día los amantes no escriben largas cartas de amor, sino que el teléfono, el fax y, cada vez en mayor medida, el correo electrónico sustituyen el moroso ritual de las epístolas manuscritas. Sin embargo, hasta hace muy poco tiempo la carta era la única forma de mantenerse en contacto, de conservar el hilo de la relación, de hacerse presente en la vida del otro. La carta, como objeto, ante la ausencia del amado o amante, se convierte en materia de culto, se espera con urgente ansiedad, minuto a minuto, hora tras otra, hasta que por fin llega a su destinatario, quien acaricia sobresaltado y con manos temblorosas el objeto de su deseo. Una vez leídas y releídas hasta aprenderlas de memoria, captando todos los matices de la voz, bebiendo en ellas cada una de las palabras como si fueran el elixir de la vida, intentando descifrar todas las claves, se atesoran con veneración. Destruirlas con el paso de los años y el acabamiento de la pasión es un gesto común. Sin embargo, gracias al celo de algunos destinatarios de las misivas parte de ellas han sobrevivido al tiempo, quizá al tiempo de la pasión, aunque en cierta medida la pasión sigue presente mientras las pruebas de la misma se puedan revisitar. Este es el objetivo de este ensayo: revisitar los lugares de aquella correspondencia donde la pasión salvaje, ciega, enfebrecida se desbocaba.

En muchas ocasiones la correspondencia regular y diaria adquiere rasgos de diario íntimo. Las cartas tienen como fin vencer la distancia que separa a los amantes, y en este sentido aparecen como una narración del día a día, donde se relatan desde los acontecimientos más prosaicos hasta los estados del alma, o los sueños, como acostumbraban a hacer Kafka o Eluard. Es cierto que a medida que aumenta el grado de fingimiento en la narración epistolar mayor es la aproximación al género novelístico.

La escritura epistolar impone sus pequeñas ceremonias; al ser un género cuyo destinatario es un único interlocutor revela, quizá con mayor precisión, el lugar que el autor se asigna en el mundo según el grado de afectación o sinceridad que se desprenda de su discurso. Pedro Salinas, en su ensayo *Defensa de la carta misiva y de la correspondencia epistolar*, manifiesta que la carta no se dirige exclusivamente a quien la recibe sino que a medida que se van rellenando las hojas "el que escribe empieza a sentirse viviendo allí, se reconoce en estos vocablos". Las intenciones del escritor aparecen necesariamente en el modo en que se dirija a su corresponsal, el grado de complicidad que dé por sentado, el tipo de actuación que sugiera, las estrategias que desarrolle para reclamar la atención, implorar o manipular las emociones del destinatario; su único lector. Lo que resulta indudable es que un escritor profesional nunca descuidará su vínculo con las palabras; una vez esclavizado por el lenguaje, es imposible liberarse.

Sobre el valor artístico de las cartas no hay unanimidad entre los escritores. Henry Miller escribe en una de sus misivas a Brenda Venus que las cartas son el material más inédito y desnudo —desnudo de todo propósito conscientemente artístico—. Y en cierta medida Miller tiene razón, pero no cabe duda de que los escritores no abandonaban su estilo al escribir, o no del todo. En lo que sí acierta Miller es al hablar de desnudez, porque aunque unos más que otros pensaran en la posibilidad de que algún día sus cartas fueran publicadas, hay un primer interlocutor y este es la persona a quien van dirigidas, por eso en ellas se encuentran confesiones íntimas, sentimientos descarnados, manipulaciones rastreras, deseos ocultos e impronunciables salvo para aquel o aquella a quien van dirigidos. Joyce, por ejemplo, tampoco consideraba la carta como una forma literaria de importancia, aunque diariamente agobiaba a los carteros en diferentes partes del mundo con su asidua correspondencia. La distancia con respecto a los destinatarios le hacía sentirse cómodo y escribía cartas no demasiado largas y sin divagaciones. Sus cartas están escritas de una forma que al principio puede parecer opuesta a sus libros. Sus obras de creación son ocurrentes, líricas, audaces. De vez en cuando aparecen en su correspondencia esas cualidades, pero el tono que predomina en ella es irónico, escueto e incendiario. El caso opuesto lo encontramos quizá en Kafka quien en su obra literaria sugiere lo que tiene intención de manifestar, y es sólo a través de la trama, del trasunto de la historia como llegamos a averiguar qué ocultan las palabras, mientras que en sus cartas dice exactamente aquello que quiere decir porque es su conciencia la que habla. La vida y la literatura suelen estar entretejidas y muchas veces leyendo estas cartas uno puede confundirlas. Edith Wharton llegaría a escribir a Fullerton con una perspicaz ironía a propósito de su frustrada pasión: "Tendría que haber recordado que cosas de este tipo suceden sólo en las novelas..."

Los escritores fueron muy prolíficos en este género, no sólo en la extensión de sus misivas sino en el número de cartas que llegaron a escribir. Henry Miller escribió más de mil quinientas cartas a una sola mujer, Brenda Venus, en menos de cinco años; Simone de Beauvoir envió trescientas veintiuna en veintitrés años a su compañero Sartre y Delfina escribió alrededor de ciento sesenta cartas, la mayoría de las cuales quedaron sin contestar. Analizando lo abultado de su correspondencia, se puede pensar que hay autores que escriben sus cartas en la seguridad de que un día serán reunidas en un volumen y publicadas. Esta idea se hizo manifiesta en el curso de las conversaciones que Jean-Paul Sartre mantuvo con Simone de Beauvoir durante el verano de 1974. Sartre entonces explicó lo que para él representaban las cartas: "Eran la transcripción de la vida inmediata... Eran un trabajo espontáneo. Yo pensaba que estas cartas hubieran podido publicarse. Tenía de algún modo el secreto pensamiento de que se publicarían después de mi muerte. Mis cartas han equivalido en suma a un testimonio de mi vida". Otros, como Paul Eluard, desearon lo contrario. En 1946 Eluard escribió a su ex mujer Gala en este sentido: "Espero, estoy seguro, que al igual que yo piensas que debemos evitar dejar, tras nosotros, trazos de nuestra vida íntima". Con estas palabras Eluard sugiere a Gala que se deshaga de las cartas escritas a lo largo de más de tres décadas, desde 1916 hasta 1948. Sin embargo, aunque no sabemos cuáles fueron sus motivaciones, Gala conservó la correspondencia y a su muerte, treinta años después de la de Eluard, las cartas fueron publicadas. Otro caso curioso es el de Unamuno que, a pesar de su rechazo casi virulento a Delfina, guardó celosamente sus cartas de amor no correspondido.

Este ensayo pretende, en definitiva, iluminar las relaciones pasionales que mantuvieron algunos escritores, y vislumbrar su universo más genuino y personal. Los epistolarios revelan los pensamientos más íntimos de los autores y permiten aproximarnos a su esencia. Por último conviene destacar que este no es un trabajo erudito y biográfico, sino un acercamiento a través de su correspondencia al modo en que estos escritores vivieron o sufrieron la pasión. Los fragmentos de cartas —lúcidos, conmovedores, intensos, desesperados, suplicantes— son, por encima de todo, testimonios del deseo, las huellas de una ausencia. En las cartas íntimas se recuperan ciertos aspectos de la poesía trovadoresca donde el ser amado, en este caso sin atender a su género, no está al alcance de la mano sino dolorosamente lejos. Donde el combustible de la fantasía aviva, renueva y complica el infinito juego del deseo. Quizá, como decía Robert Briffault, "¡quién sabe si la auténtica sensualidad humana no es hija de la distancia, no se forja y fomenta en la lejanía del objeto!"

De ratoncitos y otros animales
Emilia Pardo Bazán y Benito Pérez Galdós

La amistad literaria entre Emilia Pardo Bazán y Benito Pérez Galdós derivó en una tórrida relación amorosa, breve pero intensa, no exenta de sobresaltos y vaivenes sentimentales.

Emilia Pardo Bazán nació en La Coruña en 1851, en el seno de una familia acomodada; a su padre le fue concedido por el papa Pío XI el título de conde en 1870. Desde su infancia Emilia mostró un gran interés por la lectura y la escritura. En 1868 se casó y fruto de este matrimonio fueron sus tres hijos. Viajera empedernida, a lo largo de su vida, alternará sus estancias en Galicia y en Madrid, con los viajes por Europa. A los veinticinco años se da a conocer como escritora con un estudio crítico sobre Feijoo y, cuatro años más tarde, publica su libro de poemas, *Jaime*, con motivo del nacimiento de su hijo. A partir de su segunda obra narrativa, *Un viaje de novios*, publicada en este mismo año, inició una intensa vida literaria y social. En 1882 decidió separarse de su marido, José Quiroga, y pocos años después llegó a estar inmensamente enamorada de Benito Pérez Galdós. Quizá un desliz de la joven escritora fue el motivo que desencadenó el distanciamiento de Galdós, aunque ella no dejará de quererle nunca. Las cartas que nos han llegado y que, a pesar de su extrema reserva, Galdós guardó a buen recaudo hasta su muerte, corresponden a la época en que tuvo lugar la relación amorosa. Pardo Bazán era una mujer muy inteligente, gran lectora y una adelantada para la época en que le tocó vivir. Paradójicamente, su forma de entender el amor, libre, sincera y desinhibida, fue lo que le procuró la mayor desdicha.

Benito Pérez Galdós nació en Las Palmas en 1843. Su padre era militar, teniente coronel, y Galdós fue el décimo hijo de la pareja. Al igual que la Pardo Bazán, fue un entusiasta lector desde muy temprana edad, afición que alternaba con la música y la pintura. En 1862 viajó a Madrid con la intención de estudiar Derecho, carrera por la que no se sentía especialmente atraído, y que no terminó hasta 1869. Durante estos primeros años en la capital su actividad se centró en el periodismo, hasta que poco tiempo después decide entregarse totalmente a la creación literaria. Su prolífica obra, sólo comparable a la de Balzac, Zola o Dickens, o los autores rusos, permite que por primera vez desde el siglo XVII las letras españolas vuelvan a situarse al frente de las literaturas occidentales. Galdós, además de construir una ingente obra literaria, disfrutó de una intensa vida amorosa, aunque nunca llegara a casarse. Vivió entre Madrid y Santander, lugar, este último, que utilizaba como refugio y a donde solía ir con dos hermanas y un sobrino.

La influencia recíproca entre Emilia Pardo Bazán y Benito Pérez Galdós es muy importante, no sólo fueron amantes, sino que de esa intimidad vívida y de los vaivenes de su relación germinarán los contenidos o argumentos de algunas de sus mejores obras.

La amistad entre ambos era ya conocida en 1881. En esta época Galdós saboreaba el éxito fulgurante que había obtenido su novela *La desheredada*, y la Pardo Bazán acababa de publicar *Un viaje de novios*, al tiempo que iniciaba una discreta separación conyugal. Doña Emilia era nueve años menor que Galdós, y conocía al escritor cuando él todavía no tenía noticia de la existencia de la que estaba llamada a ser la autora de *Los Pazos de Ulloa*. Sin embargo, pronto ella comenzó a destacar por méritos propios en los círculos literarios, cierto es que no era una mujer que pasara desapercibida, dada su corpulencia y su tendencia a discutir fuera con quien fuera. La condesa de Pardo Bazán alternaba los salones aristocráticos con la bohemia de los cenáculos literarios y poco tardó en darse a conocer, y en abrirse camino en el mundo intelectual. Su aspecto poco agraciado, grandullona como era, más bien feúcha y su carácter extrovertido no ayudaron en exceso a esta escritora que desde el principio tuvo que enfrentarse a las reticencias del mundillo literario, que por entonces estaba constituido casi exclusivamente por hombres. En el prefacio de una de sus primeras novelas, *Un viaje de novios*, doña Emilia revela con rotundidad sus gustos literarios y su admiración por Galdós, Pereda y Alarcón.

La afinidad de la entonces joven escritora con la escuela naturalista quizá fuera una de las razones para que, entre el ya reconocido escritor y la principiante, surja la amistad —probablemente hacia 1884 o 1885—, que se transformaría en pasión exaltada, al menos por parte de Emilia, en el curso de los años. El primer contacto íntimo entre ambos debe situarse en la primavera de 1888 en Barcelona, donde coincidieron con motivo de la Exposición.

La correspondencia que se conserva data de 1889, un año después de que diera comienzo su relación erótica, ya que las cartas de los años anteriores no han perdurado. En una de las primeras, Emilia escribe desde París, ciudad donde ambos se encontraron para asistir a la Exposición Universal. Más tarde realizaron un viaje por el Rin y sus ciudades. A juzgar por cómo los recrea en sus cartas aquellos fueron unos días especialmente felices para ella. De regreso de esta corta estancia juntos, el escritor vuelve a España y doña Emilia reanuda su vida en el "aburrido" París. El mismo día de su separación escribe desolada, echándole furiosamente de menos. La carta está fechada en París, el sábado, quizá fuera el 18 de noviembre de 1889:

> "Triste, muy triste"... como diría un orador de la mayoría, me quedé al separarme de tí, amado compañero, dulce vidiña. Soy de tal condición que me incrusto en el alma de los que me manifiestan su cariño, y el trato va apretando de tal manera los nuditos del querer, que cuando menos lo pienso me encuentro con que estoy atada y no me puedo soltar. Siendo tú quien eres, y tan amable visto de cerca, este afecto tenía que ser doble ó triple de lo que sería en cualquier otro caso análogo, pero con distinta persona. Me quedé —aunque alegrándome de que hubieras cogido el tren— con un velo de sombra negrísima sobre el espíritu; me retiré a mi cuarto como quien se mete en una tumba; me eché en la cama como si me echase al turbio Sena en momentos de desesperación; y desahogué con llanto y traté de olvidar con un sueño oscuro, cargado de pesadillas.

Ambos coincidieron voluntaria o involuntariamente en París, pero lo cierto es que ya entonces el tono de sus cartas es de una gran complicidad. Doña Emilia llama cariñosamente a don Benito con diminutivos gallegos: "miquiño adorado", "dulce vidiña". En su correspondencia, se aprecia un gran sentido del humor y un desparpajo característico de su personalidad arrolladora. La carta, un poco más adelante, continúa:

> Ahora es cuando la p...ícara imaginación representa con lindos colores toda la poesía de este viaje feliz. Ahora es cuando van idealizándose y adquiriendo tonos color rosa, azul y oro, las excursiones de Zurich, las severas bellezas de Munich, las góticas y místicas curiosidades de Nuremberg y en especial la sublime noche de Franckfort —la noche que he sentido tu corazoncito más cerca del mío y tu amor se me ha aparecido más claro, acompañado, *¡ay me!* de remordimientos y escozores, de mi conciencia que distan mucho de haberse aplacado todavía. [...]

> Hemos realizado un sueño, miquiño adorado: un sueño bonito, un sueño fantástico que a los 30 años yo no creía posible. Le hemos hecho la mamola al mundo necio, que prohibe estas cosas; a Moises que las prohibe también, con igual éxito; a la realidad, que nos encadena; a la vida que huye; a los angelitos del cielo, que se creen los únicos felices, porque están en el Empireo con cara de bobos tocando el violín... ¡Ay! cuándo volveré a estrecharte en mis brazos, mono, felicidad mía, cuándo será! Vente pronto a Madrid, te quiero ahora como nunca, y sin ti ya no me encuentro, sin tus caricias, sin tu charla y la miel hiblea-suiza de tus bromas y de tus agudezas que tienen la sal del mundo.

Para despedirse Pardo Bazán firma con el apodo de "Peinetita", y en la postdata añade: "que te besa un millón de veces el pelo, los ojos, la boca y el pescuezo". Ella tenía entonces treinta y ocho años, y a los treinta —edad que menciona en la carta— seguía casada con su marido. Más tarde Emilia conmina a su "ratoncito" para volverse a ver en Madrid, eso sí con precaución y secretismo. Pardo Bazán solía nombrar a su amado utilizando dulces apelativos de animales y diminutivos de toda índole: "mi ratón", "mi ratoncito", "ratonciño", "mono", "minino", "mi caro roedor". Más de una vez también emplea distintas fórmulas para nombrarse: "tu rata", "ratona", "Peinetita", "Porcia" —en referencia a un personaje de Shakespeare, que tanto admiraba Galdós—, "Matilde" o "Matilde o las Cruzadas" —en irónica alusión a unas célebres novelas de Madame Cottin, publicadas en los años treinta y cuya protagonista era una casta heroína—. Estas son algunas de las ironías y juegos románticos que la Pardo Bazán se permite y que muy probablemente Pérez Galdós correspondiera con otros tantos.

La dificultad para glosar las cartas de esta mujer apasionada, tal y como ella misma se califica, es que casi todas ellas carecen de fecha. La Pardo Bazán era muy dada a escribir en el encabezamiento de sus cartas: "Hoy", y el día de la semana en que escribía la misiva. En esta y en otras cartas, Emilia duda de si habrá continuidad en su relación y se pregunta cuándo será la próxima vez que se encuentren. Europa les proporcionaba una clandestinidad que no lograban en España, donde ambos eran ya suficientemente conocidos. Un buen número de sus misivas tienen como objetivo citarse: el lugar, la hora y el día. Muchas veces cuando ambos coincidían en Madrid, se reunían en secreto en la calle de La Palma, al lado de la iglesia de las Maravillas. Sus lugares de encuentro a menudo aparecen denominados como: "Palma Street", o "Maravillas Church". Otras veces emplea el italiano, el francés, o el alemán, también utilizaba galicismos, vulgarismos y todo aquello que se le pasaba por la cabeza, un lenguaje cómplice, coloquial y lleno de sensualidad que ambos compartían.

> Mi ratón: estoy en las agonías de los últimos momentos y por eso seré concisa y expresiva. El plan es salir de aquí mañana temprano hacia Lourdes, y dormir en el santuario, y al día siguiente tomar el olivo hacia Madrid. Por lo cual supongo que llegaremos a la corte o el 8 o el 9, lo más tarde. —Espérame esos dos días (Lunes y Martes) en la Palma, junto a la Iglesia de Maravillas, a la hora convenida.

La carta que escribió Emilia Pardo Bazán, cuando su amante descubre que le había sido infiel, no deja lugar a dudas del fuerte carácter, determinación y sinceridad de la escritora.

> Amigo mío del alma, ante todo, no llames *caridad* a lo que es acendrada ternura. [...]
>
> Acabo de leer tu carta. Voy a sorprenderte algo diciéndote que adivinaba su contenido. Se quien te enteró de todos estos detalles portugueses y comprendí a que aludías al anunciarme un cargo grave. Apelas a mi sinceridad: debí manifestarla antes, pues ahora ya no merece este nombre: sea como

quiera, ahora obedeceré a mi instinto procediendo con sinceridad absoluta. Mi infidelidad material no data de Oporto, sino de Barcelona, en los últimos días del mes de marzo —tres después de tu marcha.

Perdona mi brutal franqueza. La hace más brutal el llegar tarde. Y no tener color de lealtad. Nada diré para excusarme, y sólo a título de explicación te diré que no me resolví a perder tu cariño confesando un error momentáneo de los sentidos fruto de circunstancias imprevistas. Eras mi felicidad y tuve miedo á quedarme sin ella. Creía yo que aquello sería para los dos culpables igualmente transitorio y accidental. Me equivoqué: me encontré seguida, apasionadamente querida, y contagiada. Solo entonces me pareció que existía problema: solo entonces empecé a dejarme llevar hacia donde —al parecer— me solicitaban fuerzas mayores, creyendo que allí llenaba yo mayor vacío y hacía mayor felicidad. Perdóname el agravio y el error, porque he visto que te hice mucho daño; a ti, que solo mereces rosas y bienes [...]

La Pardo Bazán se disculpa en esta carta de un romance que vivió con José Lázaro Galdiano. Los hechos ocurrieron de la siguiente forma. En 1888 Galdós viaja acompañado por dos amigos a la inauguración de la Exposición en Barcelona. Por su parte, la Pardo Bazán también acude a la cita, coincidiendo en el tren. Emilia en la celebración de los Juegos Florales estuvo acompañada por el escritor catalán Narciso Oller. Pasados los días, José Lázaro Galdiano se prestó a sustituir a su amigo Oller en su labor de acompañante. De esta forma Lázaro Galdiano se hizo cargo de su admirada escritora y durante unos días vivieron una pasional aventura, con excursión a Arenys de Mar incluida. Él era diez años menor que la rica, influyente y prestigiosa escritora. Parece que tiempo después Oller contó a su amigo Galdós este desliz de doña Emilia. No deja de ser curioso que ella iniciara de forma simultánea una relación íntima, amorosa y sexual con dos hombres, ya que ambas coinciden en el tiempo y se producen en la primavera de 1888. La relación erótica entre los escritores siguió su curso durante el verano, cuando viajaron a Italia, y el otoño. Aunque parece que este no era el único devaneo que mantenía Galdós, ya que también se veía con una modelo o ex modelo del pintor Sala, llamada Lorenza Cobián González.

Volviendo a aquel apasionado septiembre de 1889, de encuentros clandestinos y viajes por Europa, es entonces cuando, quizá por despecho ante la traición de la escritora, Galdós empieza a distanciarse de doña Emilia. A finales de 1889 ella intenta remover los recuerdos y despertar del letargo sensual en el que creía sumido al escritor. La explicación que da para justificar su infidelidad es muy típica de la escuela naturalista; la irrupción de lo instintivo con tal fuerza que nada lo puede frenar; son cosas de la naturaleza, de la realidad que se impone. La consecuencia de este episodio no sólo se manifiesta en el alejamiento o retraimiento del escritor que se siente turbado y humillado, sino también influye en el contenido y la temática de sus obras. Galdós tratará sobre la infidelidad femenina en *La incógnita* y en *Realidad*. Por su parte, la Pardo Bazán escribirá *Insolación*, una novelita donde atribuye la entrega de su protagonista en brazos de un atractivo joven a las circunstancias del inmenso calor imperante, es decir, a la insolación en la pradera, con lo que se disculpa a sí misma de su abandono en Barcelona en brazos de Lázaro Galdiano, atribuyendo su infidelidad a factores externos.

Lo interesante es ver cómo cada uno reinterpreta en la ficción el mismo episodio extraído de la realidad según sus convicciones más profundas respecto a las cosas del amor. Para ella es una historia galante, frívola, sin trascendencia, hasta epidérmica y divertida y, en cambio, para Galdós es algo trágico, que le afecta profundamente; ella lo lamenta y se duele pero su carácter le impide convertirlo en un drama. Esta es una de las cartas escritas en las últimas semanas de 1889. Parece que Galdós no ha acudido a su cita.

Minino:

[...] Al ver esto, y ver que en el fatídico reloj sonaban la media, y transcurría tiempo, y las siete apropincuaban, huí del impuro nido. El Martes allí tendrás a tu Suriña. Se me hace tiempo largo; la *metá* de mis deseos, cual huye ante mis asombradas pupilas. ¡¡Ah! ¡Oh! Seductor, no me fascines con tu serpentina lengua! [...]

En cuantique te vea te como.

En las siguientes cartas doña Emilia le invita a que se encuentren en su nido de amor y se esfuerza en retener el deseo de él:

Por otra parte, yo, que me conozco y que a falta de ciertas cualidades de perseverancia tengo el deseo vivísimo de conseguirlas, y aún la esperanza y la fé invencible en ellas y de ellas, temo al efecto del aislamiento y de la separación exterior. Crea V. que eso, amigo, no es bueno para la pasión, al menos en mi. Si la órbita se te para demasiado, corro gran peligro. Hubo ocasiones en que nuestra excesiva separación exterior me mortificó, me enfrió y me llenó de tristeza: yo conocía que así estaba bien, que tenía V. razón sobrada; todo era verdad; pero allá en mi alma quedaba un vacío. A mi edad ya se necesita además de la furtiva felicidad, la compañía y sostén: yo vivo aquí tan sola. Le descubro a V. mis más íntimos sentimientos, verdad que no lo lleva V. a mal y en algo me excusa. Yo quisiera que este error mío —si lo es— fuese el último. Si vienen días de prueba... ¿verdad que contaré con V.?

Unos días más tarde, la Pardo Bazán escribe saboreando un tiempo pretérito de felicidad al lado del escritor:

Imposible parece que después de lo muchísimo que charlamos ya en los fementidos y angostos lechos germánicos, ya en los lujosos vagones, al amparo de los feld-marisca-

> les que nos abrían la portezuela y nos llamaban príncipes, quede todavía una comezón tan grande de charlar más, y un deseo tal de verte otra vez en cualquier misterioso asilo, apretaditos el uno contra el otro, embozados en tu capa ó en la mía los dos a la vez, ó tumbados en el impuro lecho, que nuestra amistad tiernísima hace puro en tantas ocasiones. Si yo me acuesto contigo, y me acostaré siempre, y si es para algo execrable, bien, muy bien, sabe a gloria, y sino, también muy bien, siempre será una felicidad inmensa, que contigo y solo contigo se puede saborear, porque tienes la gracia del mundo y me gustas más que ningún libro.
>
> Yo sí que debía renunciar a la lectura y deletrearte a ti solo. ¿Qué mejor obra, entre las tuyas, que tu espíritu mono, simpático y fresco? Ven luego, ven, que me haces falta. Hay mil corrientes en mi pensamiento que solo contigo desahogo. Ven, Santander ya debe de estar feo, frío, gris y aburriente.

Galdós probablemente acudiera a su llamada y atendiera sus requerimientos, porque en la siguiente carta que se conserva la escritora inicia la misma haciendo referencia a lo que parece un encuentro previo. Está escrita desde el Hotel Victoria de Madrid:

> Mi siempre amado (siempre, siempre), ¡tu cartita me da un rato más bueno! Contaba con ella como epílogo a los sabrosos *marrons glacés* del último día. He encontrado este papel, y por recordar épocas gratas para los dos [...]

No se sabe cuál es la clave de los *marrons glacés*, quizá se trate de un juego sexual, ya que ella lo subraya, o simplemente de los dulces con que Galdós la obsequió.

> De mis picardías, ¿qué quieres que te diga? Tu eres más indulgente para ellas que yo misma; tu las explicas y las perdonas, yo tengo instantes en que no las sé perdonar, aunque

me las explique aquella lógica interior que nos ayuda a comprender nuestras propias acciones por más disparatadas que sean. Lo que debe constar y no se escapa a tu inteligencia es que nada hay de humillante, para ti, en lo ocurrido. [...] Si el público supiese que tu y yo... vamos, entonces aún se podría compaginar eso de las humillaciones pero el público, gracias a tu maquiavelismo, está hecho un papanatas [...]

En fin, tu me has perdonado, tu me has estrechado contra el corazón prodigándome nombres dulces y cariñitos inefables; aquella pasión que yo creía amortiguada se ha revelado como la pasión debe ser viva, ardiente y hasta absurda, divinamente absurda; tu absolución y mi franqueza, aunque tardía, siempre meritoria, me han reconciliado conmigo misma. [...] No deseo ciertamente que me hagas una infidelidad, no; pero aun concibo menos que te eches una amiga espiritual, a quien le cuentes tus argumentos de novelas. A bien que esto es imposible; verda, mi alma, ¿que es imposible?

Ya veo que tuerces el hocico, pensando "aquí sale el cariño eterno y santo. Reniego de él". No es eso, fachita, no es eso. Es que estimo en ti lo que solo en ti se encuentra, sin dejar de saborear lo otro, que es mejor por ser tuyo. En prueba te abrazo fuerte, a ver si de una vez de deshago y te reduzco a polvo. En cuanto yo te coja, no queda rastro del gran hombre.

A juzgar por la respuesta de Emilia, parece que Galdós retorna en sus cartas una y otra vez al peliagudo asunto de la infidelidad. También se deduce de su insistencia en aquel episodio que para él sus infidelidades hacia la escritora no eran tales o, al menos, no tenían la categoría de traición. Unos meses más tarde Pardo Bazán escribe:

Yo haría por ti no sé qué barbaridad. Ahora conozco que no había frialdad en ti durante aquella época en que se me figuró verte un poco desaborío; pero también yo he de reconocer la verdad de los hechos: cuando adquirí el convencimiento de que te inspiro verdadera pasión, con todos los caracteres de tal, ha sido de dos meses acá; mejor dicho, desde que me escribiste aquellas epístolas que te restituí.

Poco después con motivo de la publicación de *La incógnita* de Galdós e *Insolación* de Pardo Bazán, esta escribe refiriéndose al argumento de la novela del escritor:

Ya he leído la Incógnita, como supondrás. Es cosa rara. Cuando tú escribes, eres tan nihilista e insensato como sensato y ministerial y burgués en la conversación. [...] Me he reconocido en aquella señora más amada por infiel y por trapacera. ¡Válgame Dios, alma mía! Puedo asegurarte que yo misma no me doy cuenta de como he llegado a *ésto*. Se ha hecho ello solo; se ha arreglado como se arregla la realidad, por sí y ante si, sin intervención de nuestra voluntad, o al menos, por mera obra del sentimiento, que todo lo añasca.

Yo no soy tan pesimista como tú. Espero que se repitan aquellas escenas deliciosas. No hemos hecho más que arrimar la manzana a los dientes, esta es la verdad., no hemos agotado, ni siquiera bebido a boca llena el dulce licorcito que nos podemos escanciar el uno al otro.

Emilia sigue enamorada de Galdós, aunque parece que él ya ha tomado una decisión respecto a ella, de hecho durante el año 90, el voluble escritor y amador infatigable estaba más próximo de la humilde Lorenza Cobián que de la audaz escritora, mientras trabajaba en la primera parte de *Ángel Guerra* en su nueva casa de Santander. Pocos días después doña Emilia se muestra como siempre arrebatada de amor y contesta a una carta de él:

¿Quieres que te diga la verdad? Siempre me he reprimido algo contigo por miedo a causarte daño físico; a alterar tu querida salud. Siempre te he mirado (no te rías ni me pegues) como los maridos robustos a las mujeres delicaditas y tiernamente amadas, que tiene con ellas *menágements*. Por lo demás, y autorizada y rogada por ti, lo fácil y lo agradable para mí es hacerte mil zalamerías. A eso me inclina no solo el cariñazo que te tengo, sino mi condición de gallega arrulladora y mimosa. Verás cuantas tonterías hago y digo. ¿Apostemos a que vas a reirte?

Pánfilo de mi corazón: rabio también por echarte encima la vista y los brazos y el cuerpote todo. Te aplastaré. Después hablaremos dulcemente de literatura y de Academia y de tonterías. ¡Pero antes te morderé el carrillito!

Emilia sabía que estaba perdiendo a su "ratonciño", conocía de sobra lo mucho que le gustaban las mujeres a Galdós. El sexo y la intimidad habían jugado un papel importante en esta relación y ella se retrotrae constantemente, reiteradamente, en sus cartas a los momentos de placer que han vivido juntos en un intento de volver a la intimidad perdida ya sea en "el asilo", o en "Palma Strasse". La correspondencia se sucede con regularidad pero pocos días después, ella da respuesta a una carta de Galdós en la que debió de sugerirle que dieran por terminada la relación:

También me parece imposible, por ahora, que renuncies a mi enteramente. No sé si algún día la consideración de mis malas partidas llegará a extirpar la inclinación que hoy te inspiro; pero también puede suceder que la comunidad de gustos, de ideas y de almas haga eterna en ti (en mi lo será siempre) la necesidad de un trato que entre los dos siempre ha de teñirse con unos colorcitos de amor muy dulces. Qué, ¿no has sido feliz esas últimas tardes? ¿No me dabas el alma hasta las últimas raíces? ¿Pues por qué te atormentas en batallar con *eso*? Imaginate —imaginémonos— que estoy casada ante el cura, con todas las formalidades, y que tengo el convencimiento intimo de que un divorcio acabaría, moral-

> mente, con el compañero. Construyamos así, con la libertad del arte, la situación que la sociedad podría darnos hecha y que tendríamos que soportar entonces. —Lo que si es preciso, y se realizará, es que no haya para mí ya ni la contingencia de una nueva aventura. No la habrá, no la habrá, no la habrá [...]

En 1891 Pardo Bazán funda su revista, el *Nuevo Teatro Crítico*, y en ella dedica varios artículos a su amado Galdós. Pero él está en otros quereres como demuestra el nacimiento de una niña, María, en enero de este año fruto de su relación con Lorenza Cobián González, lo que indicaba que ya en mayo o junio de 1890 habían mantenido relaciones íntimas. Esta fue la única hija que Galdós reconoció, nacida cuando el escritor tenía cuarenta y siete años. Es extremadamente delicado especular sobre la posibilidad de que hubiera tenido otros hijos anteriormente, y no hay que fiarse de las afirmaciones que hizo un fiel sirviente del escritor, quien habló de que Galdós había tenido por lo menos diez hijos más. Lo que sí parece lícito afirmar es que don Benito era un Don Juan, de grandes y variados apetitos sexuales. El batiburrillo sentimental y erótico que mantuvo con muchas de sus amantes —generalmente de extracción humilde—, le obligó a pagar en diferentes ocasiones su silencio o su manutención, pero él era generoso y no le dolía el bolsillo cuando se trataba de dedicarlo a estos menesteres.

En 1892 Concha Morell, una aspirante a actriz, serviría a Galdós de modelo para escribir *Tristana*. A Pardo Bazán no le gustó esta novela porque en ella se revela la personalidad maquiavélica del escritor, lo único a lo que Emilia temía. La relación con la Morell se había iniciado a mediados de 1991.

A pesar de que la pasión amorosa entre Emilia Pardo Bazán y Galdós se había enfriado hasta llegar al punto de congelación, ambos escritores se siguieron los pasos, sobre todo los literarios, a lo largo de la vida, y mientras Galdós callaba ante la crítica de sus amigos hacia la escritora, doña Emilia, más fina y más exuberante, sólo tuvo elogios para él y su creación literaria imparable.

Las cartas que han sobrevivido de la Pardo Bazán son interesantes, divertidas y asombrosamente sinceras, pero sobre todo reflejan una personalidad muy adelantada para su época: la separación del marido, su concepción del amor y del sexo, la búsqueda de la satisfacción y del placer en las relaciones amorosas, y vivir cada momento hasta sus últimas consecuencias nos hablan de una mujer fuerte, enérgica y poco comprendida por sus coetáneos. También a través de las respuestas de la escritora se vislumbra la personalidad de Galdós, hombre bueno y sufrido, apasionado y orgulloso, enfermo y más de una vez con un comportamiento desconcertante en el terreno amoroso.

El día de la muerte de Benito Pérez Galdós, cuando contaba setenta y un años, fueron a velarle distintos políticos y gente de la cultura; una de las primeras en llegar fue Emilia Pardo Bazán. Habían pasado veinte años, pero el tiempo no deteriora los sentimientos cuando estos son tan sublimes. Ella murió un año después.

Muchachos en flor
Oscar Wilde y Lord Alfred Douglas

Si hay algún nombre que destacar en la biografía de Oscar Wilde, este es el de Lord Alfred Douglas. Fue su gran pasión y el hombre que le arruinaría la vida. El fatídico primer encuentro se produjo en enero de 1891. Wilde se quedó fascinado por el joven aristócrata, dulce y arrogante, inteligente y bello, que miraba admirado al corpulento y pálido escritor.

Wilde en aquella época ya estaba disfrutando de las mieles del éxito social y literario gracias a la reciente publicación de su novela *El retrato de Dorian Gray*, y en Londres se habían estrenado cuatro obras de teatro que habían logrado un progresivo éxito. Vivía embriagado de popularidad, ni él mismo llegaba a creer el lugar que había alcanzado; sin embargo, su fatal destino se cernía sobre él, y Wilde lo abrazó complacido sin sospechar la trampa que se ocultaba bajo la forma de una felicidad infinita.

Oscar Wilde había nacido en Dublín en 1854, era el segundo de tres hermanos. Tanto su hermano mayor Willie como él fueron a uno de los mejores colegios de Irlanda, Portora. Ya de pequeño Wilde resultaba un conversador excelente y divertido, y de un ingenio mordaz. Siendo un adolescente se dio cuenta de que la vida de los libros había empezado a interesarle más que la vida real. Terminado el colegio obtuvo una beca para estudiar en el Trinity College. En 1871 entró en la universidad, acababa de cumplir diecisiete años, era un joven brillante, decidido y se dedicó en cuerpo y alma a lo que más le gustaba hacer: devorar ávidamente lo mejor de la literatura inglesa. Por entonces era ya un cumplido humanista. “Fue la fascinación por la literatura griega, el deleite que me producían la vida y el pensamiento griegos lo que hizo de mí un humanista”, dijo Wilde en una ocasión a su amigo Frank Harris.

En 1876 siendo aún estudiante de Oxford su padre murió. Una vez acabados los estudios había llegado el momento de conocer mundo y vivir por sí mismo lo que hasta entonces sólo había experimentado a través de los libros. Se había convertido en un joven extravagante, llevaba el pelo muy largo, tenía los ojos eternamente perdidos en el más allá, vestía de forma grotesca, la desmesura de su cuerpo —heredada de su madre— le proporcionaba un aspecto elefantiásico, pero su desparpajo, humor, vitalidad y encanto le granjearon la amistad de muchos de sus compañeros. A los 29 años se casó con Constance Lloyd con quien tuvo dos hijos. Hasta los treinta años Wilde había reprimido su inclinación sexual, y sólo había mantenido relaciones con mujeres. Ser homosexual en la Inglaterra victoriana era un ultraje a la moral establecida, pero en 1886 Robert Ross lo sedujo y se lo llevó a la cama.

Unos años más tarde, en el otoño de 1891, Wilde invitó a tomar el té a su casa, en el número 16 de Tite Street, a su amigo Lionel Johnson y a un joven compañero de este llamado Lord Alfred Douglas. Lionel le había hablado anteriormente de Douglas —Bosie para los amigos—, los dos estudiaban en Winchester, y Lionel estaba gratamente sorprendido del joven y vanidoso poeta.

Wilde se enamoró perdidamente de este joven caprichoso y “bello como una mujer”. Aunque no sólo le impresionó su belleza sino también su posición social. Lord Alfred Douglas, que por entonces tenía veintiún años, era el tercer hijo del marqués de Queensberry. No hay que olvidar que

Oscar Wilde era, entre otras muchas cosas, un grandísimo y encantador esnob, como sólo un artista inglés puede serlo. Además, Douglas ostentaba uno de los más grandes apellidos de la historia británica.

Wilde había encontrado en Bosie la reencarnación del ideal de belleza griego. Después de este primer encuentro se vieron con regularidad, pero no fue hasta finales de año cuando se estabilizó la relación. Entonces empezaron a mostrarse juntos en público y pasaban breves temporadas fuera de Londres. Era una pareja extraordinaria que se complementaba no sólo en espíritu, sino también en carácter. Wilde era un hombre culto y erudito, y había alcanzado un elevado prestigio como escritor de talento original. Lord Alfred Douglas había heredado de su madre el gusto por la literatura y, aun siendo tan joven, daba muestras de un peculiar sentido musical para la poesía. En cuanto al carácter, Wilde era amable, bondadoso y fácil mientras que Douglas resultó arrogante, temerario y despótico. El escritor se había construido una idea de lo que debe ser un artista que no sólo se traslucía en su forma extravagante de vestir —zapatillas de charol, bombachos de terciopelo, flores en el ojal, abrigos de pieles—, sino en su búsqueda de nuevas y gratificantes experiencias que le llevaron a rodearse de extrañas y nada recomendables compañías. En 1893, mientras Bosie pasaba una temporada en Egipto, Oscar se refugió en los brazos de jóvenes lacayos y mozos de cuadra. En cierta medida a Wilde siempre le sedujo el peligro, los abismos del placer, parecía cada vez más atraído por su propia destrucción. "Era como un festín con panteras. El peligro era la mitad de la emoción", llegó a decir años después rememorando esta época de perdición.

Douglas se deshizo de muchas de las cartas que le envió el escritor, ya que con el transcurso de los años, y una vez muerto Wilde, el pequeño Bosie abominó de su pasado homosexual y quiso reconducir su vida de lord casándose con una joven de buena familia.

En esta carta, Wilde hace alusión a un soneto que Douglas le había enviado a Babbacome Cliff donde estaba pasando unos días. El joven lord inspira a Wilde las más bellas frases de amor. La carta está escrita a principios de 1893, dos años después de haberse conocido:

> Mi Muchacho,
>
> Tu soneto es absolutamente delicioso, y es un portento que esos labios tuyos, rojos como pétalos de rosa, hayan sido hechos tanto para la música o el canto, como para la locura de los besos. Tu alma delgada y áurea camina entre la pasión y la poesía. Sé que Jacinto, al que Apolo tan locamente amó, fuiste tú en los días griegos.

Esta carta fue motivo de chantaje: Oscar, en aquella ocasión, actuó con astucia y la recuperó a cambio de media libra. Pero su buena suerte no iba a durar eternamente. Más tarde, en 1895, esta misma carta, junto con otras, fue utilizada contra Wilde en uno de los procesos a los que fue sometido. La siguiente epístola, que también fue leída durante el juicio, refleja el grado de turbulencia que adquirían a veces sus relaciones. Douglas era muy dado a hacer escenas en público, algo que perturbaba tremendamente al escritor. Wilde escribió esta misiva en el Savoy Hotel de Londres, en marzo de 1893.

> El más querido de todos los muchachos,
>
> Tu carta era deliciosa, vino rojo y amarillo para mí; pero estoy descontento y triste. Bosie, no debes hacerme escenas. Me matan, destruyen la hermosura de la vida. No puedo verte tan griego y grácil, desfigurado de furor. No puedo oírte decir, con los labios torcidos, cosas abominables contra mí. Preferiría ser chantajeado por todos los chulos de Londres a verte amargo, injusto, odiando. Necesito verte enseguida. Tú eres lo divino que deseo, y lo encantador y lo bello; pero no sé cómo hacerlo. ¿Debo ir a Salisbury?

Durante todo el mes de marzo Wilde estuvo alojado en el Hotel Savoy. La madre de Douglas poseía una casa en Salisbury, donde el joven pasaba largas temporadas, al amparo de su amada progenitora. Al final de esta carta Wilde se queja del poco dinero que tiene. Una de las consecuencias de su atormentada relación con Douglas fue que el escritor se dedicó a dilapidar el dinero que conseguía con sus éxitos literarios y teatrales para estar a la altura de los caprichos de su joven lord. A Wilde siempre le había gustado vivir bien, y al lado de Douglas mantuvo un nivel de vida muy por encima de sus posibilidades.

En julio de 1894 Wilde escribió, exaltado, fuera de sí, esta carta a su "querido muchacho" desde el Club New Travellers:

> Realmente es absurdo, pero *no puedo vivir sin ti*. ¡Eres tan deseable, tan maravilloso! Pienso en ti durante todo el día, y echo de menos tu encanto, tu adolescente belleza, la brillante espada de tu ingenio, la delicada fantasía de tu talento, tan sorprendente siempre en sus repentinos vuelos, cual golondrina, hacia el norte o el sur, hacia el sol o la luna —y sobre todo, a ti mismo—. Lo único que me consuela es lo que la Sibila de Mortimer Street (a quien los mortales llaman Mrs. Robinson) me ha dicho. Podría descreerla, pero no quiero, y sé así que a principios de enero tú y yo haremos juntos un largo viaje, y también que tu preciosa vida irá siempre mano a mano con la mía. Mi querido y maravilloso muchacho, espero que te encuentres radiante y feliz. [...]
>
> Londres es un desierto sin tus delicados pies, y todos los ojales se han puesto luto: ortigas y cardos "es lo único que debiera llevarse". Escríbeme unas líneas, y recibe todo mi amor —ahora y por siempre—.
>
> Siempre y con devoción. Pero no tengo palabras para decirte cuánto te quiero.

La Sibila, una pitonisa de moda en aquella época, anunció el futuro de la pareja aunque sólo en parte; es cierto que en enero de 1895 hicieron un viaje juntos a Argelia. Pero lo que no supo adivinar es que sus vidas se separarían poco después, cuando Wilde fue procesado y encarcelado. Aunque sí hay que admitir que en cierta medida y, entendido como metáfora, la Sibila acertó también en su segunda profecía: Wilde vivió de la mano de Bosie hasta su muerte. Y Bosie, a pesar de sus reiterados intentos de borrar su pasado, jamás pudo deshacerse del vínculo que le unió para siempre al escritor.

Oscar Wilde construye con las palabras un jardín del Edén para su amado. La constante alusión a la belleza de las flores, comparándolas con su enamorado y su prosa de un lirismo feroz dan muestra no sólo de sus sentimientos encendidos, sino de la inspiración que estos provocan en su ya magistral manejo del verbo. En esta carta el escritor entrecomilla la frase: "Es lo único que debiera llevarse", porque transcribe un parlamento de una obra de Shakespeare, *Como gustéis*.

En verano de 1894, Oscar Wilde se había retirado a su casa de Worthing con su familia. Más tarde, cuando su mujer y sus hijos regresaron a Londres, Lord Alfred llegó y pasaron unos días con una serie de jóvenes amigos. Los dos sentían una especial atracción por los jovencitos de clase baja. Solían ser muchachos que destacaban por su belleza y con los que ambos mantenían relaciones sexuales y, por tanto, compartían. Una vez se hubo ido Bosie, Wilde le envió esta carta fechada en agosto de 1894:

> No estoy haciendo nada aquí, salvo bañarme y escribir teatro. Mi obra es realmente muy divertida, estoy totalmente encandilado con ella. [...]
>
> Percy se marchó un día después que tú. Habló mucho de ti. Alphonse goza todavía de favor. Él es mi único compañero, además de Stephen. [...]

> Querido, querido muchacho eres para mí más de lo que nadie piensa; eres la atmósfera de la belleza a través de la cual veo la vida; eres la encarnación de todas las cosas amables. Cuando no estamos en armonía, los colores huyen para mí de las cosas, pero en realidad nunca estamos sin armonía. Pienso en ti día y noche.

Wilde se refiere a la comedia que estaba escribiendo y que se llamaría *La importancia de llamarse Ernesto.* Se desconoce la identidad de Percy y Stephen, pero el tercer muchacho al que hace alusión en su carta se llamaba Alphonse Conway, y era vendedor de periódicos. Este testificó, como muchos otros chicos de su misma condición, en contra del escritor en su procesamiento.

El comienzo de la caída en desgracia de Wilde está estrechamente vinculado al inicio de su relación sentimental con Lord Alfred Douglas. Fue el padre de este el que le insultó en público llamándole sodomita y le prohibió volver a ver a su hijo, amenazándole con matarlo si no obedecía. Sin embargo, Wilde llevado por su pasión e instigado por el joven Bosie, quien odiaba cordialmente a su violento padre, decidió querellarse contra Lord Queensberry por difamación. Pronto Wilde retiró la denuncia, pero ese mismo día el abogado de Queensberry denunció a Wilde por ultraje a las buenas costumbres, por depravado sexual. La vida privada de Oscar Wilde fue criticada y reprobada por multitud de periódicos, y la opinión pública le condenó antes incluso de ser juzgado. Todo Londres había dictado sentencia; Wilde debía pagar por su obsceno comportamiento. Si algo caracterizaba a la sociedad victoriana era su puritanismo a ultranza y su violenta homofobia.

De entre las cartas que se conservan de Oscar Wilde la siguiente quizá sea una de las más desgarradoras. Wilde la escribió la primera noche que durmió en la cárcel, el 29 de abril de 1895. Su detención fue la señal para una orgía de odio filisteo tal y como Londres no había conocido nunca:

Esta carta es para garantizarte mi inmortal, mi eterno amor. Mañana todo habrá concluido. Si prisión y deshonor son mi destino, piensa que mi amor por ti y esta idea, esta aún más divina fe, de que me amas recíprocamente, me sostendrán en mi desgracia y me harán capaz, espero, de soportar mi aflicción con más paciencia. Puesto que la esperanza, o mejor aún la certeza, de encontrarte de nuevo en alguna parte es la meta y el estímulo de mi vida presente, ¡ah!, debo continuar viviendo en este mundo precisamente por eso. [...] No te expongas solo a Inglaterra por ninguna razón, sea la que fuere. Si un día en Corfú o en una isla encantada, hay una casita en la que podamos vivir juntos, ¡oh!, la vida sería más dulce de lo que nunca ha sido. Tu amor ha abierto las alas y es firme, tu amor viene a mí atravesando los barrotes de mi prisión y me conforta, tu amor es la luz de todas mis horas. [...]

Este mismo día había concluido el primer proceso contra él. En la carta también relata cómo, a instancias de sus acreedores, el juez ordenó la venta de cuanto tuviese de valor en su casa de Tite Street. El destino se ensañaba con Wilde; la carta, llena de oscuros presentimientos, sigue así:

Espero que tengas ejemplares de todos mis libros. Todo lo mío se ha vendido. Alargo hacia afuera mis manos buscándote. ¡Ojalá viva para tocar tu pelo y tus manos! Sé que tu amor cuidará de mi vida. Si muriera, deseo que vivas una amable y tranquila existencia en algún lugar, con flores, cuadros, libros y mucho trabajo. Te estoy escribiendo esta carta en medio de un gran sufrimiento; todo un largo día en el tribunal me ha agotado. Queridísimo muchacho, el más dulce entre todos los jóvenes, el más amado y el más amable. ¡Oh! ¡Espérame! ¡Espérame!

Dos días más tarde el jurado manifestó que no había sido capaz de llegar a ninguna conclusión, por lo que se ordenó un segundo proceso. Mientras tanto, y a la espera de este segundo juicio, Wilde quedó en libertad bajo fianza. En las cartas que escribe a Lord Alfred Douglas, aterrado ante la posible decisión del jurado en su contra, su relación enfermiza y aniquilante es sacralizada; él, que ha conseguido la gloria, está dispuesto a darlo todo por su pasión. Hay en cierto modo una especie de resignación cristiana. En una de estas cartas, dirigidas a su adorado muchacho, Wilde señala con la lucidez del enajenado:

> Todo gran amor tiene su tragedia, y ahora le ha tocado el turno al nuestro; pero el haberte conocido y amado con devoción tan profunda, haberte tenido como parte de mi vida, la sola parte que ahora considero hermosa, es para mí suficiente. A mi pasión le fallan las palabras, pero tú puedes comprenderme, sólo tú. Nuestras almas están hechas una para la otra, y por conocerse a través del amor la mía ha superado muchos males, comprendido la perfección y entrado en la esencia divina de las cosas.
>
> El dolor, si vuelve, no permanecerá para siempre; ciertamente, un día tú y yo nos encontraremos de nuevo, y aunque mi rostro sea una máscara de pesadumbre y mi cuerpo esté decrépito por la soledad, tú y sólo tú reconocerás el alma que es más hermosa porque encontró a la tuya, el alma del artista que halló su ideal en ti, la del amante de la belleza para quien apareciste como un ser intachable y perfecto. Pienso ahora en ti como en un muchacho de dorado cabello con el propio corazón de Cristo en sí. Y sé ahora que el amor es más grande que cualquier otra cosa. Tú me has enseñado el divino secreto del mundo.

El 20 de mayo de 1895 Wilde vuelve a escribir una conmovedora carta a su niño ensalzando su amor inmortal:

> Niño mío,
>
> Hoy aguardamos los veredictos, [...] Mi dulce rosa, mi delicada flor, mi lirio de los lirios, será a buen seguro en la

> prisión donde tendré que probar el poder del amor. Veré si puedo convertir en dulces las aguas amargas con la intensidad del amor que te tengo. Hubo momentos en los que pensé que hubiera sido más sabio separarnos. ¡Ah, momentos de debilidad y de locura! Veo ahora que ello habría mutilado mi vida, arruinado mi arte, roto los acordes musicales que forman un alma perfecta. Aunque cubierto de fango, te enalteceré, te llamaré desde los más profundos abismos. En mi soledad estarás conmigo.

Este es un canto al amor. Oscar sublima sus sentimientos hacia Bosie, hasta el punto de asimilar su relación a la de un santo con Dios. La carta continúa:

> Te quiero, te quiero, mi corazón es una rosa a la que tu amor ha hecho florecer, mi vida un desierto aventado por la brisa deliciosa de tu aliento, cuyos refrescantes manantiales son tus ojos; las huellas de tus pequeños pies forman para mí valles de sombra, el aroma de tu pelo es cual mirra, y donde quiera que vayas exhalas el perfume del árbol de la casia.
>
> Quiéreme siempre, quiéreme siempre. Has sido el supremo, el perfecto amor de mi vida; no podrá haber ningún otro [...]

Probablemente estas dos cartas las escribió en casa de los Leverson, un matrimonio amigo donde se alojó durante los días en que permaneció en libertad bajo fianza en el interregno de los dos procesos. En ellas ensalza su amor y el objeto de deseo; hace una apología del cuerpo adolescente de su amado, alcanzando el paroxismo.

El 25 de mayo el escritor fue condenado a dos años de trabajos forzados. Durante los días previos a su traslado a la cárcel, sus amigos aprovechando su estado de libertad condicional habían preparado su salida camuflada de Inglaterra, pero él se negó a aceptar la huida.

Oscar Wilde fue tratado salvajemente por los representantes de la justicia inglesa. Las cárceles inglesas eran infrahumanas; encerrado en una celda de cuatro metros por dos y medio, dormía sobre una tabla, la alimentación era pésima y le tenían prohibido hablar con los otros presos. Probablemente su condición de depravado agudizó el maltrato recibido. Cualquier persona podría haber sucumbido ante tales condiciones, pero Wilde sobrevivió a pesar de su sensibilidad a flor de piel, su sibaritismo y su delicado estado de salud que fue deteriorándose a pasos agigantados. En uno de los traslados de prisión sus carceleros le mantuvieron durante media hora de pie, esposado, bajo la lluvia, mientras la gente se aglomeraba a su alrededor mofándose de él. Más tarde Wilde escribiría que después de aquel incidente lloró cada día durante un año entero: "Nunca he podido imaginar una crueldad semejante". Este fue el proceso de degradación, de tortura y ruina, al que se vio sometido un hombre de genio por ser homosexual.

Pasados los dos años de reclusión Wilde salió de la cárcel, o quizá debiera decirse lo que quedaba de él; estaba enfermo y mentalmente destrozado. Aunque como dijo André Gide, cuando fue a verle al Hôtel de la Plage donde se había alojado, su sorpresa fue encontrarse con el Oscar Wilde de otro tiempo, el dulce Wilde que era antes de 1891. El escritor había perdido la arrogancia y la vanidad de los últimos años. Este confesó a Gide que la cárcel le había transformado, enseñándole el sentido de la piedad. Entró en la prisión pensando sólo en su placer "pero, ahora mi corazón se ha roto... y ha entrado la piedad", dijo Oscar en aquella ocasión.

Es cierto que salió transformado de su experiencia carcelaria, lleno de caridad y resignación cristianas, pero, tal y como manifiesta en su largo y brillante poema, *De profundis*, le fue imposible perdonar y olvidar la gran injusticia que se había cometido con él. Oscar Wilde se sintió traicionado, abandonado y sacrificado, y no pudo por menos que atribuir su ruina a Bosie, al que en *De profundis* llama Judas. Un Judas cuyo egoísmo superficial, mal carácter irrefrenable e incumplidas promesas de ayuda monetaria habían arrastrado a un gran hombre y a un soberbio escritor a la catástrofe. Un Bosie que mientras su amigo estaba en la cárcel intentó publicar las apasionadas cartas de Wilde, algo que le hubiera perjudicado más si cabe. Pero no lo consiguió gracias a la oposición de los amigos de Oscar.

Como consecuencia de su estancia en prisión Wilde escribiría *La balada de la cárcel de Reading*. Este magnífico poema fue concebido durante su reclusión y escrito en el verano de 1897, antes de que el escritor reanudara sus relaciones con Lord Alfred Douglas. Sin embargo, este declaró que él había ayudado en gran medida a Wilde a escribirlo. Bosie no se conformaba con poseer su cuerpo y su alma, sino que pretendía también usurparle el genio.

Lord Alfred Douglas instigó a Wilde para que emprendiera su insensato proceso contra Lord Queensberry, obligándole a arriesgar y perder todo cuanto tenía y a arrastrarse durante dos años en el infierno de la cárcel. Aún así, poco después de cumplir la pena el mismísimo Judas llamó de nuevo a su puerta.

A pesar de los intentos de Wilde por reconciliarse con su mujer, la familia de esta se lo impidió. Constance vaciló pero al final la familia logró imponer su criterio, la decisión fue mantener a prueba a Wilde: debía observar una conducta intachable durante un año antes de volver a encontrarse con sus hijos y su mujer. No vamos a juzgar la actuación de Constance, pero quizá ella fue la única que hubiera podido salvarle de caer una vez más en las garras del demonio de Bosie. Este, por entonces, le escribía pidiéndole insistentemente que se reuniese con él.

Al principio Wilde no se dejó tentar; había decidido no volver a verle. Pero, como él mismo explicó a su amigo Harris, estaba demasiado solo, demasiado triste y desvalido, cómo iba a renunciar a la llamada del amor. De modo que terminó cediendo a las súplicas de Bosie y en octubre de ese mismo año se reunieron en Rouen. Hicieron todo lo posible por camuflar su encuentro ya que la pensión que Oscar recibía de su mujer estaba condicionada a que no volviera a ver a Lord Alfred Douglas. El 16 de junio Wilde escribe:

> Mi querido muchacho,
>
> Estoy trastornado con la idea de que no recibes mis cartas, porque esté mal el correo o algo parecido. Me figuro que todo es absurdo, pero tus tres últimas cartas fechadas el 10, 11 y 12 (y considerando que estamos a 16) no responden a lo que te pregunto, en especial a lo tocante a nuestro encuentro.
>
> Te había pedido que vinieras el sábado. Tengo un traje de baño para ti [...]

El escritor manifiesta su deseo firme e irreprimible de encontrarse con Douglas. Hasta ahora sus cartas eran de una frialdad contenida, pero en esta ya ha sucumbido ante los ruegos del joven lord, y necesita verle cuanto antes. Sin embargo, al día siguiente, escribe a Bosie diciéndole que por ahora tendrán que aplazar su encuentro. Este repentino cambio de parecer se debe a que los amigos de Oscar, preocupados ante la posibilidad de que el escritor se reencontrase con quien, al fin y al cabo, era el causante de sus infortunios, decidieron asustarle, pidiéndole al abogado de Wilde que le enviara una carta. La falsa misiva del abogado, diciendo que el padre de Douglas había vuelto a arremeter contra él en público, funcionó; Wilde decidió esperar a que las aguas volvieran a su cauce.

La última carta dirigida a Douglas que se conserva está fechada el 31 de agosto de 1897, la escribió en un café, el Suisse, de Dieppe, lugar donde solía acudir a pasar las horas muertas, solo:

Recibí tu telegrama hace media hora, y te mando ya unas líneas para decirte que sé que mi sola esperanza de volver a hacer una hermosa labor en arte es estar contigo. [...] Están todos furiosos porque he vuelto a ti, pero no nos comprenden. Sé que sólo contigo podré hacer algo. Rehaz para mí mi vida arruinada, y nuestra amistad y amor tendrán así un significado diferente para el mundo.

Hubiera deseado que al encontrarnos en Rouen, no hubiéramos vuelto a separarnos. Hay ahora anchos abismos de espacio y tiempo entre nosotros. Pero nos amamos mutuamente. Buenas noches, querido.

Siempre tuyo,

Oscar

En septiembre de ese año viajaron ambos a Nápoles, pero nada de lo dicho y prometido por Douglas se cumplió. Cuando Wilde se quedó sin dinero el frívolo e incorregible lord le abandonó. Esta segunda traición fue el golpe de gracia; ya no se volvería a reponer. La vida había perdido definitivamente el sentido. Oscar se había vuelto holgazán, no escribió nada más en estos años y vivió de la caridad de los pocos amigos que le fueron fieles hasta la muerte y de las limosnas afectivas de algunos jovencitos de baja estofa. No había ya nada que le permitiera desear seguir viviendo, y se fue matando a base de beber compulsivamente ajenjo, y comer copiosamente, cosas que tenía absolutamente prohibidas. La otitis que contrajo en la cárcel, al caerse al suelo de debilidad y romperse el tímpano, se le agravó y terminó por convertirse en una meningitis. Sufrió terribles dolores mientras agonizaba en la cama. Murió a los cuarenta y seis años, pobre de solemnidad, en brazos de uno de sus amigos más fieles, Robert Ross, precisamente quien le había iniciado dieciséis años antes en las artes amatorias.

El mismo Wilde había escrito en su célebre balada:

Porque aquel que peca por segunda vez
despierta un alma muerta al dolor,
y la arranca de su manchado sudario,
y la hace sangrar de nuevo,
y la hace sangrar grandes gotas de sangre,
y la hace sangrar en vano.

Wilde "pecó" por segunda vez y murió desangrado tres años después de haber escrito este profético y desastroso final.

Los pololos blancos
James Joyce y Nora Barnacle

James Joyce y Nora Barnacle se conocieron en junio de 1904 en Dublín. Cuatro meses después viajaron al continente. Ella tenía entonces diecinueve años, él veintidós. Ella trabajaba como camarera en un hotel, él quería ser artista. James se sentía sólo en el mundo, Nora lo estaba.

Nora Barnacle había nacido en Galway, en el oeste de Irlanda, en 1884. Era hija de un panadero y de una costurera, católicos. La familia vivía en una situación económica precaria, de modo que al nacer los hermanos de Nora, su madre decidió enviar a la niña a casa de su abuela materna. Este primer exilio marcó fuertemente su personalidad. Viviendo con su abuela pudo disfrutar de una calidad de vida superior, estuvo mejor atendida y fue instruida con esmero. Sin embargo, Nora nunca perdonó que su madre la alejara de su lado. Aquella circunstancia rompió el vínculo entre ambas.

A partir de este momento Nora no se sometió a otra mujer que a sí misma. El mito de que una chica analfabeta había huido de Dublín con el que ya era reconocido por su talento de escritor es falso. Nora estudió hasta los doce años, es decir, el periodo máximo de escolarización gratuita reservada a las muchachas de la época. Cuando la madre de Nora echó de casa a su marido por beberse el poco dinero que ganaba, Michael, el tío rico, se convirtió en el cabeza de familia. Nora era guapa, y debía poseer una melena sorprendente a juzgar por el número de veces que Joyce hace alusión en sus cartas a este rasgo distintivo que era su cabellera castaña con tonos rojizos. Desde temprana edad Nora atrajo a toda una cohorte de admiradores, dos de los cuales murieron. El primer amorío lo tuvo con trece años, en 1897. El muchacho se llamaba Michael Fenney y murió de tifus. En este trágico suceso se inspiró Joyce para escribir el relato titulado *Los muertos*. Ese mismo año Nora perdió a su querida abuela y con ella el único hogar auténtico que había tenido. En aquellos tiempos la vida se ensañaba cruelmente con la gente y, tres años más tarde, Nora quedó profundamente afectada por la muerte de su siguiente amor, Bodkin, el cual sucumbió a los rigores del despiadado invierno de 1900.

Nora tuvo otras aventuras amorosas, era consciente del peligroso magnetismo sexual que ejercía en los hombres, pero a ella nadie le paraba los pies. Fue a su otro tío, Tom, a quien correspondió la responsabilidad de vigilar a Nora, ya que su madre no conseguía meterla en vereda. Este, al averiguar que se había vuelto a encontrar con un joven protestante, a pesar de su prohibición, le propinó una soberana paliza. Una semana después de la zurra, Nora abandonó Galway, sin despedirse ni de su madre, y se buscó un empleo en un hotel de Dublín: era imposible que la vida en Dublín fuera peor.

El 10 de junio de 1904 James Joyce vio a Nora y la eligió entre la multitud. Pronto, esta joven alta, que se contoneaba al andar, de voz grave y rostro franco, sedujo a Joyce. Con el tiempo, se convertiría en su musa. Probablemente la siguiente vez que se vieron fue el 16 de este mismo mes. Tal vez Joyce eligió esta fecha para recrear la acción de su novela *Ulises*, y rendir así homenaje a un día tan señalado en su vida. Durante ese primer verano se escribieron a menudo. Es interesante constatar lo diferentes que eran, incluso a la hora de expresar sus sentimientos. Ella era abierta y apasionada, hablaba de su amor sin ambages, y se esforzaba en escribir con buena caligrafía. Él era meticuloso, solemne y bastante desconfiado. La primera carta que se conserva de Nora está fechada el 16 de agosto:

> Queridísimo Mi soledad que he sentido tan profundamente desde que nos separamos anoche pareció desvanecerse como por encantamiento, pero, ay, sólo por poco tiempo, y después todavía me sentí peor que nunca cuando leí tu carta desde el momento que cerré los ojos hasta abrirlos por la mañana. Me parece que estoy siempre en tu compañía en toda la variedad de circunstancias posibles hablando contigo caminando contigo encontrándome contigo de pronto en diferentes sitios hasta que empiezo a preguntarme si mi espíritu deja a mi cuerpo en sueños y va a buscarte y te encuentra o quizá esto no es más que una fantasía. [...]
>
> Nora Barnacle

Este torrente de palabras volcadas sobre el papel, sin puntuación prácticamente, era la forma habitual que utilizaba Nora para dirigirse a James, tanto oralmente como por escrito. Es posible que estas cartas dieran a Joyce la primera indicación de lo que luego se convertiría en el recurso narrativo del flujo de conciencia. Algunos estudiosos de la obra de Joyce apuntan a que Nora fue la principal influencia estilística del largo monólogo interior de Molly Bloom con el que el escritor concluyó *Ulises*. Para Joyce hablar de amor era algo que hacía surgir todas sus dudas, sobre su sinceridad, sobre la propia emoción. Pero como él dijo, le impresionaban profundamente los incondicionales sentimientos de Nora hacia él. En la siguiente carta, escrita el 10 de septiembre, James se siente tratado por Nora como un mero compañero de placer ocasional:

> En cierto sentido no tengo derecho a esperar de ti que me consideres algo más que al resto de los hombres: de hecho, en vista de lo que es mi vida, no tengo el menor derecho

a esperarlo. Pero, a pesar de todo, parece que lo esperaba, aunque sólo fuera porque yo mismo nunca había considerado a nadie como a ti. También hay algo un poco diabólico en mí que me hace disfrutar destruyendo las ideas que la gente tiene de mí y demostrándole que en realidad soy un egoísta, orgulloso, artero y desconsiderado.

James Joyce había nacido el 2 de febrero de 1882 en Dublín, en el seno de una familia perteneciente a la clase media baja. También él fue arrojado del nido a los seis años para ser enviado a un pensionado. En su novela autobiográfica, *Retrato del artista adolescente*, pone de manifiesto los recuerdos de sus primeros años en aquel pensionado reflejando el ansia infantil de una madre. Más tarde, y a pesar del declive económico de la familia, el padre de Joyce quiso que su primogénito estudiara en los mejores colegios. Tanto Clongowes Wood como Belvedere eran escuelas famosas regentadas por jesuitas. Joyce tuvo presente la vocación religiosa en los primeros años de estudiante, pero abandonó esta idea y la iglesia católica para hacerse artista. Desde los catorce años empezó a frecuentar los burdeles, algo que le producía un profundo sentimiento de culpa. Pero no estaba dispuesto a desdeñar ni el idealismo espiritual que le había sostenido de niño ni el impulso erótico que agitaba su adolescencia. La palabra artista —que es una de las que más se repite en toda su correspondencia— y sus connotaciones eran su solución porque combinaban en una pureza nueva la carne descarriada y la naturaleza moral.

Durante los años universitarios Joyce no había destacado como lo hizo durante la etapa escolar. Una vez conseguido el título en 1902 pasó una época terrible en París, ya que padeció hambre y dolores de muelas. Un año más tarde volvió al continente y durante los cuatro meses que vivió en París estuvo atormentado por fantasías de homosexualidad y sadomasoquismo. Perdido como estaba por sus instintos desbocados, el regreso a casa, en abril, debido a la enfermedad mortal de su madre fue lo mejor que le pudo ocurrir. En Dublín conoció a Nora y se aferró a ella como a una tabla de salvación. La huida de ambos al continente no fue una decisión alegre sino más bien a la desesperada. James se sentía traicionado por sus amigos, a los que siempre exigía una fidelidad mayor de la que estaban dispuestos a ofrecerle. Otro factor determinante era la oposición de su familia, sobre todo de su padre, a la relación que mantenía con Nora, ya que la consideraba indigna para James. Pero, quizá, el motivo oculto de esta escapada fuera el que en su fantasmagoría particular, que nunca desechó, veía al mundo como Goliath y a sí mismo como David. Joyce pensaba que tenía que evadirse, esconderse en Pola o Trieste, y tramar... y un día el mundo se arrojaría a sus pies.

La pareja se había instalado en Trieste y allí nacieron sus hijos Giorgio en 1905 y Lucía Anna en 1907. Joyce trabajaba dando clases de inglés pero sus ingresos eran escasísimos. En 1909 visitó Irlanda con el objetivo de conseguir un editor para su libro de relatos *Dublineses*. Fue en este primer viaje de vuelta a Dublín, cuando se dejó convencer por Vincent Cosgrave —uno de esos "buenos" amigos que tanto abundan— de que Nora le había sido infiel en un periodo que James consideraba sagrado; el de los primeros meses de su amor. En la carta de 6 de agosto reprocha a Nora que no haya sido sincera con él. Al día siguiente, la carta todavía es más morbosa y colérica, Joyce pretende poner en duda y hacer tambalear uno, por no decir, el único pilar sólido de su existencia. Eran las seis y media de la mañana y Joyce escribía muerto de frío. Apenas había dormido en toda la noche:

> ¿Es Georgie hijo mío? La primera noche que me acosté contigo en Zurich fue el 11 de octubre y él nació el 27 de julio. Es decir, nueve meses y 16 días después. Recuerdo que echaste muy poca sangre aquella noche. ¿Te había follado alguien an-

tes de que vinieras a mí? Me contaste que un caballero llamado Holohan (buen católico, por supuesto, que cumple sin falta su deber de Semana Santa) quería follarte, cuando estaba en aquel hotel, usando lo que llaman un "condón". ¿Lo hizo? ¿O sólo le permitiste acariciarte y tocarte con las manos?

Dime una cosa. Cuando estabas en ese campo cerca de Doddler (las noches que no estabas conmigo) con ese otro (un "amigo" mío), ¿estabais tumbados cuando os besabais? ¿Le colocaste las manos como a mí en la obscuridad y le dijiste como a mí: "Qué pasa, querido"? [...]

¿Qué va a ser de mi amor ahora? ¿Cómo voy a apartar el rostro que se interpondrá entre nuestros labios? ¡Una noche sí y otra no por las mismas calles!

¡Oh, Nora! ¡Nora! ¡Nora! Ahora hablo a la muchacha que amé, que tenía cabello castaño rojizo, que vino ligera hacia mí y con tanta facilidad me tomó en sus brazos y me hizo un hombre.

Oh, Nora ¿queda alguna esperanza de felicidad para mí? [...] Si pudiera olvidar mis libros y a mis hijos y olvidar que la muchacha a la que amé fue falsa conmigo y recordarla sólo tal como la vi con los ojos de mi amor juvenil, abandonaría la vida contento. ¡Qué viejo y desdichado me siento!

Jim

A esta carta le seguirían otras de gran contrición, llenas de remordimientos por haber sido tan injusto con ella; la jactancia de Vincent Cosgrave respecto a sus devaneos con Nora, aunque se demostró totalmente falsa, intensificó una de sus más grandes obsesiones y James, en su fuero interno, jamás consiguió desterrar esta sospecha del todo. En la siguiente carta emerge a la superficie un sentimiento masoquista —¿por qué ella no lo castigaba?— que se repetirá en distintas ocasiones, y con distintos matices, convirtiendo esa idea de castigo merecido en algo lascivo y sumamente excitante. A principios de septiembre de 1909:

Nora, mi "amor auténtico", tienes que tomarme en tus manos, de verdad. ¿Por qué me has dejado llegar a este estado? ¿Me aceptarás, queridísima, como soy con mis pecados y mis locuras y me protegerás de la desdicha? Si no lo haces, tengo la sensación de que mi vida se desmoronará. Esta noche tengo una idea más loca de lo habitual. Tengo la sensación de que me gustaría verme flagelado por ti. Me gustaría ver tus ojos encendidos de ira.

Me pregunto si habrá alguna locura en mí. ¿O será locura de amor? En un instante te veo como una virgen o *madonna* y al instante siguiente te veo desvergonzada, insolente, medio desnuda y obscena. ¿Qué piensas de mí? ¿Estás asqueada de mí?

Recuerdo la primera noche en Pola, cuando en la conmoción de nuestros abrazos usaste cierta palabra. Era una palabra de provocación, de invitación y todavía veo tu rostro encima de mí (aquella noche estabas encima de mí), cuando la murmuraste. Había locura también en tus ojos y, en cuanto a mí, si el infierno hubiera estado esperándome un momento después, no habría podido apartarme de ti.

Entonces ¿eres tú también como yo, en un momento elevado como las estrellas, y en el siguiente más vil que el más vil de los canallas?

Tengo enorme confianza en la capacidad de tu alma sencilla y honorable. Tú lo eres, ¿verdad, Nora?

Quiero que te digas a ti misma: Jim, el pobre tipo al que amo, vuelve. Es un pobre hombre débil e impulsivo y me ruega que lo defienda y lo fortalezca.

A otros les di mi orgullo y alegría. A ti te doy mi pecado, mi locura, mi debilidad y mi tristeza.

Quizá esta carta sea una de las más reveladoras de los peculiares sentimientos que Nora le inspiraba; en ella expone nítidamente todo aquello que su mujer representa. Joyce la adora y la compara con una virgen en unas ocasiones, en otras con una puta, casi siempre es una madre donde refugiarse; un cálido útero del que no salir. Su amor por ella era obsceno y tierno a la vez; se siente obligado a contraponer imágenes de pureza con otras de lascivia. Ella era su musa y al mismo tiempo su personaje. Nora le proporcionaba la oportunidad, que no se daba con nadie más, de descubrirse a sí mismo, lo que suponía un gran alivio para un hombre tan desconfiado e inseguro. El joven escritor vivía atormentado por la lucha encarnizada entre el bien y el mal que se libraba en su interior; necesitaba redimirse en ella. Joyce padecía una tendencia al exceso; no sólo quería el cuerpo y la mente de su mujer, sino que deseaba poseer su alma. El 5 de septiembre de 1909 escribe:

> Guíame, santa mía, ángel mío. Condúceme hacia adelante. Todo lo noble y elevado y profundo y verdadero y conmovedor de lo que escribo procede de ti, estoy convencido de ello. Oh, acéptame en tu alma de almas y entonces llegaré a ser de verdad el poeta de mi raza. Lo siento, Nora, al escribirlo. Pronto mi cuerpo penetrará en el tuyo, ¡ojalá pudiera hacerlo también mi alma! ¡Ojalá pudiese cobijarme en tu matriz como un hijo nacido de tu carne y sangre, ser alimentado por tu sangre, dormir en la cálida y secreta penumbra de tu cuerpo!

El 13 de septiembre James regresó a Trieste, y las escenas de erotismo exacerbado que anunciaba en su correspondencia no se produjeron inmediatamente; aquella primera noche, después de tantos anhelos y delirios, Nora tuvo que despertar a su celoso amante porque se había quedado profundamente dormido. Sin embargo, en días sucesivos parece que sí pusieron en práctica algunas de sus fantasías. Cinco semanas más tarde Joyce regresó a Dublín; quería convertirse en un emprendedor hombre de negocios: su proyecto era inaugurar el primer cinematógrafo de Dublín.

Nora le amaba y le deseaba, pero al mismo sentía cierto desprecio hacia él porque no era capaz de cubrir las necesidades de su familia. De modo que cada uno era prisionero del otro. Joyce era sincero cuando le pedía que le salvara del mundo y de su propia depravación, y Nora le rescató del aislamiento de sus imaginarias perversiones participando en el juego. Sin embargo, en noviembre, desesperada y sin dinero le amenazó con abandonarle, ya lo había dicho otras veces, pero esta iba en serio; había recibido una orden judicial de desahucio por impago del alquiler. Nora estaba dispuesta a tolerar todas sus extravagantes inclinaciones sexuales siempre que él mirase por ella y por los niños. El escritor enseguida envió a Trieste el dinero para pagar al casero el alquiler de un mes. La carta de Nora amenazándole le había herido terriblemente y a esta contestó en los siguientes términos, el día 18 de noviembre:

> Todo el día, desde que he leído tu carta esta mañana, me he sentido como un chucho que ha recibido un latigazo en los ojos. Llevo dos días sin dormir y he vagado por la calle como un canalla asqueroso a quien su amante hubiera cruzado con su látigo y lo hubiese echado de su casa.
>
> Escribes como una reina. Mientras viva recordaré la serena dignidad de esta carta, su tristeza y desprecio, y la absoluta humillación que me ha causado.
>
> He perdido tu estima. He acabado con tu amor. Déjame entonces. Llévate a los niños lejos de mí para salvarlos de la maldición de mi presencia. Déjame hundirme de nuevo en el cenegal del que salí. Olvídame y olvida mis vacías palabras. Vuelve a tu vida y déjame irme solo a mi ruina. Haces mal al vivir con un bestia vil como yo o al permitir que mis manos toquen a tus hijos.

Antes de despedirse Joyce utiliza toda su capacidad de embaucador para intentar conmover a su mujer:

> Nora, recuerda algo bueno del pobre canalla que te deshonró con su amor. Piensa que tus labios lo han besado y tu cabello ha caído sobre él y que tus brazos lo han apretado contra ti.
>
> No voy a firmar con mi nombre porque es el nombre con que me llamabas cuando me amabas y me honrabas y me dabas tu tierna alma para que yo la hiriera y traicionase.

James no encabeza esta carta con el nombre de Nora por no mancillarlo, tal y como explica al comienzo de la misma, y tampoco la firma. La indignación de Nora se desvaneció; ahora le tocaba a ella disculparse y así lo hizo. Poco después dio un paso más y volvió a retomar el tono pornográfico ensayado en el anterior viaje del escritor a Dublín. Quizá Nora pensara que de esta forma le mantenía alejado de las prostitutas; Joyce había padecido una enfermedad venérea cuando se conocieron, y Nora temía que si frecuentaba los burdeles volvería a contraer la enfermedad. Además, la peculiaridad de las apetencias sexuales de Joyce proporcionaron a Nora un dominio sobre él que en cierto modo compensaba el poder que él ejercía sobre ella. Fue Nora quien tomó la iniciativa de reanudar la correspondencia obscena, declarando en noviembre que ansiaba follar con él. Joyce contestó al reclamo de Nora con un desatado frenesí de obscenidades. La siguiente carta está fechada el 2 de diciembre del mismo año, 1909:

> Hay algo obsceno y lascivo en el propio aspecto de las cartas. El propio sonido es como el acto mismo, breve, brutal irresistible y diabólico. [...] "¡Mi bella flor silvestre de los setos! ¡Mi flor azul obscura y empapada por la lluvia!" Como ves todavía soy un poco poeta. También te voy a regalar un libro precioso: y es el regalo de un poeta para la mujer que ama. Pero, junto a este amor espiritual que siento por ti, hay también un ansia salvaje y bestial de cada centímetro de tu

cuerpo, de cada parte secreta y vergonzosa de él, de cada olor y acción de él. Mi amor por ti me permite rezar al espíritu de la belleza y la ternura eternas reflejadas en tus ojos o tirarte al suelo sobre tu suave vientre y debajo de mí y follarte por detrás, como un puerco cabalgando a una cerda, regocijándome con el propio hedor y sudor que se alza de tu culo, regocijándome con la abierta vergüenza de tu vestido y de tus blancas bragas de niña revueltas con la confusión de tus mejillas enrojecidas y de tu pelo enredado. Me permite estallar en lágrimas de compasión y amor ante una palabra trivial, temblar de amor por ti ante el sonido de un acorde o cadencia musical o tumbarme con la cabeza en los pies de la cama sintiendo tus dedos acariciarme los cojones y hacerme cosquillas o metidos en mi culo y tus cálidos labios chupándome la polla, mientras yo tengo la cara encajada entre tus gruesos muslos y agarro con las manos los redondos cojines de tu culo y te chupo voraz el frondoso y rojo coño.

Joyce continúa la carta recordando lo que le ha enseñado en su breve estancia en Trieste: "ademanes puercos", y "gestos de puta" al objeto de excitarse. Él le había insistido en que no debía de haber entre ellos ni una sombra de vergüenza, por lo que empezó a exigir a Nora algunas de las cosas con las que había soñado durante su primera separación y en esta carta, otra vez ausente, evoca el día en que la convenció para que defecara, mientras él tumbado debajo de ella la dejaba hacer. Más tarde continúa:

¡Eres mía, querida, mía! Todo lo que he escrito más arriba es sólo un momento o dos de locura brutal. Apenas ha saltado la última gota de semen por tu coño arriba, cuando ya todo ha acabado y mi amor sincero por ti, el amor de mis versos, el amor de mis ojos por tus extraños y seductores ojos, llega soplando sobre mi alma como un viento de especias. Todavía tengo la picha caliente y tiesa y estremeciéndose por el último empellón brutal que te ha dado, cuando desde los obscuros claustros de mi corazón se oye alzarse un tenue himno en tierna y lastimera devoción por ti.

Si Nora podía sentirse ofendida o turbada por las imparables imágenes lujuriosas y enloquecidas que su amado James le escribía, también podía conmoverse con otros pasajes que contenían delicadas expresiones de amor, donde ensalzaba su belleza y su devoción por ella. Quizá Nora no fue nunca capaz de apreciar plenamente los libros que James escribió más tarde, pero en sus relaciones personales y epistolares siempre se conmovió con la belleza de sus palabras. Joyce dedicaba hermosos nombres a su mujer que alternaba con otros lascivos. Así, ella era su bella flor silvestre del seto, pero también su amante jodedora, su putita folladora, su colegiala sinvergüenza.

En la carta del día siguiente, 3 de diciembre, Joyce le pregunta si no habrá ido demasiado lejos:

Sé que eres una persona mucho más fina que tu extraño amante y, aunque fuiste tú misma, tú, niñita calentorra, la que escribió primero para decirme que estabas impaciente por que te follara, aun así supongo que la salvaje suciedad y obscenidad de mi respuesta ha superado todos los límites del recato.

Sin embargo, en el pasaje siguiente vuelve a las andadas y retoma su escritura pornográfica. Lo curioso del caso no es que Joyce fuera capaz de escribir de esta manera —formulando con palabras todos los pensamientos, por vergonzosos que estos fueran— sino que Nora, que había recibido una educación religiosa, no le fuera a la zaga.

A continuación reincide y vuelve a sacar a colación el escabroso tema de su infidelidad, de nuevo surgen sus fantasmas y somete al tercer grado a su querida Nora:

Nora querida, me moría todo el día por hacerte una o dos preguntas. Permítemelo, querida, pues yo te he contado todo lo que he hecho en mi vida: así, que puedo preguntarte, a mi vez. No sé si las contestarás. Cuando esa persona cuyo corazón deseo detener con un tiro de revólver te metió la mano o las manos bajo las faldas, ¿se limitó a hacerte cosquillas por fuera o te metió el dedo o los dedos? Si lo hizo, ¿subieron lo suficiente como para tocar esa pollita que tienes en el extremo del coño? ¿Te tocó por detrás? ¿Estuvo haciéndote cosquillas mucho tiempo y te corriste? ¿Te pidió que lo tocases y lo hiciste? Si no lo tocaste, ¿se corrió contra ti y lo sentiste?

Otra pregunta, Nora. Sé que fui el primer hombre que te jodió, pero, ¿te masturbó un hombre alguna vez? ¿Lo hizo alguna vez aquel muchacho que te gustaba? Dímelo ahora, Nora, responde a la verdad con la verdad y a la sinceridad con la sinceridad. Cuando estabas con él de noche en la obscuridad, ¿no desabrocharon *nunca*, *nunca*, tus dedos sus pantalones ni se deslizaron dentro como ratones? ¿Le hiciste una paja alguna vez, querida, dime la verdad, a él o a cualquier otro? ¿No sentiste *nunca*, *nunca* la picha de un hombre o de un muchacho en tus dedos hasta que me desabrochaste el pantalón a mí? Si no estás ofendida, no temas decirme la verdad. Querida, querida, esta noche tengo un deseo tan salvaje de tu cuerpo, que, si estuvieras aquí a mí lado y aun cuando me dijeses que la mitad de los patanes pelirrojos de la región de Galway te habían echado un polvo antes que yo, aun así correría hasta ti muerto de deseo.

En aquella época Joyce también mostró algunas tendencias fetichistas y se llegó a obsesionar por la ropa interior femenina y en concreto por los pololos blancos. Esta carta está fechada el 6 de diciembre:

Te envío un billetito y espero que por lo menos puedas comprarte con él unos bonitos pololos con adornos y te enviaré más, cuando vuelvan a pagarme. Me gustaría que llevaras pololos con tres o cuatro volantes uno encima del otro, en las rodillas y muslos arriba, y lazos carmesíes, no me refiero a los pololos de las colegialas con un ribete de encaje raído, apretados en las piernas y tan finos que se ve la carne a través de ellos, sino a los de las mujeres (o si prefieres la palabra) de las damas con trasero amplio y suelto y perneras anchas, llenos de volantes [...] y para que, cuando me incline sobre ti para abrirlos y darte un ardiente y lascivo beso en tu pícaro culo desnudo, pueda oler el perfume de tus pololos, así como el cálido olor de tu coño y el fuerte olor de tu trasero.

Dos días más tarde, el 8 de diciembre, Joyce contestó a Nora enardecido con un nuevo torrente de fantasías; parece que ella en su carta le incita evocando la noche en que él la dio por culo:

Mi dulce putita Nora: hice lo que me dijiste y me hice dos pajas cuando leí tu carta. Estoy encantado de saber que en efecto te gusta que te den por culo. Sí, ahora recuerdo aquella noche en que te di por culo tanto tiempo. Fue el polvo más cachondo que he echado contigo, querida. Tuve la picha dentro durante horas, metiéndola y sacándola bajo tu grupa levantada. Sentí tu grueso culo sudoroso bajo mi vientre y te vi la lengua desvergonzada y los ojos de loca. A cada viaje que te lanzaba, la desvergonzada lengua se te salía por entre los labios y, si te lanzaba un viaje más fuerte de lo normal, por detrás te salían chisporroteando sonoros y cochinos pedos. Tenías el culo lleno de pedos aquella noche, querida, y te los fui sacando al pasarte por la piedra, cuescos sonoros, largos y ventosos, crujiditos rápidos y alegres y un montón de peditos pícaros que acabaron en un gran estallido de tu jebe.

Soñaba con Nora en todo tipo de posturas, ella no debía tener secretos para él y le pedía que sus cartas fueran cada vez más obscenas. Nora cumplía sus demandas e incluso iba siempre un poco más allá, a juzgar por las respuestas de James. Estas misivas incendiarias constituían un coadyuvante de la masturbación y James le respondía, exaltado. En esta carta del 10 de diciembre, James se despide de ella:

> Buenas noches, putita mía, voy a tumbarme y a cascármela hasta que me corra. Escribe más cosas y más indecentes, querida. Hazte cosquillas en el mondonguito, mientras escribes para que te haga decir cosas cada vez peores. Escribe las palabras indecentes con grandes letras y subráyalas y bésalas y restriégatelas un momento por tu dulce y caliente coño, querida, y también levántate las faldas un momento y restriégatelas por tu querido culito pedorro. Haz más cosas así, si quieres, y después envíame la carta, mi querida putita de culo marrón.

Durante unos días James no recibe carta de Nora, está preocupado por si su tono le ha molestado:

> ¿Estás ofendida, querida, por lo que dije de tus pololos? Son disparates, querida. Sé que están tan inmaculados como tu corazón. Sé que podría lamerlos de arriba abajo, volantes, perneras y trasero. Sólo que, con mi indecencia, me gusta pensar que en cierta parte están manchados. También es un disparate, querida, lo de darte por culo. Es sólo el sonido indecente de la palabra lo que me gusta, la idea de una muchacha tímida y bonita como Nora levantándose las faldas por detrás y enseñando los encantadores pololos de niña blancos para excitar al tipo indecente que tanto le gusta; y después dejarle meter su indecente chuzo rojo y rugoso por la raja de sus pololos y subir por el encantador agujerito entre los llenitos y lozanos carrillos de su culo.
>
> Querida acabo de correrme en los pantalones, por lo que he quedado para el arrastre.

Joyce escribía las cartas desde una pequeña habitación que disponía en casa de su familia en la calle Fontenoy, número 44. A pesar de las veces que las termina corriéndose, son cartas muy limpias, escritas con una caligrafía pequeña y cuidada y sin apenas tachaduras. De modo que no parecen escritas, tal y como él dice, mientras se masturbaba. La claridad de los pasajes más obscenos quizá se deba a que Joyce escribía borradores a lo largo del día y los copiaba de madrugada, cuando llegaba desfallecido del trabajo.

Joyce se extiende en casi todas sus cartas de esta época sobre la asociación de los órganos sexuales y excretores, centrándose en aspectos escatológicos y mostrando sus inclinaciones abiertamente. ¿Qué le lleva a escribir estas cartas denominadas "sucias" por los estudiosos de su obra? El psicoanálisis asocia la defecación con gastar dinero y con el hecho de parir, y qué duda cabe que el padre de Joyce fue un hombre que dilapidaba el dinero y la madre trajo una buena retahíla de hijos al mundo. H. G. Wells, por su parte, dijo que Joyce padecía de obsesión cloacal y que su placer en todo lo relacionado con los excrementos provenía de la educación materna y de las experiencias vividas en el internado donde tenía miedo de mojar la cama y donde los matones solían arrojarle al barro. Pero creo que al igual que Nora, debe importarnos muy poco de dónde provenga esta obsesión. Es difícil responder si se trataba de un ejercicio literario, una forma de probar a su mujer, un intento de verbalizar todo aquello que le obsesiona profundamente, una impostura o un acto de entrega; quizá sea el resultado de todos estos sentimientos, mezclados y agitados en la cabeza del genial escritor, lo que le indujo a este frenesí de alcantarilla.

No cabe duda de que estaba enamorado de Nora y que buscaba una forma de comunión física y espiritual con ella. Joyce entiende que también sus heces son ella, el hedor proviene del cuerpo que ama, lo feo y vulgar forma parte de nosotros, y él desea mirarse como en un espejo. Reconocerse en lo perverso, la corrupción está imbricada en su idea del amor. En esa época Joyce vivía en un estado de ansiedad permanente, narrar su excitación, compartir sus fantasías, era una forma de desasirse de ellas. Por la mañana, al recordar las obscenidades que había escrito la noche anterior, se sentía asqueado de sí mismo, pero se consolaba pensando que por lo menos Nora conocía su peor faceta, su lado oscuro. Ambos sabían que compartir estas obscenidades les unía más, y les ataba con más fuerza que las promesas matrimoniales. De hecho, no contrajeron matrimonio hasta 1931, veintidós años después, para proteger los derechos de sus hijos. Ella le tenía enganchado por el deseo. Estas cartas estaban destinadas a proporcionarle satisfacción sexual a él e inspirársela a ella. Pero, ¿qué buscaba Joyce además del placer sexual? Quizá un hombre tan receloso y desconfiado, para el que era tan importante tener una persona en la que poder confiar, lo que necesitaba era poseerla a distancia; ocupar su mente y su cuerpo para que nadie más usurpara el lugar central que él sólo podía ostentar. Sus cartas, además de ser un reclamo, eran una forma de posesión, no era el acto sexual en sí mismo, sino el ritual de la pasión, de ser en el otro, de transmutarse en aquella que amaba.

Joyce jamás se repuso del todo de estas sospechas infundadas de los primeros años de relación. Siguió existiendo siempre una vía para la desconfianza, vivió atormentado por los .celos, sentía celos de su pasado e incluso de sus hijos: "Nuestros hijos no deben interponerse entre nosotros", escribió. También estaba asombrado de la capacidad de Nora para la pornografía, refiriéndose especialmente a una carta en la que ella se describía yendo al retrete: "Dices que te cagarás en las bragas, querida, y vas a dejarme follarte después". No parece que las inclinaciones sexuales de Nora se centrasen en apetencias de tipo anal, pero es evidente que quería conservar a su hombre, y que tenía la sorprendente capacidad de decirle en cada momento lo que él quería o necesitaba oír. James continúa combinando las escenas más soeces —Nora encima de él, gruñendo como una gorrina cuando defeca— con expresiones poéticas: "Mi amor, mi vida, mi estrella, mi Irlandita de ojos raros. Yo rezaría porque mi alma se dispersara en el viento, si Dios me dejase soplar suave y eternamente en torno a una extraña flor solitaria, azul oscuro, empapada por la lluvia en un sitio inculto de Aughrim u Oranmore".

Una vez hubo regresado Joyce de este segundo viaje, las cartas sucias terminaron para siempre, nunca más volvieron a escribirse en estos términos. Muy probablemente la cartas de Nora contribuyeron a la construcción de pasajes del libro que más tarde escribiría, *Ulises*, donde Joyce hace decir a Molly Bloom:

> Me abriré las bragas y se lo pondré en su misma cara grande como la vida misma ya me puede meter la lengua 7 millas dentro del agujero porque allí está mi parte oscura después le diré que quiero una libra o quizá 30 chelines le diré que quiero comprar ropa interior. [...]

Joyce pretendía conocer a Nora más allá del amor o del odio, por encima de la vanidad, el remordimiento o el pudor, superando las limitaciones humanas, este era su extravagante deseo. En cierto modo, él era el que había creado al personaje de Nora, pero a diferencia del resto de sus personajes, este era real y tal vez, como todo ser humano, tenía algo de insondable, algo que escapaba al control demiurgo de Joyce.

Amanecer de nuevo
Edith Wharton y Morton Fullerton

Edith Wharton y Morton Fullerton se conocieron en 1907 a través de su común amigo Henry James. Coincidieron varias veces en París donde ambos frecuentaban los mismos círculos literarios y pocos meses después, cuando Edith viajó a Massachusetts para pasar una temporada en su casa de campo, Fullerton reapareció. La escritora le propuso que fuera a visitarla y en uno de los paseos que realizaron por el bosque Edith percibió por primera vez el germen de lo que poco después sería una desmesurada pasión.

Edith Newbold Jones había nacido en Nueva York el 24 de enero de 1862, en el seno de una familia de la alta burguesía americana. Desde muy pequeña residió con sus padres en distintos países europeos mientras recibía una refinada educación privada. Edith escribió su primer cuento con sólo quince años. Más tarde, siguiendo las pautas establecidas por la clase a la que pertenecía, en 1885, se casó con Edward Wharton, trece años mayor que ella, un elegante bostoniano de buena familia. Según lo que escribió Edith en su autobiografía, *Una mirada atrás*: "... la diferencia de edad estaba compensada con su espíritu juvenil, con su carácter jovial y alegre, y con el hecho de que compartía mi amor por los animales, por la vida al aire libre y, muy pronto, mi propia fiebre de viajar". Edith arrastró a lo largo de varios años una débil y quebradiza salud que desembocaba en estados depresivos y náuseas permanentes. Su precario estado físico se prolongará, con altibajos, hasta 1902. El matrimonio, ya por entonces algo distanciado, vivía una existencia disipada y mundana, haciendo frecuentes viajes a Europa y pasando temporadas en Estados Unidos. Edith había heredado una inmensa fortuna de su familia y adquirió una casa en Newport con vistas al mar y un enorme terreno en Massachusetts, donde hará construir una suntuosa casa de campo, The Mount.

En 1905 Edith publicó *La casa de la alegría*, novela que se convertiría en poco tiempo en un rotundo éxito, llegando a vender cerca de los ciento cincuenta mil ejemplares. Un año después viajó a París y fue introducida por sus amigos los Bourget en el ambiente literario e intelectual de la ciudad. En 1907 alquiló un apartamento en París donde a partir de entonces residiría gran parte del año.

Morton Fullerton era tres años más joven que Edith, había nacido en Connecticut pero, al igual que muchos otros americanos, se había instalado en Europa donde ejercía una prometedora carrera periodística, como corresponsal del *Times* de Londres en París. Ella tenía cuarenta y cinco años cuando fue presentada a Morton, era ya una reconocida y prestigiosa escritora y se había convertido en una de las figuras más significativas de la vida cultural y social parisina.

Él era un joven bisexual, inteligente y atractivo, que llevaba una ajetreada y fogosa vida sentimental entre París y Londres. Morton estaba llamado a ser la única pasión verdadera que conoció la escritora. Hasta entonces la vida sentimental de Edith había sido sustituida por su afición a las letras; inmersa en el trabajo diario como escritora, solía resolver los problemas del corazón con la cabeza. Tal y como le había enseñado su madre, los sentimientos y las emociones no debían formar parte del bagaje de una chica de su categoría y posición. Su vida estuvo incompleta, aunque ella no lo supiera, hasta que conoció a Fullerton; Edith nunca había dado cabida al amor, que sólo cobraba forma y vivía a través de las protagonistas de sus narraciones. Sin embargo, y cuando ya no contaba con él —al fin y al cabo, no se puede desear lo que no se ha conocido—, apareció Fullerton. Inicialmente fue alguien con quien compartir sus inquietudes intelectuales, alguien con quien conversar, sin embargo pronto este hombre tremendamente sensual ocuparía su mente y le permitiría mirar al mundo con otros ojos.

Sus cartas de esta primera época muestran a una mujer entusiasmada, feliz, pero al mismo tiempo insegura; desconoce el terreno en el que se mueve, no quiere seguir reprimiendo sus sentimientos, pero no desea que su amor se vuelva asfixiante.

El 3 de marzo de 1908 Edith envía una carta a Fullerton, donde manifiesta su asombro ante tantas nuevas e inesperadas emociones:

> La otra noche en el teatro, cuando entraste en el palco —en el palco pequeño y oscuro (nº 13 lo recordaré siempre)— sentí por primera vez la indescriptible corriente comunicativa que corría entre un hombre y yo [...] y me he dicho a mí misma: "Esto es lo que deben sentir las mujeres felices".

El marido de Edith Warthon debe ausentarse de París durante dos meses a causa de molestias nerviosas, ausencia que dejó vía libre a Edith para entrar y salir con su flamante "amigo". En mayo escribe en su diario: "Me miro como un ser nuevo de ojos desorbitados, asombrados ante un mundo nuevo. *C'est l'aube!*" [¡Es el amanecer!]

Estos dos meses al lado de Fullerton son meses felices, de una felicidad desconocida para ella; sin embargo, la alegría se ve frecuentemente nublada por un miedo visceral ante un futuro incierto. Había muchas cosas que la intranquilizaban, una era su edad, otra su aspecto físico que había perdido la frescura —que no la belleza porque nunca fue muy agraciada— de antaño, pero su mayor ansiedad provenía del hecho de tener que abandonar París. Sus cartas se hacen más angustiosas, está aterrada ante la idea de verse obligada a separarse de él:

> Sabías que estaba triste cuando me despedí de ti. Sabías por qué a veces yo evitaba el más leve roce tuyo. Me da tanto miedo —tanto— que creas que espero más de lo que puedes darme y que parezca que mi amor por ti es menos provechoso para ti, menos de lo que yo deseo que sea. Y a veces *mon corps ne peut oublier ton corps* [mi cuerpo no puede olvidar tu cuerpo], y me siento desgraciada.

Edith viaja en barco a Norteamérica el 26 de mayo y, durante la travesía, intenta concentrarse en su escritura, procurando alejar los malos pensamientos, recreándose en el tiempo recién vivido, en el despertar de su deseo sexual. Sin embargo, al llegar a su casa de campo en Massachusetts se derrumba; siente que se ahoga.

La primera carta que envía a Fullerton está fechada el 5 de junio de 1908. En ella expresa el dolor que le causa la distancia y sus ganas de "desaparecer":

> Este es uno de esos días en que ya no puedo soportarlo más. Supongo que debería especificar "casi", puesto que yo estoy aquí y el lago está *là-bas* [allí abajo], y, de hecho, lo estoy soportando. Pero hace un momento, cuando me enteré de que el coche, *en route* [de camino] a Hàvre, había chocado contra un árbol y se había destrozado (se le pinchó la rueda), sentí el deseo de haber estado dentro, de haberme destrozado con él, de que no quedara de esta inquietud más que un *coeur arrêté* [corazón detenido]... En fin parece ser que el resultado final de todo esto es que yo, que siempre tomé la vida en sus propios términos, ahora sólo quiero tomarla en los míos —y lo hago lo mejor que puedo—. Por las mañanas trabajo de lle-

no en la novela, me sumerjo en mis libros, me abstraigo dando largos paseos y todo parece ir bien hasta que, de repente, me paro y digo: "Mañana es sábado", o "la última vez que me puse este vestido fue en Meudon..." ¡Y otra vez tengo que volver a empezar, a levantar el ánimo nuevamente!

El 6 de junio recibirá la segunda carta de Fullerton, tras la cual seguirá un inquietante y tenso silencio. Edith le ruega que le diga algo, que dé indicios de su existencia, está preocupada por él. No entiende a qué se debe esta falta de respuesta. Pero las cartas de Fullerton no llegan. El 19 de este mismo mes Edith escribe:

> Hace ocho días, cuando te dije desesperadamente: "¡No me escribas más!", no podía imaginar que ya lo estabas cumpliendo. Ni una palabra tuya en nueve días, desde tu carta del 2 de junio. Han debido de pasar por lo menos once días sin que hayas sentido el impulso de escribir...
>
> Sabes que nunca quise que me escribieras si tú no lo deseabas, y que siempre he creído que no sería por mucho tiempo. Pero esto es tan repentino que casi temo que estés enfermo, o que haya ocurrido algo y tengas problemas. [...]
>
> Cariño, por favor, escribe una sola palabra para confortarme. Y si no es esa, sino la otra alternativa, no tendrás miedo a decirlo, ¿verdad? En mi última carta verás cómo he previsto, cómo he aceptado tal contingencia. ¿Acaso supones que he dejado de ver por un momento las miles de razones por las cuales era algo inevitable, y probablemente a no más tardar?

Quizá la falta de experiencia en estas lides hizo que se comportara de forma algo ingenua; sin saber a qué atenerse, con la inquietud de que realmente hubiera pasado algo, obsesionada por recibir noticias de Morton, excusándose por su insistencia, escribió todavía alguna carta más sin haber recibido respuesta. Morton Fullerton era lo más valioso que le había ocurrido en su vida y no estaba dispuesta a renunciar a él sin antes haber luchado. A no ser que no le quedara más remedio, como ella misma dice. Esa puerta siempre estuvo abierta, Edith se la mostraba una y otra vez: siempre podían ser simplemente amigos. Por fin el 1 de julio, recibió noticias de su joven amado y le contestó:

> Tu silencio de diecinueve días me parece una respuesta anticipada y definitiva a mi triste ruego. ¡Ni siquiera esperaste a que te preguntara qué era "lo mejor"!
>
> Pero no interpretes esto como un reproche. He pasado tres semanas sumida en una horrible tristeza, porque, después de diez días de habernos despedido, tu silencio me hizo temer que el hastío y el agotamiento se hubieran adueñado de mi esencia y sufrí, no importa cuánto, pero me dije a mí misma: "Decidí arriesgarme; acepto las consecuencias". Y eso es lo que diré siempre.
>
> Es sólo, querido, que hay que ser un poco ciego —o sentirse en cierto modo aliviado por la "sensatez" de mi actitud— para leer en mi nota del día 11 otra cosa que no fuera una súplica de sinceridad por tu parte —una urgencia desesperada de saber cuanto antes y acabar con el asunto—. ¡No temas! Puedo repetirlo ahora. Cualquier cosa en el mundo sería mejor (es algo que he aprendido en estas últimas tres semanas) que quedarme aquí sentada preguntándome: ¿Qué fui para él? Te aseguro que he practicado eso de "*non dolet*" [no duele].

Edith con esta frase entrecomillada en latín, hace referencia a la que pronunció Pompeya Paulina, esposa de Séneca, cuando el filósofo le abrió las venas en cumplimiento de su pacto suicida. Edith se ha olvidado de sí misma, ya sólo le importa su amor. Más adelante la extensa carta continúa:

> No sé dónde "pasaré" el próximo año. Por ahora es más probable en Roma que en París. Estoy tan cansada que creo

que prefiero quedarme aquí con la nieve... ¡Supongo que jamás hubo un destino tan ridículo como el mío! Cuando la gente me dice, como lo hace ahora, "¡Qué aspecto tienes! ¡Hace años que no se te ve tan bien!", me dan ganas de maldecir mi estúpido optimismo y mi buena salud, exactamente igual que solía maldecir mis largos y monótonos años de enfermedad. Todo *à rebours* [al revés], ¡todo al revés! Y cuando pienso en todo lo que tengo —¡que me ha importado siempre un bledo!— y que otras personas desean... No, no, es mejor no seguir... De momento no. Hubo un instante en que tuve lo más valioso, lo más querido, una hora inolvidable. Sólo el corazón es insaciable, ¿verdad? Y cuando me escribes: "Cada segundo de esa hora fue para mí la promesa de mejores momentos por venir", empiezo otra vez a albergar esperanzas *tout bêtement*, en verdad *bêtement* [del todo estúpidamente, en verdad estúpidamente].

Es difícil conocer cuáles eran los verdaderos sentimientos de Fullerton hacia ella en este momento. Pero si atendemos, por una lado a su disipada y versicolor vida sexual y, por otro, a sus debilitadas demostraciones de amor, quizá debamos concluir que Wharton no fue más que un nuevo capricho en su promiscua vida amatoria. En aquella época la escritora era una mujer con muchas influencias, conocida, respetada y millonaria. Tal vez Fullerton, un chico bien parecido, esbelto, culto y brillante, tuviera otros intereses que los meramente afectivos. Edith está desconcertada, no sabe a qué carta quedarse, y prosigue en su intentó de descubrir qué pasa por la cabeza de su joven amante.

El 26 de agosto retoma el contacto y vuelve a escribirle:

Cariño, ¿tardarás mucho en decirme lo que significa este silencio? [...]

El otro día releí tus cartas y me niego a creer que el hombre que las escribió no sentía lo que decía, que no conocía lo suficiente a la mujer a la que iban dirigidas como para confiar en su amor y su valentía y que en vez de eso prefirió dejarla abandonada a esta dolorosa incertidumbre.

¿Cuál es la causa de es cambio? ¡Bueno, eso no importa, pero dímelo!

La escritora continúa su epístola agradeciéndole que la haya despertado del largo letargo sentimental en el que había vivido, por haber asumido las "restricciones convencionales de una innecesaria auto-anulación". También le conmina a que le explique qué razones tiene para no escribirle; necesita comprender lo que está pasando, saber a qué atenerse para así intentar rehacer su camino. Quizá esta sea la primera vez en su vida que Edith percibe que ha perdido el control, había algo que se escapaba de las manos, algo que no atendía a la lógica y que producía una terrible sensación de impotencia, por eso quizá cuatro meses más tarde, en diciembre de 1908, Edith escribe a Fullerton en estos términos, en un intento vano de reconstruir su existencia:

Estimado Sr. Fullerton:

Tiene usted —si es que aún existen— unas cuantas notas y cartas sin valor en sus archivos, pero que casualmente pueden llenar una laguna deplorable en los de su autora.

Estaré en París el próximo lunes —21—, sólo por un día, y le escribo para pedirle que tenga la amabilidad de enviármelas para que pueda recogerlas ese día en casa de mi hermano. [...]

Suya atentamente,

E. Wharton

Las frases manifestando su amor e implorándole una respuesta han sido sustituidas por otras mucho más formales, en las que utiliza una jerga casi administrativa, por supuesto, impostada. Edith parece haber asumido la situación, pero en el fondo lo que busca con esta frialdad es remover los "antiguos" sentimientos de Morton, si es que todavía existen. Y en cierto modo esta fórmula le dio resultado, ya que la relación vuelve a dar un bandazo y dos meses más tarde de nuevo encontramos en las cartas de Wharton el tono de complicidad del pasado. Recupera el tuteo, y vuelve a ser la mujer sincera, sencilla y entregada que fue. En febrero de 1909 escribe:

> ¿Vas a venir a cenar esta noche? ¿Me equivoco al preguntarlo, cuando sé lo estúpida, decepcionante y absolutamente "imposible" que me encontraste ayer? Ay, este largo aislamiento me ha vuelto otra vez inexpresiva, aunque no pretenda serlo. Pero eso no sirve ahora, supongo...

Edith le pide recuperar el puesto de "vieja amiga" del año anterior, de "la amiga que le ama".

Resulta algo inverosímil que una mujer de la inteligencia y la fuerza de Edith Wharton cayera en las redes de un amor en absoluto gratificante. En muchas de sus cartas se disculpa por cómo se comporta, por lo pesada que es, por lo mucho que le ama, haciendo gala de una inocencia sublime, de un embeleso y de una condescencia que sólo propicia el enceguecido amor. Su única condición es que vuelvan a ser los camaradas de antes. Sin embargo, no todo estaba perdido, esta relación tan desquiciante y voluble todavía le proporcionaría grandes placeres. Así, durante una estancia del marido de Edith en América, ella y Fullerton se marcharon a Inglaterra. En Londres tras una cena en casa de su amigo común, Henry James, los dos viven una noche de pasión sexual memorable tal y como queda reflejada en el poema que escribiera después, *Terminus*, donde describe efusivamente la plenitud de su experiencia. Durante este mes de junio la pareja pasó varios días en Londres en compañía de amigos y escritores. El largo poema que esta vivencia sexual con Fullerton le inspiró comienza así:

Espléndida larga noche secreta me diste, amor mío,
Las manos, los cuerpos entrelazados en la oscuridad. La tenue lámpara roja.
Rociaba con mágica sombra la anónima habitación de hotel,
Los adornos insulsos e inertes, y encendía la mística llama
En el corazón del espejo inclinado, cristal que ha reflejado
Innumerables rostros, y escorzos de infinitos viajeros autómatas
Que revoloteaban por las mundanas calles cual polvo disperso,
Caras cansadas e indiferentes, llenas de paciencia y pena,
Sonrisas (si alguna vez hubo) como las que nos cruzamos
Aquí, frente a este mismo espejo, mientras tú me desabrochas el vestido. [...]

En la carta del 12 de agosto de 1909 Edith, eufórica, le recuerda que hace exactamente un mes fue feliz con él:

> *Mon aimé* [mi amado], hoy hace exactamente un mes que fui a cenar a Rye y te encontré apoyado en la chimenea hablando con Henry. [...]
>
> Durante ese mes he sido totalmente feliz. He tenido todo lo que siempre he podido desear en la vida, ¡incluso más de lo que podía imaginar! *Et je tenais à te dire* [y necesitaba decírtelo] antes de que pasara el aniversario...

Otra vez en otoño la relación vuelve a enfriarse, Edith pasa una temporada en The Mount y, de nuevo en París, reclama sus cartas. La siguiente misiva, escrita en el invierno de 1910, es muy esclarecedora y ayuda a conocer el estado de confusión en el que se encuentra:

> En tres o cuatro ocasiones te he brindado la oportunidad de hacer, alegre y elegantemente, una transición que me parece inevitable, y tú has decidido no aceptarla. Por tanto te expondré mis "motivos", aunque considero que apenas pueden mantenerse "en secreto", incluso para percepciones mu-

cho menos sensibles que la tuya. Al parecer, lo único que deseas es tomar de mi vida lo más interno y externo que una mujer —una mujer como yo— puede dar, durante una hora, de vez en cuando y cuando a ti te plazca; y cuando la hora se acaba, olvidarte de mí, borrarme de tu mente y de tu vida, tal como un hombre abandona a una acompañante que le ha proporcionado una distracción pasajera.

En esta carta Edith Wharton recobra temporalmente la lucidez. Sin embargo, Morton debía de ser lo suficientemente hábil y lo bastante embaucador como para hacerla creer que la seguía amando, aunque no "tuviera tiempo" para demostrárselo. Wharton convertía en significativo cada pequeño gesto que su amado hiciera, y lo reinterpretaba dándole un valor que quizá, en otras circunstancias, ni siquiera hubiera tenido en consideración. La carta avanza entre reproches y apreciaciones sobre la idea de amistad y acerca de lo que espera de él:

> Mis amigos son libres de verme, de pensar o no pensar en mí. ¡Pueden hacer lo que les plazca! Me encuentran cuando deciden hacerlo, y cuando tienen otras preocupaciones no necesitan asegurarme que siguen sintiendo afecto por mí. Pero exijo algo más del hombre que quiere ser más que un amigo, como deber hacer cualquier mujer que se sienta orgullosa de ser objeto de amor... No, querido, sé que no tienes tiempo de escribir, pero me conformaría con una sola palabra. [...]
>
> Y si una mujer pide estos signos, no se debe necesariamente a que sea una "sentimental", o que esté celosa, o desee dominar a un hombre o limitar su libertad; sino que estas son formas en que se expresa el corazón y, cuando dos personas están separadas, no se dispone de otras.

En abril de 1910 su desesperación ha llegado a tal punto que, aunque no había dejado de amar a Fullerton, por primera vez toma conciencia y se plantea si sirve de algo seguir manteniendo ese sentimiento que tan infeliz le hace. Vive desconcertada por el comportamiento de Fullerton, por sus vaivenes y sus desplantes. Mientras, su marido ha vuelto a recaer y su enfermedad se ha agudizado, de modo que a Edith no le quedó más remedio que acompañarle a América. De vuelta en París, a mediados de abril, una vez más escribe desengañada:

> Cuando me fui pensé que quizás tendría noticias tuyas de vez en cuando. Pero tú me escribías todos los días, ¡y me escribías de la misma forma que solías hacerlo *hace tres años*! Eso me incitó a responderte de la misma manera, porque no veía otra razón por la cual pudieras escribirme. ¡Pensé que querías que te dijera lo que había en mi corazón!
>
> Luego vuelvo, y ni una palabra, ni una señal. Sabes que aquí es imposible intercambiar dos palabras, y apareces aquí, vienes incluso sin haberme avisado; fue una casualidad que estuviera en casa. Te marchas, y otra vez silencio sepulcral. He vuelto tres días y parece que no existo para ti. No lo comprendo.
>
> Si pudiera creer que hay algún sentimiento en ti —una buena y leal amistad, ¡a falta de otra cosa!— entonces podría seguir adelante, soportar las cosas, escribir y ordenar mi vida...

Edith se queja de no saber qué significa para él y lo expresa de forma clara y contundente: "Me escribes como a una amante ¡y me tratas como a una conocida cualquiera!" La extensa carta continúa:

> He soportado todas estas incongruencias e incoherencias al máximo por lo mucho que te amo y porque lamento en extremo las cosas de tu vida que son difíciles y penosas. [...] Pero ahora el sentido de la autoestima, y también la sensación de que no puedo soportar más, me hacen escribirte estas cosas. No vuelvas a escribirme cartas como las que me mandaste a Inglaterra.

> Es una diversión caprichosa y cruel. ¡No era necesario herirme así! [...] Pero a nadie se le puede pedir un día que entregue toda la ternura de su pasión y luego ignorarle al día siguiente sin razón o explicación aparente, como te has complacido en hacer tú desde tu *enigmático cambio en diciembre*. He tenido un año muy difícil; pero el dolor dentro de mi dolor, el último giro de la tuerca, ha sido la imposibilidad de saber lo que querías de mí y lo que sentías por mí. [...] Mi vida era mejor antes de conocerte. Esta es, para mí, la triste conclusión de este triste año. Y es aún más amargo decírsela al único ser que una ha amado de verdad *d'amour* [con todo el amor].

Unas semanas después desmiente que su vida fuera mejor antes de conocerle. La carta está fechada en el mes de mayo y Edith la escribe desde su casa de París, en la calle Varenne:

> Una vez dije que mi vida era mejor antes de conocerte. No es así, porque es bueno haber vivido plenamente al menos una vez, aunque sea por tan poco tiempo. Pero mi vida es más dura ahora, a causa de esos pocos meses del verano pasado, cuando pude atisbar lo que podía ser una buena *camaraderie* [camaradería] —¡lo que algunas mujeres pueden tener al menos durante unos cuantos años!—. Antes de conocerte me había hecho tan impersonal, me había acostumbrado tanto a ser yo mi única camarada, que incluso lo que estoy viviendo ahora apenas me habría rozado. Cuando una persona es una criatura con recuerdos y un corazón solitario, como lo soy yo ahora, es una desgracia conocer el amor demasiado tarde y amar tan enteramente como te he amado. Después de eso todo se vuelve tan fantasmal...

Visto y analizado en la distancia resulta increíble que alguien se comporte de manera tan sumisa, ingenua e insegura, pero el amor no posee ojos, ni pudor y mucho menos orgullo. Además, es cierto que, tal y como confiesa en esta carta, ella no había conocido la pasión ni la felicidad y que gracias a Fullerton pudo descubrirlas y darle una nueva dimensión a su existencia. Cierto es también que a partir de 1911 el tono de las cartas adquiere otro cariz. Edith ahora encabeza su correspondencia con un: "Querido amigo", y se despide con un "Tuya" o "Con *amitiés*" [Amistosamente]. La escritora ha aprendido, ha crecido gracias al dolor y la indefensión que este "amor loco" le ha causado. Por fin, parece decidida a no dejarse embaucar o seducir y se resigna a mantener una buena amistad, no especial, ni diferente, sino simplemente una relación amistosa con Fullerton, que conservarán en estos términos hasta 1916. Las cartas ya no destilan un alto contenido amoroso y sensual, y adquieren un carácter menos personal, y más profesional y distante. Edith por fin ha encontrado la clave para mantener el contacto, dándole un nuevo significado a la relación; está decidida a echar una mano a su joven amigo: consiguiéndole encargos editoriales, ayudándole con la escritura y aconsejándole profesionalmente. También le presenta a gente influyente de los distintos círculos a los que ella tiene acceso. Todavía en alguna ocasión se vuelve nostálgica y recuerda episodios de su vida pasada y, a veces, se pregunta qué hubiera sido de ellos si se hubieran conocido cuando sólo tenían dieciocho años.

Edith Wharton se separó de su marido en 1913. No se ha conservado más que una carta dirigida a Fullerton en 1921. De modo que desde 1916 parece haber un profundo silencio entre ambos, que se mantiene hasta que catorce años más tarde, el 16 de noviembre de 1930, Edith contesta a Fullerton desde el Hotel Crillon. Este debió de enviarle una nota halagando su último libro, *Hudson River Bracketed*, y Edith escribe a su antiguo amante para darle las gracias:

> Con lo agradecida que yo soy, resulta sorprendente descubrir que el deseo de eludirme por tu parte a lo largo de tantos años se haya hecho extensivo también a mis libros. Me ha-

bía engañado a mí misma pensando que, aunque sintieras indiferencia por tu vieja amiga, aún seguías en contacto con ella a través de sus libros. ¿Por qué me has arrebatado las pocas ilusiones que me quedaban?

Sólo puedo esperar que *Hudson River* te haga sentir que has perdido algo —infinitesimal— al rechazar totalmente a tu

Edith

Esta epístola resulta conmovedora porque quizá tal y como insinúa Edith aquí, en cierta medida sus libros eran una forma de rendir homenaje al amor que le inspiró Fullerton. La escritora secretamente confiaba que gracias a ellos y a las historias de amores imposibles y atormentados que narraba en sus novelas el contacto no se había perdido del todo, sino que se comunicaban a través de los libros. Quién sabe cuántas de sus novelas las escribió para que él las leyera.

La última carta que se conserva está fechada el 8 de febrero de 1931. En ella Edith se queja de que no vaya a pasar unos días a Sainte-Claire, el hermoso castillo que había comprado en el sur de Francia y donde pasaba los inviernos:

Siento mucho saber que aún sigues cansado, aunque me parece una pobre excusa para no venir aquí a tomarte un descanso de diez días. Sin embargo, pensándolo bien, me parece que no sabes lo que es estar conmigo; por eso comprendo tu reticencia.

Seis años después de haber escrito esta última carta que se conserva, Edith morirá de un infarto. Esta mujer, autora de obras tan importantes como *Ethan Frome* y *La edad de la inocencia*, que fue nominada para el Premio Nobel y que obtuvo todo el reconocimiento de la sociedad por su trabajo, desde la Medalla de Oro de las Artes y las Letras Americanas hasta la Legión de Honor del gobierno francés, gracias a la iniciativa de promover albergues para refugiados americanos durante la guerra, además del Premio Pulitzer y el doctorado *honoris causa* de la prestigiosa Universidad de Yale, no logró jamás aquello que más vehementemente deseó: el amor incondicional del hombre que le hizo mirar el mundo con otros ojos.

Sin correspondencia
Miguel de Unamuno y Delfina Molina

Esta es la historia del extraordinario y desconsolado amor de una mujer, Delfina, por un hombre, Unamuno. Su relación pone de manifiesto que hay veces que el amor no necesita de la correspondencia del sujeto amado, sino que se alimenta por sí mismo. Quizá esta sea la única forma de pasión que se vuelve imperecedera, ya que no requiere de la anuencia del otro para existir.

Todo empezó en septiembre de 1907, cuando Delfina escribió su primera carta a Unamuno. En ella se disculpa por molestarle, le trata de "estimadísimo señor" y le pide bibliografía para una tesis sobre el estado crítico del espíritu científico, haciéndole notar sus opiniones sobre la naturaleza y sus dudas respecto al progreso:

> [...] Hasta ahora he pensado en todo como usted.
>
> Tengo gran confianza en sus juicios y por eso pienso que lo que Vd. quiera hacer por mí estará en la misma corriente de mis ideas y me será por lo tanto muy provechoso. [...]
>
> Aprovecharé en la medida de mis fuerzas sus consejos, porque le reconozco a Vd. autoridad para dármelos.
>
> No insisto en la estimación que le profeso porque esas declaraciones por muy sinceras que sean son siempre un poco chocantes.

A este primer contacto, sincero y directo, el escritor debió de dar cumplida respuesta. Tres años más tarde, Delfina vuelve a escribirle y ya no dejaría de hacerlo hasta poco antes de la muerte de Unamuno en 1936.

Delfina Molina y Vedia nació en Buenos Aires en marzo de 1879. Estudió química y pronto descubrió su vocación de profesora, trabajo que empezó a desarrollar en 1907. Cuando escribió la primera carta a Unamuno estaba ya casada con un catedrático de lengua y literatura españolas. Es posible que su largo silencio de tres años se debiera a que el nacimiento de sus tres hijos la mantuvo suficientemente ocupada.

Miguel de Unamuno había nacido en Bilbao en 1864. Estudió filosofía y letras y se doctoró en 1884. A los 25 años empezó a publicar sus primeros escritos. Poco después contrajo matrimonio con Concepción Lizárraga y consiguió una cátedra de lengua y literatura griegas en la Universidad de Salamanca. Antes de recibir la primera carta de Delfina, Unamuno había pasado por una aguda crisis de fe, provocada por la enfermedad de uno de sus ocho hijos, que marcaría su pensamiento en el futuro. Unamuno amaba España y era un hombre profundamente religioso, dos características que definen bien su pensamiento absolutamente antagónico con el de la joven profesora que un buen día entró a formar parte de su vida de forma indeleble.

El tono que adopta Delfina en su segunda carta es mucho más personal, como si los años de silencio no lo hubieran sido y les uniera una honda amistad. Ella trasvierte en esta carta las pautas de lo que debería ser una relación entre discípula y maestro, dejando entrever ya el carácter posesivo que más tarde iría adquiriendo la relación. La carta data de enero de 1911:

> A pesar de no haberle contestado hasta hoy le he recordado constantemente, como a la persona, de todas las que conozco, que mejor encarna la belleza de la cultura, unida a la belleza del carácter.

> Aunque he vivido en el trabajo y en la lucha como cualquier hombre, conservo felizmente mucho de mujer, y por eso no sé estimar sin querer. De tal manera que mi recuerdo de Vd., presente en todos los instantes de mi memoria (si bien Vd. lo ignoraba) ha sido un recuerdo lleno a la vez de admiración y de afecto.

A continuación confiesa sus inquietudes intelectuales respecto a la imposibilidad de abarcar todo el saber, su anhelo de conocimiento y su desasosiego ante la idea de que no llegará a conocer y a comprender todas las grandes obras. Para terminar, le propone que la acepte como a una hija:

> Como siento hacia Vd. una simpatía y afinidad de espíritu tan grandes como mayores no pueden existir de un padre a una hija, me he permitido estas expansiones. ¿Me consideraría Vd. como una hija? [...]
>
> Si Vd. quisiera contestarme diciéndome lo que hace en su casa, en una palabra, hablarme como a una persona de su familia, me produciría un placer infinito, porque créame Vd. lo quiero.

Poco después, siguiendo con lo que ella denomina "expansiones" pide al escritor que le envíe una fotografía suya. Unamuno debió de complacerla con creces enviándole la foto con una dedicatoria, ya que en la siguiente carta Delfina le agradece la foto y lo escrito en el dorso mostrándose exultante, algo que debiera haber alarmado a don Miguel de Unamuno; un hombre que alardeaba de conocer muy bien al género femenino. Sin embargo, es la última carta del año 1911 donde Delfina expresa abiertamente cómo empieza a aferrarse a "el más grande de los españoles" y cómo él es el único que le alivia de su soledad. En la misiva se refiere a una prima suya, que se suicidó, y que era una verdadera hermana espiritual:

> La única persona que haya sido para mí un verdadero estímulo. La lloré mucho, la lloro ahora, y la lloraré siempre. Sin Vd. estaría actualmente completamente sola.

Y a continuación menciona por primera vez el tipo de lazos que mantiene con los que le son más allegados:

> Tengo padres, hermanos, marido, hijos (muy chiquitos aún) que me quieren y yo los quiero, pero... me ven mal o como no soy de ninguna manera, o como soy pero acentuándome todo lo que llevo en mí de malo, afeándome, en una palabra.

Para finalizar Delfina le anuncia que tiene pensado viajar a Europa a comienzos del próximo año y elogia la ciudad en que reside Unamuno, Salamanca, donde le gustaría vivir:

> ¡Tengo tanto que aprender y Vd. podría enseñarme tanto! Sería la felicidad. Pero es claro que no ha de ser posible... Mientras tanto se puede vivir de ilusiones. No sé si le molesto escribiéndole tan largamente. Dígamelo, se lo ruego. No sé si para Vd. representa algo, la inmensidad de mi afecto. No sé expresarlo.

Todavía en estas cartas mantiene ciertas distancias, por lo menos formales: firma con su nombre completo, y le venera desde su digno puesto de pupila-hija. Pero quizá el hecho de que Unamuno le dedicara dos de sus colaboraciones en el diario *La Nación* de Buenos Aires desbocó los sentimientos que ya se dejaban entrever prácticamente desde el comienzo de su correspondencia. En el primer artículo *Dulces recuerdos de la infancia*, menciona a "una amiga entrañable", y este apelativo que Delfina hizo suyo, provocó que el tono de sus cartas avanzara en esta escalada efusiva dirigida a un hombre al que todavía no había tenido oportunidad de conocer personalmente.

En febrero de 1912 las palabras escritas por la joven profesora a modo de postdata son:

> Si no le sobra mucho, mucho tiempo, no me escriba. Tengo confianza en la inmensidad de mi afecto y no dudo de que estoy presente algunas veces en su espíritu, además, con esas queridas palabras, yo tengo ya para llenar toda mi vida.

Ni ellos mismos podían imaginar cuánto de cierto había en la última frase. A partir de este momento la única razón de ser de Delfina es el amor que siente por Unamuno. También es curioso que le diga que no hace falta que le escriba, pues eso precisamente es lo que terminaría haciendo. Aunque, todavía en 1912, contestaría con sólo dos cartas a las más de diecisiete que le envió ella. No sabemos hasta qué punto esta situación se le fue de las manos a Unamuno, o si, sintiéndose pagado de sí mismo, la fomentó desde el origen. Lo cierto es que ella ya nunca dejaría de acosarle con sus cartas. A la larga, la reacción de Unamuno ante tales y tantas manifestaciones de amor fue más bien despreciable, de una injusta dureza y alejada de toda consideración.

En 1912 ella ya había dado lectura a un gran número de libros de su querido escritor, y de este modo supo lo importante que era para él la figura de la madre, a la que ella se intentó asimilar. Las siguientes cartas muestran cómo, sin por supuesto minusvalorar al pensador que descubre en sus lecturas, prefiere al hombre. Un hombre que ha inventado para que sea su interlocutor y el objeto de su deseo, pero que poco a poco irá convirtiéndose en un fantasma. Sin embargo, todavía en esta primera época, aunque Delfina no le oculta su afecto, y su dependencia de él, Unamuno debe sentirse sorprendido por el entusiasmo y fanatismo que exhala esta mujer en sus cartas. No debía de imaginar cuál era la naturaleza de su amor, por eso con el segundo artículo que le dedica en *La Nación*, "A una amiga argentina", lo que hace es avivar el fuego de la pasión sin darse cuenta. Luego, ya sería tarde. Sabemos que él estaba "enamorado" de su mujer y que quizá lo único que pretendía al dedicar estos artículos a Delfina era resarcirla de la devoción "espiritual" que ella le demostraba en sus cartas. Pero Unamuno se equivocó, y Delfina ya nunca más accedería a ser la amiga entrañable del principio. Ella, aunque apenas consiguiera otra cosa que el silencio hiriente o el desprecio mortal de su amado, se sentía obligada a responder a lo que interpretó como "el llamado" de Unamuno. Delfina nunca llegaría a aceptar que él no la necesitara. El mutismo de veintidós años sería tan significativo para su enajenado corazón como la mayor prueba de amor.

En mayo de 1912 escribe:

> No hay en mi ser ni la más ínfima partícula que no despierte y responda a su llamado... y es cierto que todo mi ser se expande y crece, aún sintiéndome poco para responder que sí, que sí es verdad. ¡Sí, lo comprendo!... De tal modo lo siento a Vd. vivir en mí, que como la Virgen en el momento de la Anunciación, yo me siento milagrosa. No sabía, ni sospechaba siquiera que se pudiera llegar a querer tanto... y me siento como ella embargada por una divina revelación.
>
> Su recuerdo me protege contra todo, es mi fuerza mayor, la verdadera fuente de mi vida.

Durante este año Delfina escribe una o dos veces al mes a Unamuno, sus largas epístolas adquieren un tono algo lúgubre o apesadumbrado. En ellas están a menudo presentes los malos presagios sobre el futuro de Europa, también una cierta sensación de impotencia ante la idea de que no es o no puede ser nadie sin él, y el sentimiento de desbordamiento frente a su situación de mujer casada. En la siguiente carta se atreve a confesarle la clase de relación que le une a su marido:

Escríbame, ¿quiere? Yo muestro sus cartas a mi marido, si bien es verdad que no le muestro las mías a Vd. Una vez expresó él que yo era una abstracción (y es verdad que lo soy para él), y temo que mostrándole estas cartas, note que soy una realidad, aunque no pueda serlo para él. Sobre esto le escribiré. No creo que exista en mí nada que merezca condenación... pero Vd. sabe lo que es juzgar.

Su amiga entrañable.

Hasta finales de año no volvería a recibir una carta de Unamuno, mientras tanto ella le reitera una y otra vez sus sentimientos. Repetía incesantemente lo mucho que sufría, la soledad en la que estaba inmersa, lo indefensa y desamparada que se sentía porque sólo le tenía a él. Sin embargo, parece que a Unamuno estas confesiones aún no le intranquilizaban, quizá porque todavía no se habían traducido en una expresa declaración amorosa. Delfina seguía leyendo sus artículos buscándose en ellos, y así cuando él escribe que "algo bueno le había sucedido", o "como si estuviera menos solo", ella se ilusiona con la falsa creencia de que estos cambios producidos en el estado de ánimo del escritor se deben forzosamente a ella, de aquí que comience a devorar cada una de las colaboraciones que el escritor realiza buscando nuevos estímulos.

En 1913 Delfina se descubre del todo y aclara el tipo de amor delirante que le profesa; su sentido de posesión ha ido en aumento haciéndose más y más agudo. En enero de ese año escribe:

Hace poco leyéndolo a Vd. me asaltó de golpe una pena íntima y profundísima. Comprendí su dolor de escribir para los otros, para tantos envidiosos e incomprensivos y esta pena tan honda y nueva para mí me dió la impresión de que yo, solamente yo, tuviera derecho a su obra. Es una exageración absurda, me dirá Vd. y ya lo sé, también a mí mi razón me lo dice. Pero así siento. Es como un despecho de que otros lo lean y lo juzguen. Como si me robaran algo. [...]

> Casi no puedo tolerar que lo nombren. Nunca veo el espíritu que deseo para Vd. Si alguno lo quisiera como yo lo quiero... ¡entonces sí que me agradaría oír hablar de Vd.! [...]
>
> Le escribo a veces cartas que luego no le envío.
>
> Tanto es lo que tengo que decirle... y además una sensación de soledad y de desamparo... y el pensar que me agito en el vacío... y que no vale la pena expresar nada... y un dolor que me encierra en mí. ¿Por qué le daremos tanta importancia a lo que sentimos? ¿Qué somos?
>
> Lo quiere más que entrañablemente su amiga.

El hasta ahora miope e insensible Unamuno no podrá pasar por alto la tremenda envergadura de los sentimientos de "su amiga argentina". Será a partir de estas cartas cuando se dé cuenta de que la relación se le ha ido de las manos y decida abandonar toda comunicación con ella. A lo largo de 1913 Delfina le envió más de veinte cartas, él debió de contestar a tres, la última implorándole que dejara de escribirle. En junio, contestando a una de las misivas de Unamuno, en la que probablemente le insta a que no siga por ese camino, Delfina se disculpa:

> Se muestra Vd. tan prudente y bondadoso conmigo que aumenta mi confusión y mi vergüenza.
>
> Asaltar su conciencia así sin derecho ninguno, distraerlo de sus preocupaciones mil veces más importantes la menor de ellas, que todos mis anhelos juntos, por mucho que necesite de su apoyo y de su afecto esto, es en verdad, un acto imperdonable.

Aquí demuestra una vez más algo que ya es un tema recurrente en sus cartas, y es que para ser una mujer digna de ser amada debe empequeñecerse, negarse a sí misma, desestimarse frente al hombre. Un poco más adelante sigue:

Esto es una enfermedad... no sé lo que es. ¿Por qué no habré sabido callar? Mis sentimientos han crecido sin yo saber cómo. Y no, no es porque los haya expresado... no, es una fuerza viva que llevan consigo, y que ni Vd. ni yo hemos de atajar.

Me podrá mandar que no le escriba más. Le obedeceré. Y como Vd. presiente la orden y yo también tal vez sea esta mi última carta. Pero todo no se puede mandar. Mi fuerza está en quererlo, mi vida es la suya. Lo quiera Vd., o no, lo mismo yo viviré de su vida.

Pero ¿no siente Vd. que es así? Sí, sí, no sabe todo... pero esto lo sabe. Y no viviré de otra vida que de la suya. También yo me he dado sin recibir... pero ahora no, ahora Vd. sin sospecharlo siquiera me da más de lo que yo le doy (y Dios sabe si le doy)... [...]

Me avergüenzo en una palabra de no haber callado. Nada más. Más digno de tan grande amor hubiera sido el silencio. Esta sí ha sido mi gran debilidad... no me conformo... de haber sido inferior hasta ese punto a mis anhelos... a Vd.

Pero entiendo que tengo derecho a quererlo ¿Quién podría negármelo? Lo mejor de mí es Vd. lo único vivo y así como no me perdono el haber hablado, así no me arrepiento ni me arrepentiré jamás de quererlo.

Y basta ya... no sé ni lo que digo... estupideces sin duda. Estoy en un estado de desequilibrio profundo. Trate de comprenderme.

Para terminar añade: "Le daría mi vida... y no puedo nada...".

Delfina con esta declaración firma su sentencia de muerte. Ella misma reconoce que debía haber mantenido en secreto su enfebrecida y descomunal pasión. Haber aceptado la relación espiritual que Unamuno le ofrecía, porque de esta manera hubiera disfrutado de su sincera amistad. Pero su carácter, tan temperamental y tan sincero, no se lo permitió. A pesar de lo que afirma en esta carta, Delfina no cumplió su palabra y su obstinada perseverancia le condujo a seguir escribiendo a Unamuno. De todas formas, sus cartas, momentáneamente, vuelven a recuperar la cordura de las anteriores, y por ejemplo, un dato importante es que deja de firmar con su nombre de pila para utilizar de nuevo su nombre completo. Don Miguel acató la petición de enviarle un retrato. Además de la carta y las fotos, añadió dos libros: *La venda* y *La princesa Doña Lambra*. Gracias a este envío, aparentemente inocente, Delfina recuperó el ánimo y volvió a escribirle encendidas declaraciones de amor. Renacida la esperanza de que su queridísimo maestro aceptase su afecto, olvida su compromiso de no escribirle como enamorada, y también recobra el gusto por hacerle confidencias sobre la compleja relación con su marido. Esta carta está fechada en septiembre:

> Mi amor por Vd. ¿es criminal?
>
> No sé si me ilusiono, pero yo siento que no. Y sin embargo soy infiel a mi marido, soy suya y no de él. Soy suya, créame. Cuando pienso que puedo verlo a Vd., estar a su lado y sentirlo separado de mí, me entra un temor y una congoja tal, que ni me atrevo a desearlo.

Delfina sigue debatiéndose entre la ilusión y el desaliento, mientras mantiene una pelea encarnizada entre los sentimientos enardecidos que le provoca Unamuno, y su deber para con su marido. En esta carta hay un momento en que llega a decir que a lo que aspira es a alcanzar su alma: "Hace tiempo que me he apoderado de su espíritu. Lo veo muy bien, como si lo tuviera ante mis ojos. Mejor aún que si lo viera con los ojos". Esta lucha en todos los frentes lo único que le propiciaba eran constantes sufrimientos; no quería renunciar a su marido, y no cejaba en la idea de hacerse presente en la vida del escritor, como este lo estaba en la suya.

De nuevo el escritor le ruega en una carta que no le escriba más. A principios de año ella había viajado a Italia pero su marido le prohíbe que visite España. Esto hará surgir en Delfina un rencor y un resentimiento hacia su esposo que explicará con detalle en sus siguientes cartas a Unamuno, ya que, por supuesto, no estaba en condiciones de obedecer a su amado, y sigue escribiéndole. En vista del silencio de su maestro, ella se nutre de sus colaboraciones en *La Nación*, como si los artículos de Unamuno sobre la guerra en Europa fueran cartas abiertas dirigidas a ella. Durante los siguientes años este será su sustento; seguirá enviándole cartas discutiendo y comentando las opiniones vertidas por él en *La Nación*, y los distintos puntos de vista que ella sostenía sobre la guerra, además de insistir en declararle reiteradamente su amor. En noviembre de 1915 escribe una de las cartas más tristes y desesperanzadas:

> Yo que nunca me he acostumbrado del todo a la vida, que jamás me he atrevido a vivir, defiendo el derecho del fuerte.
>
> Ahora estoy pasando por una crisis terrible. Mis hijitos se enfermaron de cuidado y alejado el peligro me ha quedado una preocupación al par que abatimiento que no alcanzo a dominar. Es estos días se mató un conocido nuestro joven de 18 años y acompañé a la familia. No podía decirles que había obrado mal ni consolarlas a la madre y hermanas, porque verdaderamente creo que cualquiera que piense profundamente diez minutos debe acabar así. ¿Para qué vivimos? [...]

Esta es una larga carta, como un largo aullido de dolor, en la que confiesa los detalles de su desamparada vida; le explica su afición enfermiza al trabajo, sus problemas para seguir adelante con su incompleta existencia, sus deseos de desaparecer, de dejar de ser. Al final de la misma añade:

> Vd. no quiere saberlo pero yo sé que le pertenezco.
>
> ¿Dónde está la libertad? ¡Si uno no logra ni siquiera que reconozcan sus sentimientos!... Si para el amor que es quien

> más imperiosamente la reclama, no existe, ¿qué importa que la haya para otras cosas? A mí se me da un ardite. Aquella es la esclavitud que me pesa, la otra ni me pesa ni me interesa nada. A Vd. en cambio el amor no le importa, o hace como si no le importara. ¡Qué ceguera tan culpable! (Si puede como si no le importara, es claro que es porque le importa poco).

La correspondencia de Delfina se sucede, cada vez más amarga y patética. Desde finales del 1917 hasta 1922 no se conservan cartas de ella, quizá porque no escribiera o lo hiciera muy de tarde en tarde. Aunque la primera hipótesis parece la cierta, ya que no tendría sentido que Unamuno se hubiera deshecho sólo de las cartas de este periodo. El motivo de reanudar la correspondencia en septiembre de 1922 es la publicación de su libro de poemas *Por gracia de amor.*

> Sr. D. Miguel de Unamuno
> Desde hace muchos años estoy, amigo y padre mío, esperando una carta suya que no llega.

De su libro de poemas dice que es hijo de ambos:

> Del mismo modo que puede uno tener hijos de la carne a despecho del padre, pueden nacerle a uno hijos de espíritu, que el padre no reconoce ni ama.

La flamante poeta reanudó la correspondencia de una forma mucho más espaciada, hasta que, de nuevo, uno de los artículos de don Miguel volvió a ilusionarla por creer que la aludía. Este fue el aliento que encontró Delfina para reiniciar una etapa de resurgimiento de la pasión epistolar. Una de estas cartas obtuvo respuesta por parte de Unamuno aunque los motivos que le llevaron a hacerlo se nos escapan.

En 1924 el escritor es desterrado a la isla de Fuerteventura a causa de su oposición a la dictadura de Miguel Primo de Rivera. Desde Fuerteventura Unamuno le escribió en un estado lamentable. Es difícil desentrañar cuál fue la razón o razones que le llevaron a elegirla como destinataria de su dolor, pero en su carta habla de la posibilidad de ser asesinado. Quizá la eligió para desahogarse, porque su sufrimiento no le importaba. Esta, si es así, tal vez fuera su primera crueldad consciente. La carta y la sospecha de que Fuerteventura sería el único lugar donde podría encontrarle solo, sin su esposa, hicieron que Delfina se movilizara. La excusa fue que su hija Laura debía conocer Europa, pero lo que ella buscaba era cumplir un sueño que llevaba dándole vueltas y torturándola más de trece años. Se desconoce cuáles fueron las motivaciones de Unamuno para no disuadirla de la locura de su propósito; podía haberle pedido que no fuera, o al menos haberle advertido de que no era bienvenida. Quizá de este modo Delfina hubiera ido preparada para la indiferencia que le mostró en Fuerteventura y la crueldad con que la trató, más tarde, en París, a donde huyó Unamuno en un barco fletado por el director del periódico francés *Le Quotidien*. En Fuerteventura pasaron varios días juntos, pero nunca a solas. Quizá él desplegara con Delfina la elemental cortesía que corresponde, y ella debió de interpretarlo como una muestra de amor. Más tarde, esta mujer fuera de lo corriente, se las ingenió para seguirle a París donde el pensador ya no tuvo tiempo para ella ni para sus requerimientos. Delfina era en esa época, a sus cuarenta y cinco años, tal y como nos revelan las fotografías, una mujer corpulenta, de cintura y pechos orondos, que llevaba unos vestidos anchos muy poco favorecedores y lucía un corte de pelo tal y como dictaba la moda del momento. En definitiva no era una mujer, entoces, a la que se pudiera calificar de seductora.

Su primera carta ya de vuelta en Buenos Aires, hace acuse de recibo del duro trato recibido, pero el tono muestra que ya nada puede corromper su amor, ni hacerlo disminuir.

> Cuando recuerdo aquellas horas de Fuerteventura... cuando recuerdo que hubo días en que sólo unos pasos me separaban de Vd. en que podía verle y oírle, y contemplar aquel paisaje radioso de la montaña, o descansar junto a Vd. en aquella playa tan querida! ¡Qué sensación tan honda de paz, qué sensación de alivio, de descanso tan extraña, teniendo como tenía que esconder mi corazón! [...] Me parecía que no importaba callarlo todo. Confiaba yo en Vd. y sentía que Vd. confiaba en mí. Una felicidad tan grande yo no aspiraba a alcanzar. Y cuando dejé la isla me acompañaba tan vivo su recuerdo que me parecía que ya estaba protegida para siempre contra todo infortunio.
>
> Luego en París la ausencia casi constante, (lo que menos puedo sufrir) y aquel aire suyo tan desatendido de mi persona.
>
> He padecido horriblemente. Tenía unos deseos atroces, lacerantes de verle a Vd. a solas. Pero como lo sentía alejado, casi como temeroso de verme, me resigné a acatar su voluntad.

La triste enamorada vería una vez más a don Miguel en Hendaya en 1926. Poco después se publicó el texto de *Cómo se hace una novela*, donde dedica el escritor unos párrafos de una crueldad sin límites a la desdichada Delfina:

> Y entonces, al final de mi confinamiento en la isla, después de que mi hijo mayor hubo venido con su mujer, a juntárseme, presentóse una dama —a la que acompañaba, para guardarla acaso, su hija— que me había puesto casi fuera de mí con su persecución epistolar. Acaso quería darme a entender que llegaba a hacer conmigo lo que los míos, mi mujer y mis hijos, no habían hecho. Esa dama es mujer de letras, y mi mujer, aunque escriba bien, no lo es. ¿Pero es que esa pobre mujer de letras, preocupada de su nombre y queriendo acaso unirlo al mío, me quiere más que mi Concha, la madre de mis ocho hijos y mi verdadera madre? Mi verdadera madre, sí. En un momento de suprema, de abismática congoja, cuando me

vió en las garras del Ángel de la Nada, llorar con un llanto sobrehumano, me gritó desde el fondo de sus entrañas maternales, sobrehumanas, divinas, arrojándose en mis brazos: "¡Hijo mío!". Entonces descubrí todo lo que Dios hizo para mí en esta mujer, la madre de mis hijos, mi virgen madre, que no tiene otra novela que mi novela, ella, mi espejo de santa inocencia divina, de eternidad. Es por lo que me dejó solo en mi isla mientras que la otra, la mujer de letras, la de su novela y no la mía, fué a buscar a mi lado emociones y hasta películas de cine.

A pesar del inmenso dolor que le produjo a Delfina leer estas demoledoras palabras, afiladas como hachas, como no podía ser de otra manera, terminó perdonando tan inmensa y sobre todo gratuita crueldad y siguió escribiéndole. Sus cartas se convirtieron en extensos soliloquios, en espera de una respuesta que ya no llegaría. A lo largo de los últimos años, la efusión de sentimientos adquiere un carácter más reposado, y deja de lado parte de su dialéctica. Uno de los aspectos más destacados es que por fin se deshace del tratamiento de Vd. de todos estos años; llegada a la madurez, encuentra un tono mucho más íntimo y sutilmente erótico.

Alma mía:

Estas palabras con que suelo empezar mis cartas no son en realidad palabras son besos con los que te cubre alma y cuerpo. Lo pensé siempre sin decírtelo, pero es bueno que lo sepas. Alma mía, es simple traducción de esto otro.

Te abrazo y te beso... te beso.

Don Miguel de Unamuno murió el 31 de diciembre de 1936, Delfina le sobrevivió veinticinco años. Había muerto el objeto de su amor, pero no su amor que seguiría vivo en su mente hasta el final de sus días. La última carta de Delfina está fechada en el verano de 1936 y en ella escribe:

Cuídate alma mía, piensa que estoy sola, lejos de ti, y piensa en lo que tú representas en mi vida.

Jamás se sabrá qué representó esta mujer en la vida de Unamuno, no deja de resultar sospechoso y extravagante que guardara casi todas sus cartas, ¿era una cuestión de vanidad? ¿Sintió algo más por ella de lo que llegó a verbalizar? Nunca se podrá descubrir la verdad. De lo que no cabe duda es que Unamuno representó para Delfina el aire que respiraba y su amor sólo palideció el día que exhaló el último suspiro.

Con ellas llegó el escándalo
Vita Sackville-West y Violet Trefusis

La relación entre Vita Sackville-West y Violet Trefusis fue un escándalo monumental. Vita era conocida en un primer momento por su íntima amistad con la escritora Virginia Woolf, a quien inspiró el personaje de Orlando. Sin embargo, cobró entidad por sí misma, como oveja negra de una época, la eduardiana, y una clase, la aristocrática; una sociedad, en definitiva, de un conservadurismo atroz que no podía tolerar tanto desmán. Esta es una conmovedora historia de pasión y dolor.

Vita Sackville-West pertenecía a una familia de aristócratas, había nacido en 1892 y fue la única hija del matrimonio formado por el segundo Lord Sackville-West y su prima Victoria. Su madre era de una belleza extrema y una enorme sensualidad, pero con el paso de los años el carácter se le agrió y se convirtió en un ser atormentado, egoísta y a veces cruel. El amor por su hija era variable y sofocante. Pero Vita adoraba a su madre y la tenía en un pedestal, igual que Violet a la suya. Siendo todavía una niña Vita, al ver que siempre estaba rodeada de hombres poderosos que la cortejaban sin descanso, dedujo que era mejor no competir con ella y quizá por esta razón suprimió cualquier aspecto femenino de su naturaleza.

Violet había nacido en 1894 y era la hija primogénita de George y Alice Keppel. Esta última fue durante doce años amante oficial de Eduardo VII. Violet tuvo como modelo fundamental de pareja enamorada al rey Eduardo y a su madre, de este modo la fascinación de un idilio ilícito se fue instalando poco a poco en la soledad de su infancia. Esto tuvo un efecto pernicioso en su concepción absolutamente inexacta de lo que era el amor y de cómo podía alcanzarse la felicidad. Su madre personificaba ese elevado romanticismo que no entiende de materialismo ni de moralidad. Ambas madres ejercieron una influencia indiscutible en el desarrollo del carácter de sus hijas; una impronta indeleble que marcaría sus vidas.

Vita y Violet se conocieron en Londres en 1904 tomando té en casa de una amiga común. Desde entonces Vita se convirtió en el objeto de deseo de Violet. Las dos escribieron en sus respectivos diarios sus impresiones sobre este primer encuentro.

Así es cómo Vita relató esta primera tarde y describió a la que, con el paso de los años, estaba llamada a ser su amante:

> Yo tenía doce años, ella dos menos, pero todos sus instintos correspondían a alguien seis años mayor. Me parece muy significativo que recuerde de manera tan vívida la primera vez que la vi. Nos conocimos en un té junto al lecho de una amiga mutua. [...] Le pidió a su madre que le preguntara a la mía si podía ir a tomar el té con ella. Fui. Nos sentamos en la habitación tenuemente iluminada y hablamos de nuestros antepasados, un tema bien extraño. En el vestíbulo, al marcharme, me dio un beso. Esa noche compuse una canción, *Tengo una amiga.* La recuerdo muy bien. La canté mientras me bañaba.

Violet, por su parte, escribió con esa perspicacia que la caracterizaba:

> Conocí a una chica mayor que yo pero, pero aparentemente igual de insociable. Era alta para su edad y desmañada; iba muy mal vestida con lo que parecía ropa vieja de su madre. [...]

> Me pareció simpática, pero bastante infantil (yo tenía diez años). Sin embargo, nos separamos sintiendo una estima mutua. Las represiones de mi corta vida encontraron inmediatamente salida en una voluminosa correspondencia. Bombardeé a la pobre niña con cartas que se iban volviendo más pesadas mientras las de ella tendían cada vez más hacia el tipo "ayer mi conejito tuvo seis crías". Evidentemente, no era buena corresponsal. No obstante, nuestros encuentros compensaban su pusilanimidad epistolar... Nuestra amistad fue creciendo a lo largo de todo el invierno y me invitaron a pasar unos días en Knole.

Tuvieron que pasar catorce años antes de que se consumara su turbulenta pasión. Durante este tiempo el amor de Violet por Vita se mantuvo en rescoldo, hasta que el 18 de abril de 1918 hizo su aparición en todo su esplendor. Violet había ido a visitar a su amiga a Long Barn unos días antes. En su autobiografía Vita relata cómo sucedieron los hechos: "Creo que llevaba una semana aquí, cuando todo cambió súbitamente. [...] Me cambió la vida". Violet había esperado largo tiempo a que llegara este momento, en un esfuerzo supremo por conquistar el amor de la persona que siempre había deseado, dejó que su amiga se desahogara, se liberara y le hablara de su lado masculino, la escuchó recostada en el sofá, sin interrumpirla. Vita continúa: "Era como si yo fuera un muchacho de dieciocho años y ella una mujer de treinta y cinco. Actuó con infinita inteligencia: no me dio prisas ni me permitió ver a dónde iba a parar". Violet se había puesto un vestido de terciopelo rojo, tenía la cara pálida, y el cabello castaño claro; estaba muy seductora. Vita escribe en su diario: "Me atrajo hacía sí hasta que la besé... Entonces tuvo la sensatez de levantarse e irse a acostar; pero volví a besarla en la oscuridad... ella se abandonó en mis brazos". De este modo comienzan los tres años a lo largo de los cuales el desenfreno, el vehemente deseo, las disputas y las reconciliaciones llegaron a su máxima expresión.

Cuando se produjo este primer acercamiento sexual, Vita Sackville-West llevaba varios años casada con Harold Nicholson, un diplomático británico. Habían tenido dos hijos, Ben y Nigel, y su matrimonio pasaba por una aguda crisis. Un año antes, en 1917, Harold había contraído una infección venérea que le obligó a confesar a su mujer los detalles de sus relaciones homosexuales. Este incidente y la respuesta de Vita, acusando el golpe sin perder la dignidad, explican en gran medida la tolerancia de que hizo gala Harold respecto al comportamiento delirante de su mujer durante los tres años siguientes. Por su parte Violet había conocido a Denys Trefusis, el que luego se convertiría en su celoso y menospreciado marido.

Después de este primer encuentro amoroso, Violet escribió a Vita cuando se separaron:

> ¿Cuánto tiempo más tengo que seguir soportando la farsa de robar unas pocas horas para estar con alguien que tiene mi vida en sus manos?

Y días más tarde:

> Es posible que lo que escribo sea basura, pero es que estoy borracha, borracha de la belleza de Mitya. Todo el día de hoy he estado incoherente. Hay en ti un esplendor bárbaro que ha conquistado no sólo a mí sino a todo el que te ha visto.

Durante la primavera de este año Vita con ayuda de su amante comenzó a escribir su primera novela que se publicaría con el título de *Challenge*. En ella Vita queda retratada como Julian y Violet es Eve.

El 30 de junio de 1918 Violet escribe:

> [...] separarme de ti hoy ha sido un infierno. Dios mío, cómo te adoro y te deseo. No sabes cuánto. Anoche fue la

> perfección. Estoy orgullosísima de ti, cielo mío, me deleito en tu belleza, tu belleza de figura y de rasgos. Me regocijo de mi rendición hoy, pero no siempre. Querida, si tu novela estuviera en francés, inevitablemente hubiera tenido que titularse *Domptée* [Domada].

Con esta afirmación sobre el título de la novela, Violet hace alusión a cómo se siente y en qué términos se ha establecido la relación: Vita disponía y ella obedecía. La futura escritora sabía que la vida de Violet estaba en sus manos. Vita desde pequeña se había aficionado a la escritura; pasaba horas y horas refugiada en la literatura, quizá buscando la coherencia necesaria que no encontraba en su entorno familiar, dominado como estaba por una madre caprichosa y sumamente exigente.

Gracias a la refinada educación recibida, las dos amantes conocían varios idiomas y de hecho escribían las cartas mezclándolos: francés, italiano, inglés y algo de caló. El estilo de Vita es mucho más controlado, hay una intención literaria en cada una de sus frases, por el contrario Violet es como un volcán en erupción, sus palabras son un río de lava; es aguda, sagaz, unas veces tremendamente sugerente, otras corrosiva. Violet tenía para su amante muchos nombres: Mitya, Dmitri, o Julian; ella, a su vez, se hacía llamar Lushka o Alushka. Salvo las pocas cartas que Vita escribió a Violet después de la muerte de Denys Trefusis, el resto de la correspondencia no se conserva, ya que todas las cartas fueron destruidas por el marido de Violet en un arranque de celos, como si destruyendo los lazos que las habían unido pudiera borrar, inmolar, todo el sufrimiento que este amor le causó.

El 25 de agosto de 1918 Violet escribe:

> Esta imponente ansia de ti consume mis días y unos sueños insufribles llenan mis noches. Te deseo. Te deseo vorazmente, frenéticamente, apasionadamente. Me muero por ti, si quieres saberlo. No sólo por tu físico, sino por tu amistad, tu

comprensión, los innumerables puntos de vista que compartimos. No puedo existir sin ti, tú eres mi afinidad, mi complemento intelectual, mi alma gemela. ¡No puedo evitarlo! ¡Y tú tampoco! *Nous nous completons* [Nos completamos].

Violet está desesperada, quiere escaparse con su amante, empezar una nueva vida, dar forma a su irresistible deseo. Esta será una constante en su turbulenta relación. Violet necesita escapar, vivir intensamente, hasta sus últimas consecuencias, el amor que siente por su compañera. El principio de la carta es un lamento que va creciendo, haciéndose más urgente, hasta que al final se traduce en un desafío:

Te quiero para mí, quiero marcharme contigo. Tengo que hacerlo y lo haré y al infierno el mundo y al infierno las consecuencias, y que tenga cuidado el que se atreva a interponerse en mi camino.

Sus cartas reclaman la presencia de su amada Vita, la conminan a que deje todo, a que sea ella y abandone al "tontorrón de su marido". En octubre escribe:

Sé malvada, sé valiente, emborráchate, sé imprudente, sé disoluta, sé despótica, sé anarquista, sé una fanática religiosa, sé una sufragista, sé lo que quieras, pero por piedad selo hasta el límite. Vive, vive plenamente, vive apasionadamente, vive desastrosamente *au besoin* [si es necesario]. Vive la gama de las experiencias humanas, construye, destruye, vuelve a construir. ¡Vive, vivamos tú y yo, vivamos como no ha vivido nadie hasta ahora, exploremos e investiguemos, avancemos sin miedo por donde hasta los más intrépidos han titubeado y se han detenido! [...]

Mitya, podrías hacer lo que quisieras de mí, o más bien Julian. Amo a Julian, arrolladoramente, devastadoramente, posesivamente, exorbitantemente, sumisamente, insaciablemente, apasionadamente, desesperadamente. También coquetamente, conquistadoramente y frívolamente.

El 16 de noviembre de aquel año viajaron solas a París. Vita en ese viaje se sintió más libre que nunca y llevó a la práctica una de las cosas más audaces de su vida —algo que ya había ensayado previamente en Londres—; vestirse y comportarse como un hombre en público, haciéndose llamar Julian.

A ambas les parecía extraordinario que nadie se diera cuenta de su disfraz y durante el tiempo que duró su estancia en Francia Vita adoptó este papel. No volvieron a casa aquella Navidad, sino que postergaron su regreso hasta el mes de marzo de 1919. Durante esta larga escapada —que Vita recordará como un cuento de hadas—, actuaron como una pareja de novios. Vita, ataviada con traje y corbata, la cabeza vendada para ocultar el cabello, el cigarrillo siempre suspendido en los labios, y los andares altaneros propios de un joven dandy, paseaba al lado de su pizpireta novia, bajita y regordeta. Los padres de Vita estaban muy disgustados con su hija. Su marido abandonó la residencia familiar en Knole y se trasladó a París mientras, el comandante Denys Trefusis, como si esa guerra no fuera con él, hacía los preparativos para casarse con Violet. Pero todo París hablaba de ellas, y llegaron a oídos de Harold los rumores de sus extravagantes juegos y bailes, con Vita vestida de hombre en el Café de París. En Londres lady Sackville decía a todo aquel que estuviera dispuesto a oírla que Violet Keppel era una pervertida sexual.

El 26 de marzo de este mismo año Denys anunció el compromiso con Violet, su madre estaba entusiasmada con tener por fin a su hija firmemente comprometida. La boda debía celebrarse en junio, pero Violet tenía la esperanza de que su amante la impidiera escapando con ella el día anterior a la ceremonia. Vita había accedido a marcharse con Violet pero, en el último momento, se dejó convencer por su marido, y accedió a viajar con Harold a París y así evitar la tentación. Antes de que se fuera, Violet la amenaza con que si lo hace renunciará a ella para siempre:

> Esta noche he tomado una decisión. Si te vas a París no volverás a verme. Quizá te alegre leer esto. Quizás es lo que esperabas desde el principio. Tomo esta decisión porque te amo de una forma tremenda, no por ninguna razón. Lamento tener que decirlo, pero no confío en ti. Soy más desdichada de lo que te puedes imaginar. Al renunciar a ti, estoy renunciando a toda mi vida.

Sin embargo, Vita se va y las cartas no se interrumpen; Violet transmite en esta un dolor tan vívido que se puede tocar:

> Te deseo cada segundo y cada hora del día, y sin embargo lenta e inexorablemente me están atando a otro. A veces me invade una agonía de ansia física, un anhelo de tenerte cerca y de que me toques. Otras veces tengo la impresión de que me contentaría con oír el sonido de tu voz. Intento con todas mis fuerzas imaginarme tus labios sobre los míos. Jamás la imaginación me había causado tanta tristeza. [...]
>
> Nada ni nadie en el mundo podría matar el amor que siento por ti. Te he entregado toda mi individualidad, la esencia misma de mi ser. Una y otra vez te he entregado mi cuerpo para que lo trataras a tu antojo, para que lo hicieras añicos si tal era tu voluntad. Todos los tesoros de mi imaginación los he puesto desnudos ante ti. No hay ningún rincón de mi mente en que no hayas penetrado. Te he abrazado y acariciado, he dormido contigo y me gustaría decirle al mundo que clamo por ti.

Las respuestas de Vita no están a la altura de las circunstancias, a juzgar por lo que escribe Violet, quien considera que sus cartas son poco comprometedoras y arriesgadas: "La precaución es una cualidad que abomino y desprecio". Violet critica su estilo literario y su frialdad, le pide que se desahogue, que sea ella. Pocos días después Violet hace referencia a las cartas que ha ido recibiendo de Vita a lo largo de su vida. Desde las primeras que se escribieron con doce y diez años, hasta las de amor que le envió después de haber intimado sexualmente; siente nostalgia.

En mayo Vita sigue ausente con su marido. Violet está absolutamente desesperada, cambia de humor constantemente, a veces la amenaza con matarse, otras la desprecia o la insulta y otras le pide perdón y le ruega que regrese. Cree que su apasionamiento le va a llevar a la locura o a la muerte. Este fragmento fue escrito en francés:

> Mi amor, mi vida, regresa. Debes regresar.
>
> A veces, antes de dormirme, a fuerza de desearte, termino sintiendo tu cuerpo tendido a mi lado, todo el calor de tu carne estremecida, los besos en tu boca y las caricias de tus dedos, y desfallezco, y me siento a punto de morir.
>
> ¿No tienes jamás estas sensaciones? Venga, un poco de franqueza.
>
> Es que te deseo, te deseo hasta el frenesí. Hay días enteros en los que no pienso otra cosa. Es demencia, lo que quieras, pero muero por ello. Estoy segura de que jamás has sentido una cosa semejante.
>
> Mi amor, mi alegría, regresa, te lo suplico.

Pero Vita no regresó y, el 16 de junio de 1919, Violet se casó con Denys Trefusis. Ese día Violet escribió a su amada una sola frase: "Me has partido el alma, adiós". Violet se había encargado de pactar con Denys antes de casarse que el matrimonio no se consumaría. Camino del suroeste de Francia, donde tenían pensado pasar su luna de miel, los recién casados permanecieron las dos primeras noches en París. Al día siguiente de la boda, el 17 de junio, apareció en el hotel donde estaban alojados una Vita perturbada, que raptó a su amiga, se la llevó al hotel y le hizo el amor violentamente. Vita lo describe en su diario: "Me enferma escribir e incluso pensar al respecto; me arden las mejillas. Fue espantoso. Me había marchado de Versalles y vivía sola en un pequeño hotel. Allá la llevé, la traté salvajemente, le hice el amor, la tuve, fue mía, no me importó nada, solo quería herir a Denys, aunque este no se enterara nunca".

A la mañana siguiente Violet reveló a su recién flamante marido que había estado planeando huir con Vita durante estos últimos meses para no tener que casarse con él. Además, le confesó que él no le importaba en lo más mínimo. Los días posteriores a su boda fueron una tortura para el malhadado Denys, que nunca olvidaría la cruel escena y las hirientes palabras de su esposa.

En el transcurso de su luna de miel, que supuso todo un vía crucis, Violet siguió escribiendo a Vita, deseándola con vehemencia:

> Una tras otra me asaltan la desdicha, la angustia, el cinismo, la desilusión, la apatía, el resentimiento, luego nuevamente la desdicha, los celos, la desesperación, la desgana para después volverse a reafirmar mi inexorable temperamento. [...]
>
> Recuerdas las caricias...
>
> Parece que jamás te he deseado como ahora.
>
> Cuando pienso en tu boca...
>
> Cuando pienso en... otras cosas, se me sube toda la sangre a la cabeza, y casi imagino...

Entretanto ambas sentían celos de sus respectivos maridos. Violet recriminaba a Vita que hubiera vuelto con Harold y dudaba o, al menos así se lo hacía saber a su amada, que hubiera sido fiel a la promesa de no tener relaciones sexuales con él. Vita por su parte no podía soportar que su querida amiga se hubiera casado con Denys. Aunque Violet en sus cartas le dijera que siempre había sido sincera con su marido respecto a la pasión que le profesaba a Vita. De hecho llegó a decirle que jamás se enamoraría de él.

Durante el verano las dos amantes continuaron viéndose regularmente, pero para Violet nada era suficiente: deseaba una aventura velada y esquiva, furtiva y subrepticia. "Quiero volar, cantar y bailar... Si tú no sientes lo mismo que yo, ¡déjame!"

Vita se dejó convencer y volvieron a escaparse a París y Montecarlo durante un mes. Pero la amenaza de divorcio de Harold y de su madre con desheredarla motivó su regreso. Las fuerzas contrarias que habitaban en la mente de Vita, la masculina y la femenina, la aventura delirante frente a la paz del hogar, su tierno amor por Harold, y su frenética pasión por Violet, estaban empezando a causar estragos.

En 1920 estaban las dos en Inglaterra planeando lo que pensaban que sería "la escapada" definitiva. Pero Harold había vuelto enfermo a Knole y Vita no podía dejarle solo, de modo que tuvieron que posponer una vez más su huida. Unos días mas tarde ambas dejaron Inglaterra y cruzaron el Canal de la Mancha por separado para no despertar sospechas. Después del intento frustrado de Denys por recuperar a su mujer, apareció el padre de Violet en el hotel donde estaban alojadas en Amiens arremetiendo contra ellas y su comportamiento, e impidiéndoles que volvieran a escaparse. El señor Keppel telegrafió a Denys para que se reuniera con ellos. De modo que el 14 de febrero de 1920 llegaron juntos en avión los dos maridos, Harold y Denys. La escena fue delirante y se desarrolló entre sollozos, amenazas y todo tipo de improperios. El asunto no parecía tener fácil solución porque ambas se resistían a separarse pero, hubo algo que dio un giro de ciento ochenta grados a la tragicómica situación en la que se encontraban. En un momento de la discusión Harold sugirió que Violet no había sido sincera con su amada. Por lo visto Denys le había confesado a la madre de Vita que su matrimonio con Violet se había consumado unos días atrás. Vita desesperada fue a buscar a Denys para que le corroborara tal afirmación, pero no quiso responderla. Furiosa, Vita preguntó a su amiga si era cierto que le había sido infiel con Denys y Violet respondió que sí, que habían hecho el amor la noche antes de su escapada. Entonces Vita "medio loca de dolor" sólo quería correr, huir y no volver a ver a Violet. La joven aristócrata lo relata así en su diario: "No entendía nada. Violet lloraba y me retenía con tanta fuerza que no pude separarme de ella hasta que Denys me ayudó. Subí corriendo mientras Denys la mantenía en el salón, metí mis cosas en la maleta, ciega de pasión y pena, incapaz de hablar o de pensar; sólo pretendía marcharme cuanto antes, costara lo que costara".

Este quizá fuera el punto de no retorno de la relación. Las cosas ya nunca volverían a ser como antes. Algo se había quebrado irremediablemente: la confianza. Todavía disfrutarían de nuevos encuentros y mantendrían su relación epistolar algo más de un año, pero este incidente en Amiens marcó de forma inexorable el principio del fin. Los recelos, las dudas y el miedo a la pérdida del amor se agudizan en la mente de ambas. Unos días después de lo ocurrido Violet escribe:

> No me has contestado al telegrama en que te preguntaba si te estabas "portando bien", sabes muy bien lo que quiero decir. Si tengo la impresión de que no, haré lo mismo: no mantendré la promesa que te hice. [...]
>
> Escríbeme, cielo mío, dime que no has cambiado respecto a H. y que al menos nos veremos pronto. [...] ¿Vuelves a llevar el anillo de bodas? Ay, Mitya, por favor, no. Espero recibir un telegrama tranquilizador tuyo hoy mismo. Sin ti todo son cenizas.

De nuevo en abril vuelven a aparecer las sospechas de su infidelidad:

> Querida, ayer te encontré suave y sumisa. Ibas bien vestida y parecías menuda. Sí, femenina de la manera más flagrante; qué incongruencia. Me gustas ruda y tosca, fiera y desaliñada.
>
> Pero ya lo había advertido antes. Te pones así cuando estás con... [Harold]. Todo lo femenino que hay en ti aflora a la superficie. Todo lo que no lo es permanece latente. Y, escandalosamente, yo prefiero lo que no es.

Violet regresó a Inglaterra, su pasión por Vita seguía intacta, y el aislamiento de la sociedad y de la familia intensificó su desdicha. Comparaba amargamente su situación con la sólida vida social de Vita y la constante devoción de Harold. Violet se sentía desconsolada, se compadecía de sí misma; había aprendido a medir su propia valía sólo a través del amor que Vita le prodigaba, de ahí su dependencia enfermiza: sin Vita ella no era nada. En agosto de 1920 pasaron cinco días solas, y en octubre Violet escribe a su amada desde Clingendaal, Holanda, donde su familia tiene una casa:

> Soy tan hipersensible en lo referente a ti que no se me escapa ni la más leve inflexión de tu voz, ni el más leve matiz de tus cartas. Ayer recibí una fría, casi impersonal. Me puse enferma de angustia.
>
> Mi vida está en tus manos. Si me engañaras en un asunto vital, podrías matarme.

De nuevo aparece el fantasma de la infidelidad para con ella. Violet cada vez es más recelosa, tiene miedo a que la parte femenina de Vita se imponga. El 31 de diciembre Violet escribe: "Piensa cuán feliz es tu vida comparada con la mía". Y este es el punto central de su relación porque mientras una regresaba al calor del hogar la otra volvía a su prisión sintiéndose desgraciada, apartada de todos los que amaba, despreciada. En enero de 1921 ante la insistencia de

Violet, Vita accede a irse con ella al sur de Francia. A su regreso Violet escribe en lo que luego se publicaría como su autobiografía:

> Estoy muerta de pena. Completamente sola. No puedes desear que sufra tanto. Tienes que escoger entre yo y tu familia. Y has escogido a ellos. No te condeno. Pero tampoco debes condenarme si algún día busco el modo de escapar de esto.

Pat Dansey, una amiga de ambas, en una carta dirigida a Vita el 14 de abril del mismo año la conmina a abandonar definitivamente cualquier relación con Violet:

> Estoy segura que mientras mantengáis el contacto, Violet tendrá siempre la esperanza de que un día te irás con ella. Esto ha de terminar por el bien de vuestras familias y desde luego sería mucho más conveniente para las dos no prolongar esta desdicha. Creo que Violet tiene muchas más posibilidades de olvidar si tú defiendes con firmeza la ruptura total. [...]

Violet había sido obligada a mantenerse en el exilio por su madre, Vita había dejado de escribirla tal y como le sugirió Pat. De forma que ahora las cartas de súplicas de Violet para que Vita se ponga en contacto con ella, pasan por la amiga común. Violet a diferencia de Vita no tiene nada comparable al amor de Harold, ni al amor de lady Sackville, no tenía hijos, y Denys no podía hacer nada por ella. En una carta a Pat, Violet habla de su caída en desgracia:

> Me siento ajena a todo; nunca me invitan a participar en las numerosas excursiones, cenas, bailes, etc., que organizan los demás. Siempre me excluyen. Siempre estoy sola. Ay, Pat, qué dolor...
>
> Al parecer, Julian me ha olvidado, lo mismo que todo el mundo, excepto tú. Nadie me escribe. [...] Es una situación irreversible. Mi vida está destrozada.

Poco después, Violet y Denys volvieron a vivir juntos y se instalaron en París hasta la temprana muerte de Denys, de tuberculosis, en 1929. Violet, con apenas treinta y cinco años, volvía a quedarse sola; esta vez para siempre. Su relación fructificó gracias a que tenían los mismos gustos, ambos disfrutaban de la poesía, los viajes, Francia. "Peleábamos mucho y nos amábamos no poco", dice Violet es su autobiografía.

Durante dieciocho años Vita y Violet no se vieron ni se escribieron, pero en 1940 otra guerra volvió a reunirlas. Violet huyó de Francia y al llegar a Inglaterra llamó a su antigua amante. En una de las pocas cartas que se conservan de Vita, fechada el 31 de agosto de 1940, escribe:

> Lushka, qué persona más peligrosa eres. Creo que es mejor que no nos veamos mucho. Nos amamos demasiado profundamente durante demasiados años y no debemos volver a jugar con fuego. Ambas trastornamos mutuamente nuestras vidas; no debemos hacerlo una vez más. [...] Aparte de esos tres años de nuestra apasionada historia de amor, hay años y años de amor infantil y de amistad detrás nuestro. Esto cuenta, me hace quererte mucho. Te hace quererme mucho.

Vita tenía miedo de sucumbir una vez más a la pasión. Y de hecho poco después escribió: "No quiero enamorarme otra vez de ti. Estimo mucho la vida tranquila que llevo... Pero si de verdad me quieres, me iré contigo siempre, a cualquier parte".

Diez años más tarde, en 1950, escribió:

> Ha pasado el tiempo de nuestro enamoramiento y nos ha dejado este extraño amor profundo, que parece haber durado desde la época que estábamos en Duntreath. Hay algo muy raro entre tú y yo, Lushka.

Como se aprecia a lo largo de la correspondencia entre ambas, Violet fue la más descontrolada de las dos, la que dirigía la acción, la que insistía en romper con todas las ataduras. El suyo era un carácter más fuerte, aunque lo utilizaba para seducir y no para dominar. Era una mujer muy atractiva, brillante, sutil, amante de la belleza, poseía las cualidades que Vita más admiraba y que, en cierta medida, compartía. Violet la tentaba, ejercía una influencia hipnótica y le brindaba la posibilidad de practicar los excesos de sus imaginaciones desatadas, pero al mismo tiempo en la intimidad se mostraba sumisa. Violet era una auténtica rebelde y quería mostrar al mundo lo que realmente significa el amor, desde muy joven fue consciente de la hipocresía de la sociedad en que había nacido y se propuso demostrar lo débiles que eran las convenciones que gobernaban la existencia monótona y cínica de la gran mayoría.

Vita murió el 2 de junio de 1962 en Sissinghurst, en Kent, en la casa que compartió con su marido a lo largo de treinta años.

Violet vivió expatriada en Francia y en Italia, moviéndose en los círculos sociales internacionales y artísticos hasta su muerte, acaecida en 1972. No volvió a casarse y durante el medio siglo de vida que siguió a su apasionado e incomparable romance con Vita, vivió del recuerdo de lo que había sido su único gran amor. Violet recorrió largos años arrastrando el íntimo vacío que proporciona la nostalgia de no haber visto realizada su máxima aspiración: empezar una nueva vida al lado de su adorada Vita. Como escribió su amigo Cyril Connolly en uno de los libros predilectos de Violet: "Sólo amamos una vez, pues sólo una vez estamos preparados para amar. [...] Y de la forma que tome ese primer gran amor depende nuestra vida".

El imperativo del cuerpo
Dora Carrington y Lytton Strachey

Dora Carrington no amaba su cuerpo, se quejaba de que le colgaran las carnes y detestaba su aspecto de mujer y el imperativo que sus formas de hembra le imponían. Quizá por este motivo buscó en Lytton Strachey el calor de un hombre que no la requería sexualmente. Strachey fue uno de los máximos representantes de Grupo Bloomsbury, un prolijo escritor, un defensor de la libertad individual. A pesar de ser un amante apasionado de muchos hombres, vivió gran parte de su vida al lado de una mujer. Ambos constituyeron, en la Inglaterra de principios de siglo, una de las más estrambóticas parejas de la literatura; sus naturalezas dispares propiciaron una simbiosis que pocas veces se produce, supieron dar forma a lo que parecía imposible.

Gilles Lytton Strachey nació en Londres en 1880. Su padre era un victoriano ilustre y su madre una mujer de carácter fuerte y de ideas muy progresistas para la época. Fue la figura de su madre la que dominó su infancia. A causa de su frágil y deteriorada salud, Lytton recibió una educación algo excéntrica. A los veintitrés años empezó a tomar conciencia de su homosexualidad, y se propuso convertir el culto a la misma propio del siglo XIX en un arma de rebelión contra los valores de la moral victoriana.

Strachey que a esa edad era un joven débil y tímido, gracias a la benigna influencia del Trinity College de Cambridge, fue transformándose en un adulto de carácter resuelto, y de una personalidad arrolladora. Allí conoció al crítico Desmond MacCarthy, al novelista Edward Morgan Forster, al economista John Maynard Keynes, al escritor Leonard Woolf, que más tarde se casaría con Virginia Stephen, y al crítico de arte Clive Bell, futuro esposo de la hermana de Virginia, Vanessa. Todos ellos continuaron siendo amigos y formaron el núcleo original del Grupo Bloomsbury, al que se fueron sumando con los años variopintos intelectuales y amantes.

En esta época, antes de la Primera Guerra Mundial, Strachey publicó su primer libro, *Hitos de la literatura francesa*. Pero fue *Victorianos eminentes* la obra que le haría ganar su reputación. En 1916 Lytton se declaró objetor de conciencia, a pesar de que su salud era tan frágil que jamás le hubieran llamado a filas. Sin embargo, él quiso hacerlo, convencido, como todo Bloomsbury, de que los británicos habían entrado en guerra con el propósito de rechazar el militarismo, y de que la ley de servicio militar obligatorio era una contradicción respecto a ese objetivo. En cuanto a su vida sentimental y sexual, después de Cambridge, fue casi siempre turbulenta y con frecuencia desgraciada. Quizá uno de los episodios más tortuosos lo vivió cuando se enamoró perdidamente de su primo, el pintor Duncan Grant. Maynard Keynes fue el confidente de su amor por Duncan. En 1908 sufrió una terrible conmoción al enterarse de que Duncan y Maynard estaban viviendo un romance. Durante aquellos años en los que el Grupo Bloomsbury acostumbraba a reunirse en casa de Ottoline Morrell, en Garsington, vivieron en una permanente efervescencia amorosa y sexual. Todos se enamoraban de todos, algunos eran heterosexuales, otros homosexuales pero la gran mayoría disfrutaba de una inmensa capacidad para amar al de al lado, fuera del sexo que fuera.

En 1915, Lytton había ido a pasar unos días a casa de los Woolf, y allí fue donde conoció a Dora Carrington, una joven estudiante de Bellas Artes. Carrington no era lo que se dice guapa, tenía la nariz desviada, la cara redonda —y en la imaginación de Virginia Woolf— "un cuerpo verde y amarillo, y tremendamente sólido y grande". Sin embargo, poseía una sonrisa deslumbrante y sabía meterse en el bolsillo a la gente que le gustaba. A veces se mostraba impulsiva, otras veces tímida, o ansiosa por agradar. El resultado era una caja de galletas surtidas como le dijo en una ocasión su amiga Iris Tree. Lytton se sintió atraído por ella desde el principio, y quiso besarla el primer día que fueron a dar un paseo. A la mañana siguiente Carrington, que era bastante aficionada a las bromas pesadas, entró en la habitación de Strachey con la idea de cortarle sus luengas barbas mientras dormía, y vengarse así de su atrevimiento del día anterior. Parece ser que Lytton abrió los ojos en ese momento y Carrington se quedó fascinada ante su mirada.

Dora Carrington había nacido en 1893. Era hija de un ingeniero civil al que siempre admiró. Sin embargo, detestaba a su madre, quien además le transmitió el miedo, por no decir el terror, al sexo. En su casa jamás se hizo la menor referencia a las relaciones sexuales ni a las funciones físicas normales. Carrington llegó a desear haber nacido varón para no tener que depender económicamente de su familia. En sus cartas se quejaba a menudo por el hecho de ser mujer. No quería tener hijos y tampoco mantener relaciones sexuales con ningún hombre. "Nunca he sentido ese deseo en toda mi vida", escribió en abril de 1915.

Carrington no destacó en ninguna asignatura salvó en dibujo, y su madre, para deshacerse de ella ya que ocasionaba problemas en casa, decidió enviarla a la escuela de bellas artes Slade, donde obtuvo una beca. Contenta con esta inesperada y nueva situación de libertad, se cortó el pelo a lo *garçon* y empezó a utilizar su apellido, Carrington, como nombre de pila. Pronto comenzarían los conflictos derivados de su sexo. Ella tonteaba con todos los muchachos, le gustaban para un ratito, pero este no era el objetivo de los jóvenes que se quedaban prendados de su fuerte personalidad, de su desparpajo, de ese velo de misterio que le envolvía. Gertler, un joven pintor de origen judío, no tardó en verse atrapado en su tela de araña: "Pienso dedicar mi vida entera a hacerte feliz". Ella se había convertido no sólo en su inspiración sino también en su obsesión. Gertler le propuso matrimonio, y ella lo rechazó. El golpe fue inmenso; sin embargo, y esta era la paradoja, Carrington decía que lo amaba. Durante los meses siguientes, el joven pintor puso en práctica distintos métodos y tretas para hacerse con el favor de su amada, pero cometió la insensatez de entregar a Carrington en brazos de Lytton. De este modo comenzaría una relación que no llegaría a quebrarse nunca. Gertler pensaba que Strachey, "el apóstol de la permisividad sexual", podría con su erudición y su cultura deshacer el nudo de la virginidad de Carrington, y de esta forma conseguir que ella se le entregase por fin. El plan parecía infalible. Los sentimientos de Lytton por Carrington fueron cambiando a medida que avanzaba la relación, aunque a veces le gustaba sentirse adorado, otras veces ella le alarmaba. En una ocasión después de un paseo con la joven escribió a su hermano James:

> En cuanto a Carrington, es una jovencita extraña. ¡Estas mujeres modernas! ¿Qué pretenden? Parecen sumamente sospechosas. ¿Por qué? ¿Será porque hay tanto dentro de ellas? ¿O será que hay muy poco? Me dejan perplejo. Cuando pienso en Bunny... o incluso en Gertler, no encuentro nada particularmente siniestro en ellos, pero cuando se trata de una criatura con coño, uno se siente de inmediato *désorienté*. Quizá sea porque a uno los coños no le atraen en especial. Supongo que esa es, en parte, la explicación. Pero... ¡oh!, se enroscan y se enroscan; en suma, que me hacen sentir incómodo.

A pesar de sus recelos, Lytton parecía haberse vuelto más humano, más amable y considerado bajo la influencia de la jovencita extraña. Carrington, por su parte, se sentía a gusto a su lado, ella atribuía su felicidad a que el escritor le pedía pocas cosas; a diferencia del torturado Gertler, Lytton era gentil y le hacía sentirse segura y en paz con él. En cierto modo se había vuelto como un padre para ella. En verano de este mismo año, 1916, ambos pasaron tres semanas de vacaciones. Los expertos apuntan a que fue entonces, en la ciudad de Bath, cuando Carrington perdió su virginidad. Si bien Carrington se había decantado definitivamente por Lytton, no podía soportar aún la idea de dejar al joven pintor.

Gertler entonces le escribió una carta absolutamente encarnizada que no le llegó a enviar, pero que merece la pena que se transcriba para entender el alcance de su desesperación:

> Dios, estoy solo, tan solo. No puedo soportar mi soledad. ¿Me amas? ¿Puedes amar? ¿No hay entre nosotros nada más que mi propio y ardiente amor? Que Dios me libre de este infierno en que llevo viviendo tanto tiempo. ¡No lo puedo soportar mucho más! Cuanto más hermoso me parece tu cuerpo, más dolorosamente ansío poseerlo. ¿Cómo permites que tu belleza se desperdicie de este modo, cuando sabes que hay un hombre que se muere por ella? Sólo tenemos una juventud en la vida. ¡No la malgastes! Y a mí, sácame pronto de este potro de tortura... Has estado con Lytton, y él fácilmente pudo suplir mi ausencia. ¡Cómo odio la frialdad de la vida! No es culpa tuya, Carrington, que la vida sea de esta manera. La vida te ha hecho fría. En tu carta me dices que eres "una bestia salvaje que nunca dejará que la domen". Pues no eres una bestia "salvaje", sino un animal asustado. Si hubieras conocido a muchos hombres y hubieras tenido muchos amantes, entonces sí podrías alardear de que eres una salvaje... Pero, mi pobre virgen, aún no has conocido a ningún hombre... Odio tu virginidad.

Cuando Gertler creía haberla perdido para siempre, Carrington regresó a su lado, arrepentida y sintiéndose culpable por haberle engañado. Aquel otoño entregó "su virginidad" por segunda vez a Gertler. El sexo o "azúcar", forma que tenía Carrington de referirse al mismo en las cartas que le escribía a Gertler, le gustaba de vez en cuando: "No cada semana ni cada día. Sólo te permitiré tres terrones al mes".

Sin embargo, la relación no cuajaba y Gertler se quejaba de que por una razón o por otra nunca se veían a solas. Era tal el desagrado que le producían a ella las relaciones sexuales con Gertler, que le hizo pensar que podía acostarse con él sin ser "infiel" a Lytton. En 1917 Carrington esperaba recibir noticias de su querido hermano Teddy el cual había desaparecido en combate el año anterior; sin embargo, Teddy no aparecía y Carrington acabó convenciéndose de que había muerto. La idea de la muerte de su hermano la sumió en una profunda depresión. A Gertler no se le ocurrió mejor idea que pretender mitigar su dolor con el sexo. Tiempo después ella le escribió: "Cuando uno tiene una pena, se siente extrañamente aislado, y verse forzado a entregarse a la pasión animal de otro de repente lo convierte todo en una pesadilla". Una vez más Carrington fue a refugiarse en Lytton, su amabilidad y su compasión fueron su verdadero consuelo. Pocos meses después Carrington resolvió que lo único prudente que podía hacer era acabar su relación tortuosa con Gertler y así lo hizo. Sin embargo, un mes más tarde Gertler se había convertido en su amante: "Te veré todo lo que pueda", prometió Carrington. Es posible que en ese tiempo el pintor quisiera dejarla embarazada, lo que es seguro es que su odio hacia Lytton se volvió descomunal.

Carrington decidió que Lytton y ella debían buscar una casa en el campo donde poder vivir apartados y tranquilos. Una casa en la que ella pudiese pintar y Lytton escribir. Pronto encontraría en el molino de Tidmarsh lo que estaba buscando. Esos años en el molino con Lytton quizá fueran los años más felices de sus vidas. Carrington aceptaba e incluso disfrutaba de la compañía de los jóvenes que frecuentaban a Lytton. Ella se encargó de cuidarle, de ayudarle y de que no le faltara nada. La felicidad de Lytton era su felicidad. La vida allí se convirtió en una constante procesión de visitas, una de ellas fue la del joven y apuesto Ralph Partridge que se produjo en agosto de 1918. Ralph había trabado amistad con el hermano de Carrington, Noel, durante la guerra.

Aquel verano de 1918 los tres, Carrington, Noel y Ralph, recorrieron Escocia. A Carrington le causó muy buena impresión el talante tranquilo y amable de Ralph. Pronto fue incluido en la "hermandad del molino", escribió Partridge a su amigo Noel: "El viejo Strachey, con la barba al viento y su alternancia entre la voz de barítono y el falsete, no desempeñó un gran papel". Sin embargo, más adelante Lytton se encargaría de que no fuera así; había descubierto en Partridge no sólo a un hombre atlético, de increíbles ojos azules y risa rabelesiana, sino también las trazas de una mente brillante y potente aunque subdesarrollada. Pronto Partridge se convirtió en santo de su devoción, y a pesar de ser exclusivamente heterosexual, Strachey puso manos a la obra y decidió educarlo. Porque si había algo que a Strachey le interesara tanto como el sexo era la pasión primordial por la inteligencia. El resultado de su empeño fue que este robusto hombre de mundo cayó bajo la égida de Lytton. Pasó de ser un joven campechano y extrovertido, a ser un hombre de letras sumamente cultivado quien con el tiempo se convertiría en escritor.

En 1919, Ralph intentó persuadir a Carrington para que le acompañara en sus vacaciones, pero ella no quería dejar solo a Lytton. De hecho al final de su vida Carrington escribió: "En estos dieciséis años, nunca he sido feliz si no estaba con él. Sólo por saber que a él le desagradaba saberme tan dependiente de él, sólo por eso me forcé a trabar otras amistades". Lytton estaba para entonces hondamente enamorado de Partridge; el 11 de enero de 1919 le escribió:

> Ojalá hubieras estado aquí ayer a la hora de la cena, para disfrutar la liebre salteada con una maravillosa gelatina que preparó Carrington con los restos del borgoña. ¡Deliciosa! ¿Cuándo piensas volver?... Ya me doy cuenta de que si tuviera dos dedos de frente tendría que haberte clavado de la oreja en la picota de Tidmarsh, para que no pudieras escapar hasta que todos nos hubiésemos hartado de ti. Te lo advierto: eso es lo que te espera cuando vuelvas por aquí. Te aseguro que no te dolerá mucho, y será una experiencia fascinante. Imagíname sentado en la cama, con los mitones puestos.

Lytton le escribía varias veces por semana y aderezaba sus cartas con un jugueteo que revelaba sus verdaderos sentimientos. A veces, se sentía tentado de pedir demasiado a su "dulce Ralph". A Carrington le entusiasmaba la relación; parecía que sus dos hombres se llevaban bien. Pero todo eran apariencias, Lytton estaba resentido con Ralph debido a la pasión que sentía por Carrington. Ella pensaba que si era capaz de atraer a amigos que a Lytton le gustaban, su lugar en la vida de él estaba más que asegurada. Sin embargo, la situación no era sostenible; Ralph estaba encantado con Lytton, pero de quien se había enamorado era de ella. Y a finales de ese invierno comenzó a presionarla para que se casara con él. Ralph había llegado a ese punto de enloquecimiento histérico por el que anteriormente había pasado Mark Gertler. Algo había que hacer; la amenazó con irse del país si volvía a darle un no por respuesta. También le dijo que Lytton tenía miedo de que ella dependiera demasiado de él, que había decidido pasar más tiempo a solas en Londres. Esta revelación afectó profundamente a Carrington. Y en cierta medida se sintió obligada a ceder, no sólo por el bienestar de Lytton sino también por la felicidad de Partridge.

Oscar Wilde y su amante, el aristócrata Lord Alfred Douglas

Benito Pérez Galdós (1843-1920)

Emilia Pardo Bazán (1851-1921)

Nora Barnacle y James Joyce el día de su boda en Londres (4 de julio de 1931)

Edith Wharton (1862-1937)

Primer encuentro de Unamuno y Delfina (centro de la foto) en Fuerteventura

Vita Sackville-West

El escritor y crítico Lytton Strachey y la pintora
Dora Carrington (1916)

Scott y Zelda Fitzgerald con su hija Scotty

Franz Kafka

Paul Eluard y Gala en Suiza, en 1913

Simone de Beuavoir y Jean-Paul Sartre durante un crucero en Suecia

El novelista americano Paul Bowles (1952)

Jane Auer, retratada en 1967, en Tánger

Henry Miller en sus últimos años

A la mañana siguiente la joven pintora envió una larga y agónica carta a Strachey. En ella se desnuda en cuerpo y alma, y le descubre sus verdaderos sentimientos; ahora que lo va a perder o que cree que lo va a perder, no le importa hablarle de su pasión desenfrenada:

> Siempre he sabido, desde el principio, que mi vida contigo estaba limitada. Nunca pude aspirar en serio a que fuese permanente. Después de todo, Lytton, tú eres la única persona en el mundo por la cual he vivido una pasión realmente desbordante. Nunca viviré nada igual. Ahora ya no podría. He tenido uno de los amores más entregados que pueda tener una persona. Tú podías arrancarme en transportes de felicidad y precipitarme en diluvios de lágrimas y desesperación, y eso sólo con unas pocas palabras. Pero no es un reproche... Estos años pasados en Tidmarsh, cuando estábamos relativamente solos los dos, serán los más felices que viva nunca. Y tengo un enorme almacén de buenos recuerdos; he guardado tantos que siento como si nunca pudiera volver a estar sola. Sin embargo, es una tensión excesiva estar aquí a solas, esperando a que llegues, o bien alargando el cuello por la ventana del 41 de Gordon Square para ver si por fin vienes por la calle, y en el fondo sé bien que seremos mejores amigos si a ti no te obsesiona la idea de que yo pueda estar sentada en un rincón del mundo, deprimida, esperando oír tus pasos...
>
> He visto el alivio que te producía el hecho de que Ralph se me llevase, por así decir, arrancándome de tus manos.
>
> Creo que él me hará más feliz de lo que podría ser si me quedase totalmente sola, y eso es algo que desde luego me impide sentir la menor tristeza morbosa por ti. Y como dijo Ralph ayer por la noche, tú nunca dejarás de estar con nosotros. [...]
>
> En fin; en un café de la desagradable ciudad de Reading le dije que estaba dispuesta a casarme con él... [...]
>
> Ayer por la noche lloré, Lytton, mientras él dormía a mi lado, a pierna suelta, feliz y contento. Lloré al pensar en un des-

tino cínico, salvaje, que ha hecho imposible que mi amor sea utilizado por ti. Nunca supiste, nunca sabrás cuán grande y devastador era mi amor por ti, cuánto adoraba cada rizo de tu barba, cómo te devoraba mientras tú me leías por la noche, cómo amaba el olor que tu cara dejaba en la esponja, la piel marfileña de tus manos, tu voz, y hasta tu sombrero cuando lo veía asomar por encima de la tapia a la que da mi dormitorio. Di que lo recordarás, di que no todo se ha perdido y que me perdonarás esta salida de tono, que siempre serás mi amigo... [...]

Me diste una vida más larga de lo que merecía, de lo que esperaba, y te quiero una barbaridad por eso. Sólo lloré ayer por la noche al darme cuenta de que me iba a quedar sin mi luna, de que a veces debo de hacerte daño, de que a menudo te aburro. Por ti hubiese dado el mundo con tal de hacerte feliz; por ti habría dado todo cuanto tú quisieras.

Una vez, un miércoles por la tarde, en la sala de estar, me dijiste que me querías por amiga. ¿Podrías decírmelo otra vez?

Strachey, que estaba pasando una temporada en Italia, contestó a Carrington en un intento de paliar, en la medida de lo posible, el dolor de la joven:

Espero que en todo caso nunca dudases de mi amor por ti. ¿Sabes qué dificultades tengo a la hora de expresar mis sentimientos, ya sea hablando o por carta? A veces es terrible, y ni siquiera entiendo por qué ha de ser así. Te has dado cuenta de que mi estado de humor suele variar, pero quizás no comprendas tan bien mis sentimientos fundamentales. Es probable que sea por mi culpa. Quizás sea preferible mostrar la irritación, y no la admiración y el afecto. Querida mía, ¿de veras quieres que te diga que "te quiero como algo más que como simple amiga"? ¡Es absurdo! ¡Sabes muy bien que te quiero como algo más que como simple amiga, angelical criatura, pues la bondad que tienes conmigo me ha hecho feliz durante años, y tu presencia en mi vida ha sido y será siempre

> una de las cosas más importantes que tengo. Tu carta me hizo llorar, me sentí como un viejo miserable; es posible que te haya causado más infelicidad que ninguna otra cosa. Solamente ruego a Dios que no sea así, y que mi amor por ti, aun cuando no sea lo que tú deseas, pueda hacer de nuestra relación una bendición para ti, tal como para mí lo ha sido.
>
> Recuerda que yo tampoco he podido alcanzar nunca mi luna. Todos estamos desamparados en cosas así, terriblemente desamparados. Estoy solo, y la gran verdad es que me voy haciendo viejo. Si hubiera una posibilidad, por remota que fuera, de que tu decisión significase que de alguna forma puedo perderte, no creo que pudiera soportarlo. Ralph y tú, nuestra vida en Tidmarsh, sois lo que más me importa en el mundo (aparte de mi obra y de algunas, muy pocas, personas), sois casi lo único que me importa...

Carrington y Partridge se casaron el 21 de mayo de 1921 y pasaron unos días de luna de miel. Dora había conocido a Gerald Brenan dada su amistad con Ralph Partridge. Se habían conocido en Inglaterra pero cuando trabaron una fuerte relación fue la semana que pasaron juntos en casa de Brenan en las Alpujarras junto a Lytton y Ralph. Carrington escribió a su regreso a Gerald Brenan cuatro largas cartas. Ralph casi siempre estuvo al tanto de su correspondencia, explicaba Carrington en una carta fechada el 8 de junio, de modo que si Gerald quería escribirle una carta de amor, tenía que poner "un sello rojo en el sobre, del revés, para que la esposa infiel pueda hacerla desaparecer antes de que él se entere de su existencia". Parece que Brenan, de pronto, simbolizaba todo aquello a lo que Carrington había tenido que renunciar por Lytton y Ralph, de lo que sólo se dio cuenta cuando ya era demasiado tarde para dar marcha atrás o, quizá, precisamente por eso. Brenan escribió el 29 de julio de este mismo año: "Hay momentos en los que me pareces tan radicalmente hermosa, tan torturadoramente hermosa, que empiezo a perder la cabeza sin poder remediarlo... eres un ser de tal belleza que sería de locos no enamorarse de ti". La mirada incisiva de Leonard Woolf describió a la perfección el carácter de Carrington: "Es una de esas misteriosas, insólitas mujeres, que constan de innumerables características contradictorias, unas dentro de otras como si fueran cajas chinas...".

Durante una época el equilibrio desequilibrado del triángulo que formaban Carrington, Strachey y Partridge se vio peligrosamente amenazado, cuando este último se enamoró de una mujer y quiso abandonar la casa. Carrington temía que se fuera porque quizá sin él, Lytton no estuviera dispuesto a continuar a su lado. Lytton deseaba que se quedara porque seguía secretamente enamorado de él. Pero Partridge había tomado ya una decisión y finalmente se fue a vivir a Londres con Frances a condición de visitarles a menudo. Para entonces el molino había sido sustituido por otra casa más grande y bonita llamada Ham Spray. Carrington, posiblemente gracias al espacio que había dejado Ralph en el corazón del escritor, se sentía de nuevo más cerca de Lytton. A Gerald Brenan, Carrington le hizo tan desgraciado como a Mark Gertler y a Ralph Partridge en la primera época. También en esos meses Carrington llevó a la práctica un lesbianismo que siempre había estado latente, aunque no por ello dejó de acostarse con sus amantes masculinos.

Strachey, por el contrario, siguió siendo un homosexual convencido, padeció mal de amores toda su vida, mientras seguía escribiendo y haciéndose célebre. Una de sus obsesiones fue Roger Senhouse. Aunque Lytton temía que Roger le tuviera por una persona posesiva, no podía dejar de escribirle cartas a su queridísimo amado, casi de forma compulsiva, garabateaba misivas a "su ángel, monstruo, antílope". Además apremiaba a Roger para que realizase fantasías cada vez más extravagantes, y en esos momentos se excitaba muchísimo, a pesar de lo cual no había liberación de ninguna clase. Roger, por su parte, temía que Lytton pudiera volverse loco, de modo que se fue distanciando de él. Strachey, al que no le faltaban recursos, intentó apaciguar su desazón con algunos flirteos. El 19 de julio de 1927, escribió a su amiga y confidente Mary Hutchinson:

> Llevo una vida decididamente "gay" aunque tanto Tommy como Dadie me son fieles, y yo les soy fiel a ellos; me complacen de todas las maneras posibles, aunque no cabe duda de que son maneras muy diferentes... Mi relación con Tommy es apasionante, él tiene auténtica fuerza, y cerebro, un carácter notabilísimo, aunque todo ha de hacerse a la chita callando, ya que se va a casar el jueves (tengo entendido); también hay que hacerlo con todo sigilo con Dadie que se ha marchado a Cambridge. Con él, la historia es deliciosa, llena de alegría. Así que ya lo ves, tengo mucho que pensar cuando estoy aquí recluido...

En esta época Tommy, que en realidad se llamaba Stephen Tomlin, también mantuvo una relación amorosa con Carrington, que a su vez estaba fascinada por Julia Strachey. Esta joven se iba a casar con Tomlin, pero él, a hurtadillas, visitaba a Lytton. Todo esto, que parece una comedia de enredo, es fácil de entender dentro del contexto del Grupo Bloomsbury en el que tenían lugar estos y muchos otros flirteos.

Más tarde Carrington conoció a un marino, Beacus Penrose, con el que mantuvo un irregular romance que le produjo mucha inseguridad y, en cierto modo, funcionó como una regresión, haciéndole recuperar ese estado anterior en el cual no era hembra: "Detesto desvestirme, detesto meterme en la cama" escribió en su diario. Cuando a finales de 1929 se quedó embarazada prefirió ocultarlo y abortó con la ayuda de Ralph. Consideró que era muy tarde para tener hijos, no sólo porque pronto iba a cumplir 38 años, sino porque era una artista que quería perseverar en su pintura. Beacus hubiera deseado que tuviese el niño y casarse con ella. Este fue un momento culminante y crítico de su relación, pero no supuso el final. En la primavera de 1930 Carrington escribió a Lytton a propósito de Beacus: "Todavía sigo adorando a mi extraña gaviota, y echo de menos la vida de taberna entre los marineros". Carrington al observar a Beacus y a Roger un fin de semana que pasaron los dos en Ham Spray, se fijó en la similitud que había entre la posición de Lytton y la suya: "Somos los dos incapaces de hacer nada, puesto que ansiamos a nuestros compañeros de cama, los cuales son por igual indiferentes... a la hora de irnos a la cama".

La relación con Beacus terminó cuando este se recuperó de un ataque de ictericia que le tuvo postrado y Dora tuvo que cuidarle durante más de un mes. Ella nunca se había cansado de cuidar de Lytton y, sin embargo, sí se hartó de atender a Beacus. Ahora que "sus lujurias se han secado" planeó hacer las paces con Lytton y consagrarse por entero a él: a su lado cada año que pasaba era más feliz. También la relación de Lytton con Roger tocaba a su término.

Todo parecía programado; por fin los dos libres de sus respectivas parejas podrían descansar de tanta emoción y vivir en paz en su querido Ham Spray, el uno al lado del otro; se avecinaba una etapa prometedora y brillante para ambos. Sin embargo, lo bueno duró poco; un año más tarde, en enero de 1932, Lytton moría de un derrame intestinal después de una larga agonía. Carrington que había intentado suicidarse cuando vio que su amado Lytton ya no se recuperaría, le sobrevivió siete semanas. La relación que había mantenido con Lytton había sido algo único; no podría soportar la soledad sin él; en marzo se pegó un tiro.

Desvaríos regados de alcohol
Scott Fitzgerald y Zelda Sayre

La peculiar relación que establecieron Francis Scott Fitzgerald y Zelda Sayre se caracteriza por encontrarse a medio camino entre lo inefable y lo catastrófico.

Fitzgerald conoció a Zelda en un baile del Country Club de Montgomery en el mes de julio de 1918. Y en septiembre escribe: "Me he enamorado el siete de septiembre". Fitzgerald declara que se ha enamorado de "su coraje, de su sinceridad y su dignidad apasionada". Ambos eran jóvenes, inteligentes y guapos lo tenían todo al alcance de la mano y, sin embargo, su historia es la narración de cómo se va tejiendo una tragedia.

Zelda tenía entonces dieciocho años, había nacido el 24 de julio de 1900. Cuando Fitzgerald la conoció ya era famosa por sus locos desatinos y por su desprecio de las convenciones. Solía emborracharse en público y proclamaba que había besado a miles de hombres y que pensaba besar a otros tantos. Era una mujer muy hermosa, inteligente y, a pesar de su juventud, se consideraba en posesión de la verdad. Scott Fitzgerald era un joven brillante y ambicioso, empeñado en complacer a los demás, sobre todo si estos eran ricos y famosos. Su profunda inteligencia y su vulnerabilidad extrema, su fascinación estética por el éxito y su pavor paranoico al fracaso, su desesperada percepción del amor y la soledad conforman la compleja personalidad de este hombre que llegó a confundir la vida con la ficción: "A veces no sé si soy real o un personaje de mis novelas".

En 1919 Scott Fitzgerald estaba en Nueva York donde se había propuesto salir adelante en el campo de la publicidad para casarse con Zelda. El 22 de febrero le envía este telegrama:

> Amor mío ambición entusiasmo y confianza declaro todo glorioso este mundo es un juego y mientras me sienta seguro de tu amor todo es posible.

Al llegar la primavera Zelda empieza a impacientarse; Scott Fitzgerald le había enviado un anillo de compromiso, pero el tiempo pasa y la boda sigue en el aire. De vez en cuando él se escapa de Nueva York para ir a visitarla. Un año más tarde parece que Zelda sufre un retraso y cree que puede estar embarazada. Le han recomendado que se tome unas pastillas pero ella rehúsa tal consejo:

> Mira, mientras crea que tengo razón, no me importa lo que pase; y además, preferiría tener una familia numerosa a sacrificar mi dignidad. Parece que lo trastoquen todo y me sentiría una maldita furcia si tomara una sola, así que procura entenderlo, por favor, Scott.

Finalmente todo resulta ser una falsa alarma pero el tono combativo y hasta algo odioso que utiliza la joven Zelda será una de las constantes de sus primeras cartas. Ese mismo mes le escribe:

> Cariño mío, nuestro cuento de hadas está a punto de terminar y nos casaremos y seremos felices siempre, como la princesa de la torre que tanto te obsesionaba y tanto me fastidiaba a mí.

En esta carta Zelda se refiere a los repetidos reproches que Scott le hacía ya que, a pesar de haberse comprometido formalmente, ella siguió saliendo con otros hombres. Este comportamiento le hizo afirmar a Fitzgerald que ya sabía por qué se encerraban en torres a las princesas.

La propensión de Scott a seducir a la gente provenía del carácter de su madre, quien en gran medida fue también responsable de su inseguridad. Fitzgerald tenía la sensación de que no encajaba en ninguna parte. Jamás poseyó un hogar permanente ni disfrutó de una posición segura durante su infancia y adolescencia. Más tarde su actitud frente a los otros, su persistente y degradante necesidad de atraer la atención y la admiración se agudizó, lo que le llevó a sentirse despreciable por ello. En una ocasión escribió: "Tenía tal complejo de inferioridad que si no estaba borracho no me aguantaba a mí mismo".

Durante los locos años veinte Scott y Zelda fueron la pareja de moda; su hermosura juvenil y su vitalidad incandescente les convirtieron en la pareja más codiciada y célebre de Norteamérica. Estos primeros años de matrimonio están jalonados de escándalos, peleas y reconciliaciones. El alcohol es el revulsivo de casi todas sus discusiones. A pesar de sus desencuentros tienen una hija a la que llaman Scottie y pasan largas temporadas en París y la Riviera. En septiembre de 1920 Zelda escribe esta carta después de una pelea:

> Queridísimo, sin ti no podría ver ni oír ni pensar, ni vivir. Te amo mucho y nunca más en toda nuestra vida permitiré que pasemos separados otra noche. Es como suplicar piedad a una tormenta o matar la belleza, o envejecer sin ti. Deseo tanto besarte en la nuca donde empieza tu amado cabello. [...]
>
> Nadie tiene derecho a vivir salvo nosotros, y están ensuciando nuestro mundo y no puedo odiarlos porque te quiero demasiado. Ven pronto. Ven pronto a mí. No podría vivir sin

ti aunque me odiaras y estuviera cubierta de llagas como una leprosa. Si te fueras con otra mujer y me hicieras pasar hambre y me pegaras sabes que seguiría queriéndote.

El 15 de septiembre Zelda había aparecido borracha, y a punto estuvo de ser arrollada por el tren al ir andando por la vía; estaba decidida a abandonar a Scott. En esta carta Zelda se refiere a los amigos de su marido que en este periodo son a los únicos que ve. El ritmo de vida de la pareja venía determinado por las exigencias del trabajo de Scott Fitzgerald y su éxito. Aquí Zelda pone de manifiesto su dependencia de él. La pasión de la carta no sólo revela lo mucho que le necesita, sino también que se sentía tremendamente insegura de sí misma y, en cierto modo, acomplejada. Para los amigos de Scott su problema es que estaba absorbido por la personalidad de Zelda, a la que consideraban más fuerte que él; al fin y al cabo, ella había proporcionado todos los modelos femeninos a Scott. Sin embargo, su otra faceta de mujer débil y dependiente, que ellos no conocían, es la que se refleja en estas palabras. En su interior empezó a librarse una batalla entre lo que ella era —insolente, audaz, creativa, vital— y lo que debía ser para mantener a Scott a su lado.

Así, Zelda intentaba comportarse al mismo tiempo de forma atrevida y cariñosa, despreocupada y profundamente devota, orgullosa de que su marido la utilizara como modelo para su obra de ficción, mientras que en su fuero interno su ego se resentía. Zelda se convirtió en el arquetipo de la *flapper*, la chica independiente de pelo corto de los atrevidos años veinte. Ella lo único que deseaba era ser ella misma y vivir la vida intensamente. Zelda tenía talento como escritora, muchas de sus ideas nutren las páginas de las novelas y cuentos de su marido, e incluso unos años después publicó una novela titulada *Resérvame un vals*. Mientras el éxito acompañó a la pareja, los celos profesionales no se dejaron ver, el problema se puso de manifiesto en todo su esplendor precisamente como consecuencia de las dificultades de Scott para seguir manteniendo la inmensa fama que se había granjeado, mientras veía que su mujer empezaba a despuntar como escritora.

Lo que Scott había escrito en *Hermosos y malditos* había sido una versión exagerada de ellos mismos; sin embargo, a partir de 1923 la ficción se va pareciendo peligrosamente a la realidad. En 1924 viajan a Francia, huyen de Nueva York como antes habían huido de Wesport, Montgomery y St. Paul. Scott ya es un escritor sobradamente reconocido, un autor de éxito. Zelda era una mujer muy atractiva y seductora y todos los jóvenes se enamoraban un poco de ella, pero hubo uno en especial, Edouard Jozan, en el que ella se fijó. No es de extrañar que esto ocurriera puesto que en aquella época Scott y Zelda hacían vidas separadas y Zelda se sentía abandonada e inmensamente sola. Cuando Zelda recrea estos años en *Resérvame un vals*, la protagonista pregunta al esposo: "¿Qué haremos con nosotros mismos?". Y él contesta que "no podía seguir siendo una niña a la que siempre se le proporcionan entretenimientos". Y su entretenimiento fue nadar hasta la extenuación mientras Scott escribía y así fue como conoció a Jozan. Parece que Zelda incluso llegó a pedirle el divorcio a su marido. Más tarde Scott escribiría refiriéndose a la infidelidad de su mujer: "Aquel septiembre de 1924 supe que había ocurrido algo que nunca podría repararse".

El matrimonio se convirtió en un gran desastre por culpa de la ingesta desmesurada de alcohol que arruinó muchas de sus relaciones personales. Una de las causas era la propensión de Scott a las discusiones y a las peleas cuando estaba borracho. En una ocasión, cuando viajó a Roma en 1924, estuvo a punto de pegar a un policía en el trascurso de una discusión a propósito de un desplazamiento en taxi, de resultas de lo cual Scott fue golpeado y encarcelado. Se había convertido en un hombre tremendamente agresivo que perdía el control en cuanto se tomaba una copa. Según Hemingway, cuando los dos salían juntos y

Scott insultaba a alguien, cosa frecuente, Ernest "se veía obligado a mediar y arreglar las cosas para evitar que le dieran una paliza". Hemingway llegó a la conclusión de que a Fitzgerald le gustaba verse humillado. Muy probablemente, buscaba que le castigaran. El alcohol, decidió Scott, era el vicio del escritor, y tenía necesidad de él para realizar su trabajo. "La bebida agudiza las sensaciones" —explicó a Laura Guthrie, una periodista—. "Cuando bebo, el alcohol realza mis emociones y esto pasa a mi relato... las narraciones que he escrito hallándome sobrio son estúpidas... todo en ellas es razonado, no sentido".

En 1926 la pareja regresa a América. Como pasan la mayor parte del tiempo juntos no hay correspondencia de este periodo. Comienzan a escribirse cuando Zelda sufre la primera crisis depresiva. Ha pasado más de una década desde que se casaron. Ahora sólo hay tiempo para las preguntas: qué han hecho de sus vidas, qué han hecho de sí mismos, dónde, cuándo se perdió el amor. En el fondo durante esa época ambos necesitaban experimentar el drama, lo creaban y se convertían en las víctimas de su propia imaginación algo enfermiza.

El 23 de abril de 1930 Zelda es ingresada en Malmaison en París, pero en contra de la opinión del médico decide volver a casa. La siguiente crisis fue aún más fuerte, el derrumbe es mucho más serio. Los sueños demoníacos que la dominaban llegan a ser más reales que la vida tangible. El 22 de mayo ingresó en una clínica de Suiza, Valmont. Después de un análisis exhaustivo los médicos recomendaron su internamiento en la clínica psiquiátrica de Prangins, también en Suiza, hecho que se produjo unos días después. El diagnóstico: esquizofrenia.

En una carta de 1930 Zelda repasa los episodios de su vida común, es una epístola llena de amargura, de reproches, escrita durante el verano y otoño de ese año. Ha estado pensando en el pásado, evocando cada uno de los acontecimientos que han dejado una huella indeleble en su trastornada cabeza, y los escribe como si se tratara de un largo lamento. Los recuerdos extraídos de este fragmento se refieren al año 1928:

Empecé a trabajar más en la danza, no pensaba en otra cosa. Tú te hallabas lejísimos entonces y yo estaba sola. Volvimos a la rue Palatine y tú, en un estupor beodo, me dijiste un montón de cosas que entendí sólo a medias pero comprendí lo de la cena en casa de Ernest.

Zelda se refiere a una cena que tuvo Fitzgerald con Ernest Hemingway. Cuando volvió a casa, absolutamente borracho, se desmayó y en sueños dijo: "Basta pequeño". Ella interpretó que ambos mantenían una relación homosexual. La carta continúa:

Me dejabas cada vez más sola y aunque te quejabas de que era el apartamento o los sirvientes o yo, sabía que la verdadera razón de que no pudieras trabajar era que te pasabas siempre fuera la mitad de la noche y te encontrabas mal y bebías continuamente. Fuimos a Cannes. Continué las clases y reñimos. No me dejabas despedir a la niñera que tanto Scottie como yo detestábamos. Te denigraste en la fiesta de Barry en el yate de Montecarlo, en el casino con Gerald y Dorry. Muchas noches no volvías a casa. Entraste en mi habitación una vez en todo el verano, pero no me importaba porque yo iba a la playa por la mañana, tenía clase por la tarde y paseaba por la noche. Estaba nerviosa y no me encontraba muy bien pero no sabía cuál era el problema.

Zelda en este fragmento se refiere a sus amigos el dramaturgo Philippe Barry y la escritora Dorothy Parker. Entonces Scott bebía constantemente, no trabaja en su novela y solía echarle la culpa a Zelda. Se sentía incapaz de crear, bloqueado por el miedo al fracaso, desbordado por el éxito alcanzado con sus anteriores libros.

No podía entrar en las tiendas a comprar ropa y me sentía muy confusa emocionalmente. En febrero, cuando estuve tan mala con bronquitis que me aplicaban ventosas todos los días y tuve fiebre dos semanas, tenía que trabajar porque no podía vivir si no, y aún no entendía lo que estaba haciendo. Ni siquiera sabía lo que quería. Entonces fuimos a África y cuando volvimos empecé a darme cuenta porque percibía en los demás lo que ocurría. No me deseabas. Dos veces dejaste mi cama diciendo: "No puedo. No entiendes...". No entendía. [...]

Fui a Malmaison. Tú no podías ayudarme. Ya no te culpo, pero si me lo hubieras explicado lo habría entendido porque lo único que yo quería era seguir trabajando. Tenías otros asuntos: beber y jugar al tenis y no nos preocupábamos el uno del otro. Tú me odiabas por pedirte que no bebieras. [...]

[...] así que aquí estoy, después de cinco meses de desdicha, angustia y desesperación. Me alegra que lo consideres material para un cuento Josephine y me alegra que te intereses por los deportes, tengo montones de cosas en que pensar y supongo que puesto que he llegado sola hasta aquí podré hacer el resto del camino, pero si se tratara de Scottie no pediría que pasara el mismo infierno, y si fuera Dios no lo justificaría ni encontraría una razón para imponerlo, excepto que estuvo mal, por supuesto, amar a mi profesora cuando debía haberte amado a ti. Pero no te tenía para amarte, no desde mucho antes de amarla a ella.

Acabo de empezar a darme cuenta de que la sexualidad y los sentimientos tienen escasa relación. Cuando acudí a ti dos veces el verano pasado y te pedí que volviéramos a empezar fue porque creía que me estaba comprometiendo sentimentalmente de veras y creando situaciones para las que no estaba ni moral ni materialmente preparada. [...]

La diminuta vela de Sandy no fue un gran esfuerzo, pero requería algo mejor que tu semana de borrachera para extinguirse. No te importaba: así que seguí y seguí, bailando sola y, no importa lo que pase, aún sé en mi corazón que es un juego sucio, despiadado; que el amor es amargo y se acabó y que el resto es para los mendigos sentimentales de la Tierra y es casi el equivalente de la gente que se estimula con postales obscenas.

Zelda sin tener nada que hacer, sin saber en qué ocupar su tiempo, decidió dedicarse a la danza. En esta carta se refiere a su profesora de baile Madame Egorova quien se convirtió no sólo en su confidente, sino también llegó a depositar en ella cada uno de los sentimientos que no tenía dónde dejar caer. Sublimó la relación, y buscó en Egorova todo lo que no encontraba en su matrimonio. Se obsesionó por la danza lo que le llevó hasta la extenuación física y mental. Pero no todas las cartas son de esta índole sino que, siguiendo los dictados de su enfermedad, pasa de la depresión a la euforia de forma cíclica. En la siguiente carta que envió a Scott habla de lo muchísimo que le quiere y de lo bien que lo pasa a su lado: "Ay, cariño mío, amor, mi tesoro infinitamente inefable". En aquella época se veían una vez cada quince días. Scott se había instalado con la hija de ambos cerca de la clínica en la que estaba ingresada su mujer.

Fue en 1930 cuando el escritor publicó una serie de relatos en el *Saturday Evening Post*. La protagonista de los mismos, Josephine Perry, es una joven cuyo estado mental sufre una grave alteración; una vez más la vida se convierte en ficción.

Mientras Zelda sigue internada Scott, ahora en Carolina del Norte, escribe a los médicos de forma regular y en sus cartas se detecta una gran preocupación por la enfermedad mental de su mujer. Disponen que en el estado en que se encuentra Zelda puede hacer breves viajes, pero siempre acompañada. En 1938 escribe a Zelda, aunque no llegó a enviar la carta. Scott está preocupado por el dinero y por los gastos que supone mantener a su mujer en un hospital. En esa época Zelda está preparada para hacer una breve incursión en el mundo, pero los viajes son muy costosos:

> No estás casada con un rico millonario de treinta años sino con un anciano prematuro y bastante arruinado que no tiene un céntimo aparte de lo que puede sacarle a una mente agotada y a un cuerpo enfermo.

Todas las relaciones que quieras me parecen perfectas, pero no sé nada de ti y me tranquilizaría recibir noticias tuyas porque siempre me preocupas.

Scott

Oh, Zelda, esta tenía que haber sido una carta muy fría, pero no es eso lo que siento por ti. Una vez fuimos una sola persona y siempre será un poco así.

En 1939 escribe a la madre de Zelda y dice refiriéndose a su mujer: "No pasa un sólo día sin que piense en su bienestar y albergo la esperanza, aunque sea débil, de que pueda reintegrarse plenamente a la vida". En primavera Scott y Zelda hicieron un viaje a Cuba, durante el cual él bebió todo aquello susceptible de ser bebido; de vuelta a Nueva York, Scott estaba tan mal que tuvo que ser ingresado en el hospital. Ella esperó unos días pero finalmente regresó sola a la clínica Highland. Ya nunca más se encontrarán. Antes de volver a su encierro, Zelda escribe a su "queridísimo DoDo", apelativo tierno que había dejado de utilizar y que después de este viaje recupera:

Cuídate, por favor. Para que vuelvas a estar bien y más feliz que últimamente. Hay muy pocas personas de nuestra época que hayan hecho aportaciones originales a la vida a nuestro alrededor y no muchas que sean tan encantadoras y casi ninguna con mayor capacidad de gozo.

Todavía hay muchísimas cosas que podrían proporcionarnos placer. [...]

Recibe todo mi cariño y devoción, con el deseo de un objetivo común alguna vez.

Respecto a este lamentable acontecimiento Scott le escribe agradecido, avergonzado y recuperando el tono cariñoso de otras épocas:

> Fuiste un encanto durante todo el viaje y no hay un minuto del mismo que no recuerde con la antigua ternura y con una consideración que nunca había entendido que tuvieras.
>
> Eres la persona más tierna, encantadora, bella y buena que he conocido en mi vida.

Dos meses más tarde Scott escribe desde Encino, en California:

> También veo por tu carta que seguías preocupada por mi salud. La noche pasada precisamente un médico me dijo que estoy ya un 60% mejor (cito literalmente) que hace un mes. [...] Hollywood me parece ahora muy lejos, aunque está detrás de las montañas; y tú pareces muy cerca siempre.

Por terrible que hubiera sido la experiencia cubana, el contacto entre ellos reavivó los sentimientos de Zelda por Scott y en alguna medida a él debió ocurrirle lo mismo. Sin embargo, este mismo año empezó a recibir cartas insultantes de la familia de Zelda donde le acusaban de haber sido el causante de su locura. Scott no se encuentra bien, tiene un pulmón inutilizado por completo y ha empezado a escribir una nueva novela. Esta carta, que no llegaría a enviar, revela crudamente todos los demonios que él llevaba sobre sus hombros como una inmensa carga y muestra el estado de desasosiego en que se encuentra:

> Ahora no te compadezco, te envidio. Y me inspira infinitamente más pena mi talento agonizante al que me dices que "ayudará" liberarte. Eso equivale a la gran paz que sentiría si Scottie pidiera contribuir al caudal de la familia entrando en una empresa siderúrgica o en una casa de putas.
>
> A veces eres un encanto, yo no puedo reclamar esa distinción, pero por desgracia no has dado ninguna muestra de que seas capaz de algo más. Y ser un encanto no basta. Has de

tener la energía necesaria para vender tus cuadros (no puedo buscarte siempre a un Cary Ross) y para vivir una vida literaria fuera de la mía. ¿Y de dónde iba a salir esa energía? [...] Nosotros, nosotros tísicos, gente equivocada, trabajadores, los que vamos a morir, nosotros tenemos que vivir, no a tus expensas, bien lo sabe Dios, sino a expensas de ti. [...]

Como luchadora, si fuese contemporánea, admiraría a tu madre. En su papel actual de vieja bruja siniestra, creo que no añade ninguna dignidad a la talla de nadie. [...] ¿Crees que se preocupa o se ha preocupado alguna vez por ti? ¿Crees que discutiría alguna vez contigo por tu bien objetivo? Ella se hizo a sí misma a partir de un modelo heroico romántico de una muchacha y tú has de ser la muñeca de trapo (verdadera o falsa, loca o casta, sincera o mentirosa) en el que ella tenía que satisfacer su egoísmo. Ella me eligió a mí, y lo hizo, y tú te sometiste en el momento de nuestro matrimonio en que tu pasión por mí estaba en un punto tan bajo como la mía por ti, porque pensó románticamente que la proyección de sí misma en ti se mostraría mejor a través de mí. Yo nunca deseé la Zelda con quien me casé. No volví a amarte hasta después de que quedaras embarazada. Tú, creyendo que me había acostado con aquella Bankhead, haciendo todas tus borracheras inocentes + las mías calculadas hasta que incluso *Town Topics* protestó.

La publicación que menciona Scott era una revista de cotilleo de la época. La carta es sumamente cruel, pero pone de manifiesto lo mucho que todavía por entonces le importaba Zelda, si no jamás la hubiera escrito. De hecho, nunca le envío estos nueve folios llenos de reproches, donde se mastica el rencor del que todavía necesita del objeto de su gloria y tal vez de su perdición.

[...] yo te amaba, románticamente, como tu madre, por tu belleza + inteligencia provocativa; aunque, al contrario que ella, yo quería que fuera útil. Fracasé, como ella, aunque mis intenciones eran muchísimo más puras y, puesto que podías haberme dejado en cualquier momento, me gustaría descubrir la más leve base de la acusación de tu familia de que yo te volví loca.

Y en la medida en que fuera trabajo humano consciente, te volvió loca la vieja bruja. Ya estabas "loca" en el sentido normal y corriente antes de que yo te conociera; yo racionalicé tus excentricidades e hice una especie de creación de ti. Pero no te apures, si no hubieras sido tú quizá yo hubiera trabajado con material más estable. Tu degeneración es la desviación

(fin del pensamiento)

Mientras tanto las cartas de Zelda se caracterizan por una tristeza desolada, una y otra vez le escribía haciéndole saber cuánto lo echaba de menos: "Si volaras al Este me alegraría, y también si fuera yo hacia el Oeste". Quería verlo otra vez y recuperar el tiempo perdido. Scott, por su parte, seguía atormentado por la economía familiar: escribió confesando que no tenía un céntimo, le preocupaban su mujer y su hija, pero sobre todo se sentía muerto en vida; el éxito como siempre tan efímero y juguetón le estaba dando la espalda.

Entonces escribió a Zelda una frase patética: "Tu vida ha sido una decepción, y también la mía. Pero no nos hemos sacrificado en vano. Scottie tiene que sobrevivir y este es el año más importante de su vida". El estado de ánimo de Scott iba dando bandazos según los resultados que obtenía de su escritura. La novela que empezó a escribir, *The Last Tycoon*, le devolvió momentáneamente a la vida.

En marzo de 1940 Scott da la buena nueva a su mujer:

Queridísima Zelda:

Es maravilloso poder escribirte esto. El doctor Carroll está por primera vez de acuerdo en que deberías intentar hacerte un lugar en el mundo por ti misma.

Ese mismo día Scott mandó una carta a su suegra: "Será una gran alegría poder pensar que Zelda tendrá una vida en el mundo por primera vez desde 1933". Y para finalizar la carta escribe:

> En fin, toda la buena suerte posible para el experimento. Tal vez no pueda ir al Este durante un tiempo, y desde luego no quiero que ella venga aquí en estas circunstancias apuradas. Estaré en contacto con el doctor Carroll y con Zelda para los detalles.

En abril, Zelda, por fin libre, viajó a casa de su madre. Tenía entonces casi cuarenta años y estaba sola. Scott y ella se escribían regularmente, una vez por semana. Él estaba atado a su trabajo, escribiendo la nueva novela. Pensaban encontrarse pronto. Verse en cuanto la situación económica de Scott mejorara pero nunca se llegó a producir el encuentro. Desde que Zelda recuperó la libertad, sus cartas a Scott, al que no veía desde hacía un año, quedaron marcadas por un tono de desconcertada desilusión. Vivir era un trabajo suficientemente pesado como para no hacer nada más, y durante un tiempo no pintó, ni escribió, tratando de adaptarse a su nuevo entorno. A su renacimiento.

Scott empeoró de salud, tuvo un amago de infarto y se vio obligado a guardar reposo. Entonces vivía con Sheyla Graham y fue en casa de esta cuando un día se levantó de la butaca donde estaba escribiendo y se desplomó repentinamente: un instante después estaba muerto.

La suerte, como escribió Zelda, había empezado a darles la espalda demasiado pronto. Scott murió de un infarto sin haber recuperado el lugar que le correspondía como escritor. Ella le sobrevivió ocho años, hasta que las llamas acabaron con esta mujer, que lo probó todo y pagó por ello, cuando dormía en una clínica donde se recuperaba de una crisis. Durante sus últimos años, entre recaídas y periodos de relativo equilibrio, Zelda dedicó gran parte de su tiempo a escribir su segunda novela, *Las cosas del César*.

Zelda fue enterrada junto a Scott y así pudieron reposar al fin juntos y en paz. Ambos conocieron el lado más amargo de la existencia, pero sin duda también el más brillante.

Una orgía de desesperación
Franz Kafka y Milena Jesenská

Franz Kafka conoció a Milena Jesenská a principios de 1920. Entre ambos surgió una íntima relación amorosa, desbordante de un agitado deseo, que con el paso del tiempo se teñiría de desesperanza. Fue sobre todo una pasión epistolar cuyo fruto es una prolífica correspondencia; una verbena de frases y pensamientos, que adquiere visos de narración épica, entre el masoquismo y la humillación, la ternura y el temor, la entrega absoluta y el rechazo, la culpa y la desolación.

Franz Kafka nació en Praga en 1883. Era el único hijo varón de un emprendedor hombre de negocios judío, cuyo carácter dominante le obsesionó, influyéndole en todos los ámbitos de la vida, desde su indecisión a la hora de contraer matrimonio hasta en el contenido de su obra genial y atormentada. Kafka tuvo tres hermanas que le inspiraron siempre un profundo cariño y con las que mantuvo una buena amistad. Estas, como gran parte de los amigos del escritor, fueron asesinadas en campos de concentración. La Gestapo destruyó archivos, hizo desaparecer legajos manuscritos y documentos, además de prohibir la edición de su obra completa que en aquel entonces estaba en marcha. Esta fue una de las devastadoras consecuencias del paso del nacionalsocialismo por una de las ciudades más hermosas de Europa, Praga, donde el escritor pasó gran parte de su breve existencia.

En 1906, después de estudiar derecho, Franz se doctoró, y desde entonces trabajó en distintas y aburridas compañías de seguros de Praga, hasta que la tuberculosis le obligó a retirarse en 1922. Era un joven de aspecto serio, de carácter inseguro, que iba siempre pulcramente vestido, "un chico amable y reservado". Sus grandes ojos grises de los retratos miran abiertamente al espectador, con una expresión entre la duda y el asombro, los labios se mantienen generalmente apretados, el pelo negro, muy corto, le arranca de la mitad de la frente, la nariz ancha y unas características orejas de soplillo delimitan su marcado rostro; un terreno perfectamente definido y definible que contrasta con su caótico, confuso y turbulento interior.

Kafka consagró toda su vida a la literatura y, en contra de lo que comúnmente se cree, una buena parte de sus narraciones vio la luz en revistas y periódicos de su tiempo; más tarde, junto a otras inéditas, fueron editadas en forma de libros hasta completar un total de siete volúmenes. A pesar de que la última voluntad del escritor fue que se destruyera su prolífica obra aún inédita, Max Brod, su gran amigo y albacea testamentario, se negó a cumplir semejante deseo. A esta desobediencia debemos la publicación de novelas, cuentos y escritos autobiográficos entre los que figuran obras tan excepcionales como *El proceso*, *Carta al padre* o *El castillo*, novela, esta última, que escribiría bajo los efectos del desesperado amor que profesó a Milena.

Milena Jesenská procedía de una familia praguense de elevada posición social. Se casó con un literato, empleado de banca de vida bohemia, con el que vivía en Viena. Era una mujer de fuerte temperamento, culta, inteligente y transgresora. Estudió medicina y música, le gustaba dilapidar el dinero y, en general, tenía un comportamiento bastante extravagante para la época. Ella, antes que nadie, descubrió el genio del escritor. Ella, más que ninguna otra mujer, supo comprenderle con una intuición tan sorprendente como la confianza que Franz le demostró.

Durante los dos años en los que la relación epistolar fue más intensa, desde 1920 a 1922, los sentimientos de Milena hacia el escritor evolucionaron de un interés exclusivamente literario a una fascinación por el hombre sensible, emocional y torturado que era Kafka. Para ella el amor era lo único verdaderamente grande en la vida. Kafka escribió a su amigo Max Brod en los albores de su relación:

> [Milena] es un fuego viviente como no he visto nunca otro... Y al mismo tiempo extremadamente tierna, inteligente, y lo pone todo en su sacrificio, o, si se quiere, lo consigue todo por el sacrificio.

La joven Milena entró en contacto con Franz Kafka cuando acometió el trabajo de traducir al checo algunos de sus escritos. A principios de abril de 1920 el escritor viajó a Merano para curarse de sus primeros síntomas de tuberculosis. En esta época tanto Milena como Kafka estaban vinculados más que sentimentalmente, socialmente, con otras personas. El matrimonio de Milena se encontraba en vías de disolución y la relación de Kafka con Felice, su prometida, que le esperaba en Praga ansiosa por casarse, estaba también a punto de extinguirse.

En un primer momento, Kafka intentó proteger a Milena y a sí mismo de una relación de la que sólo podían augurarse malos presagios, teniendo en cuenta el estrepitoso fracaso de sus anteriores amores, y su carácter huidizo e introvertido. A pesar de sus miedos y de sus advertencias para que ella no siguiera adelante, todo fue en vano: ya era demasiado tarde. Pronto el tono de Kafka sufrió una transformación, seducido por las encendidas frases de Milena. Mientras, el fuego al que se refiere Kafka en su carta a Brod le hace palidecer de pánico y le perturba. El escritor empieza a interesarse por su vida y su salud, las traducciones de sus textos le admiran, su deseo se va haciendo más y más evidente: "Me preocupaba por ti, me interesaba tu enfermedad, ya no me intereso más, ahora sólo pienso en mi enfermedad y mi curación, y las dos, en última instancia, tanto la primera como la segunda, eres tú".

En una de las primera cartas, que desgraciadamente no se conservan, Milena debió de preguntarle por el cariz de sus relaciones amorosas con Felice, la novia con la que había estado a punto de casarse en el pasado y con quien, en ese momento, estaba comprometido. Kafka contesta:

> Me pregunta por mi compromiso. Me he prometido dos veces (si se quiere, tres; es decir, dos veces con la misma joven), y las tres rompí el compromiso pocos días antes del casamiento. El primer asunto ya pasó totalmente al olvido (creo que se casó con otro y tiene una criatura, según oí decir); el segundo todavía alienta, pero sin mayores perspectivas de matrimonio; es decir, ya no alienta, o más bien lo hace por su cuenta, a costa de las personas interesadas.

Kafka resume muy bien en la siguiente carta su estado de ánimo de absoluto escepticismo y la sorpresa que le proporcionan los halagos que Milena probablemente vertiera en su correspondencia:

> Veo delante de mí un trozo de camino posible y sé a qué distancia increíble, para mí absolutamente inalcanzable, se encuentra de mi posición actual la posibilidad de merecer una mirada cualquiera (mía; y cuando menos de los demás; esto no es modestia, sino orgullo, si reflexiona un poco), la posibilidad de una mirada cualquiera, y de pronto obtengo nada menos que sus cartas, Milena. ¿Cómo expresarle la diferencia? Un hombre yace en la suciedad y el hedor de su lecho de muerte, y de pronto llega el Ángel de la Muerte, el más divino de los ángeles, y lo mira. ¿Se atreverá siquiera ese hombre a morir? Se vuelve, se atrinchera bien en su cama, le resulta

> imposible decidirse a morir. En resumen: no creo lo que usted me dice, Milena, y no hay manera de hacérmelo creer.

Unos días más tarde, todavía en Merano, el tono utilizado por Kafka y el estado de excitación que transmite muestra abiertamente su dependencia recién adquirida:

> ¿Qué le parece? ¿Podré recibir todavía una carta antes del domingo? Sin duda sería posible. Pero esta avidez de cartas es insensata. ¿No basta acaso una sola, no basta una certeza? Por supuesto que basta, pero no obstante uno se recuesta y se estira bien y bebe la carta y no sabe nada, salvo que no desearía cesar nunca de beberla. ¡Explíqueme esto, Milena, maestra!

Milena poco después le pide que cuando regrese de Merano pasé por Viena para visitarla. Él vacila ante esta propuesta, pero a finales de junio, habiéndose apeado del tratamiento de usted, refleja el miedo que le produce la relación:

> No sabría decir si después de mis cartas del miércoles y el jueves todavía querrás verme. Conozco mi relación hacía ti (*me perteneces*, aunque no te vuelva a ver más), la conozco en la medida en que no se halla dentro del inabarcable territorio del miedo, pero tu relación hacia mí no la conozco en absoluto, pues ella sí forma parte de este territorio. Tú tampoco me conoces, Milena, te lo repito.
>
> Para mí lo que está sucediendo es monstruoso, mi mundo se viene abajo, mi mundo se pone en pie, y tú verás (ese tú soy yo) cómo te las arreglas con todo eso. Del derrumbe no me quejo, mi mundo ya estaba derrumbándose antes, me quejo de su alzamiento, me quejo de mis pocas fuerzas, me quejo de nacer, me quejo de la luz del sol.
>
> ¿Cómo viviremos a partir de ahora? Si contestas "sí" a mis cartas, no puedes seguir viviendo en Viena, sería imposible.

A pesar de la petición expresa que le hace Kafka, Milena no se atreve, o no tiene suficientes fuerzas o valor para abandonar a su marido e irse a Praga con él. El marido de Milena, Ernst Pollack, será causa de muchas preocupaciones y en gran medida el que propiciará el desgaste de la relación.

Lo paradójico es que el matrimonio de Milena ya sólo era aparente y no duraría muchos años más. Kafka terminó yendo a Viena, tal y como ella le proponía, a finales de junio de 1920. Allí pasó cuatro días con su querida Milena, de miércoles a domingo, días que serán rememorados a lo largo de sus cartas y hasta la hora de su muerte. Kafka escribió en un estado de euforia absoluta el mismo domingo que llegó a Praga, después de haberse acostado con ella:

> Hoy, Milena, Milena, Milena... no puedo escribir otra cosa. Pero tratemos. Hoy, por lo tanto, Milena, sólo con prisa, cansancio y casi ausencia (esto último por lo menos también mañana). Cómo no estar cansado, le prometen a un enfermo una licencia de tres meses y le dan cuatro días, y del martes y el domingo solamente un pedacito, y además le suprimen la mañana y la noche. ¿No tengo razón de no haberme curado? ¿No tengo razón? ¡Milena! (Dicho en tu oído izquierdo, mientras yaces sobre la pobre cama en un profundo sueño de excelente origen y lentamente, sin saberlo, te vuelves de derecha a izquierda hacia mi boca).

Milena escribió, refiriéndose a su experiencia de esos días junto a Franz: "Conocí su miedo antes de conocerle a él... En los cuatro días que pasó a mi lado, lo perdió. Nos reímos de su miedo... No hacía falta el menor esfuerzo, todo era fácil y claro... Durante esos días, su enfermedad se nos antojó como una especie de leve resfriado".

Franz Kafka, en el transcurso del tiempo, va asimilando cada vez más su enfermedad con el amor que le inspira Milena, como queda patente en su correspondencia; ella es su enfermedad y también su cura:

> Y tengo que escribirte porque me temo que mis últimas cartas de protesta (esta mañana rompí la peor, de vergüenza; imagínate, todavía sigo sin noticias tuyas, pero es absurdo quejarse del correo, qué tengo que ver yo con el correo) pudieras deducir que no tengo suficiente confianza en ti, que temo perderte; no, confío en ti. ¿Podrías acaso ser lo que eres para mí, si no confiara en ti? Lo que me provocó esa sensación fue la breve contigüidad temporal y la repentina separación física (¿por qué justamente el domingo?, ¿por qué justamente a las siete?, ¿por qué todo?), es comprensible que me haya trastornado un poco el juicio. [...]

Más tarde volvieron a encontrarse en la estación de tren en la frontera entre Austria y Checoslovaquia, después de este segundo encuentro tardaron cerca de un año en volverse a ver. Fueron meses de tortura para el escritor, de desesperación y de sentimientos contradictorios respecto a sus orígenes. No hay que olvidar que para Kafka, judío, amar a una gentil era un problema trágico que provocaba terribles ataques de desprecio hacia sí mismo, hacia su condición de judío. También el escritor se refiere a menudo a la diferencia de edad entre ambos. Él tenía en aquel momento treinta y ocho años y ella veintitrés. Franz escribe a su amada diariamente, solía encabezar las cartas señalando el día de la semana y, a veces, si era por la mañana o por la tarde. Casi ninguna carta que envió a Milena está fechada.

> No sé cómo, ya no puedo escribirte de nada, salvo lo que se relaciona con nosotros, sólo con nosotros, en medio del torbellino del mundo. Todo lo demás es remoto. ¡Injusto, injusto! Pero los labios balbucean, y el rostro se hunde en tu seno.

Esta carta fue escrita pocas semanas después de su último encuentro. Franz todavía no ha perdido la esperanza de que Milena vaya a Praga junto a él y abandone a su marido.

Las cartas de esta época nos revelan a un hombre desconsolado; no sólo por el amor que prodiga a Milena, sino sobre todo por no poder llevarlo acabo. En cierta medida también los celos incontenibles que siente hacia el marido de la joven nutren esta pasión desesperada. Milena, además, le confiesa que sigue queriéndole, que no ha dejado de quererle. Durante este tiempo las cartas de Milena son su único sustento, sólo quiere dedicarle tiempo a ella, vivir para ella, como él mismo confiesa; no quiere que nada le distraiga de respirar en ella. Kafka se trastorna cuando deja de recibir sus cartas. En otoño de 1920 propone a Milena que abandonen la correspondencia: "A no ser que me equivoque de medio a medio, creo que conviene que en este momento dejemos ya de escribirnos. Pero no me equivoco, Milena". Sin embargo, ninguno de los dos cumplió esta petición:

> Ayer te aconsejé que no me escribieras todos los días, hoy sigo pensando lo mismo; sería muy conveniente para ambos y vuelvo a aconsejártelo una vez más, con mayor insistencia todavía; pero, por favor, Milena, no me hagas caso y escríbeme igual todos los días, aunque sea una carta muy breve, como hoy, apenas dos líneas, una sola, una mera palabra; privarme de esa palabra me costaría horribles sufrimientos.

Al día siguiente, escribe: "Lo único seguro es que lejos de ti no puedo vivir sino entregado completamente a la angustia, más completamente que lo que ella quisiera, y lo hago sin que me obliguen, encantado, me vierto en ella".

Meses más tarde, Milena parece tener algún problema pulmonar. Kafka en esta carta da muestras de los primeros síntomas de su desfallecimiento; la ausencia de su amada está causando estragos en el escritor:

> Sólo lo que me dices del médico me consuela. Así que esa sangre no quería decir nada, recuerda que ya expresé la

misma sospecha, yo que soy un viejo curandero. Ahora bien, ¿qué dice de ese punto en el pulmón? Con seguridad no te habrá recetado pasar hambre y cargar maletas. Y en lo que se refiere a seguir siendo buena conmigo, ¿está de acuerdo? ¿O tal vez no se habló de mí en absoluto? Pero ¿cómo crees que puedo conformarme después de comprobar que el médico no ha encontrado ningún rastro de mí? ¿No será tal vez mi ausencia lo que encontró en tus pulmones? [...]

Una vez más, el viaje a Viena. Lo peor es cuando lo mencionas seriamente, porque entonces el suelo empieza aquí realmente a temblar, y yo a esperar que me despida. Pero no lo hace. De los inconvenientes externos —de los internos no quiero hablar, porque aunque son más graves, no creo que pudieran contenerme, no porque yo sea tan fuerte, sino porque soy tan débil que no puedo dejarme contener por ellos— ya te hablé en otra carta, ese viaje sólo me sería posible mediante una mentira, y las mentiras me asustan, no como a un hombre pundonoroso, sino como a un colegial. Y además tengo la sensación, o por lo menos presiento la posibilidad de que alguna vez tendré que ir a Viena, incondicionalmente, inevitablemente, por causa tuya o mía; pero mentir por segunda vez no podría, ni siquiera como un colegial atrevido. De este modo la posibilidad de la mentira es para mí una reserva, de ella vivo, así como vivo de tu promesa de que vendrías inmediatamente. Por eso no iré ahora, en cambio de la certeza de esos dos días —por favor, no los describas, Milena, casi me torturas al hacerlo, no es todavía una necesidad imprescindible, pero sí un anhelo ilimitado— dispongo de una perpetua posibilidad.

Kafka vuelve una vez más sobre el peliagudo asunto del matrimonio de Milena. Este es uno de los temas, junto a su deterioro físico y mental, y el odio hacia sí mismo como metáfora del máximo sufrimiento, que con mayor frecuencia se repiten en sus cartas:

> Nuestra correspondencia sobre este tema me demuestra una y otra vez que estás ligada por un matrimonio casi sacramentalmente indisoluble (qué nervioso estoy, mi barco debe de haber perdido no sé cómo el timón en estos últimos días) a tu marido, y yo, por un matrimonio semejante, a... no sé exactamente qué, pero la mirada de esa terrible esposa a menudo cae sobre mí, lo siento. Y lo notable es que, aunque ambos matrimonios son indisolubles, y en el fondo no se podría decir una palabra más sobre el asunto, a pesar de todo, la indisolubilidad de uno de los matrimonios crea la indisolubilidad del otro, o por lo menos la fortifica y viceversa. Pero sólo subsiste el juicio que tú misma formulaste: "No podrá ser"; y no hablemos nunca más de futuro, sólo de presente.

La idea que Kafka tenía acerca del sexo queda patente en uno de los capítulos de *El castillo*, novela que comenzaría a escribir pocos meses después. En cierta medida, aunque no fue la única causa, Kafka vio lastrados todos sus "intentos de matrimonio" debido al turbio concepto que la sociedad anterior a la Primera Guerra Mundial tenía sobre la sexualidad, el matrimonio y la moral: la misma norma que sometía a las hijas de la burguesía al ideal de la virginidad, obligaba a los varones de la misma clase a acumular experiencias que lógicamente sólo podían adquirir en los burdeles. En una carta Kafka se pronuncia sobre el sexo definiéndolo como magia negra. Una concepción de la cual Milena, enamorada apasionadamente como estaba, se sentiría muy lejos de compartir. En *El castillo*, obra en la que Franz refleja el delicado problema que era la sexualidad para él, Max Brod encontró ciertos paralelismos entre Milena y el personaje de Frieda.

El escritor pasaba los días enteros pensando en las cartas de Milena: "Atormentado, enamorado, preocupado, con un temor muy indefinido de algo indefinido, cuya indefinibilidad consiste en esencia en exceder inmensamente mis fuerzas". Y a continuación describe con una precisión deslumbrante su estado: "¿Por qué no puede uno resignarse al hecho de que vivir en esta tensión tan especial, suicida, en continuo suspenso es lo correcto? [...] No sé exactamente qué quiero decir con todo esto, sólo quisiera de algún modo comenzar a captar los lamentos, no los explícitos, sino los callados, que surgen de tus cartas; y puedo hacerlo, porque en el fondo son los míos". Llegará un momento en que el temor provenga precisamente de las cartas que recibe de Milena. Porque "ahora uno se muerde los labios mientras lee la carta, y nada es más seguro que ese leve dolor en las sienes". O más adelante: "Casi no me atrevo a leer las cartas, sólo puedo leerlas a ratos, no puedo soportar el dolor que me producen".

Su dependencia como dice unas semanas más tarde sobrepasa todos los límites:

> El "una cosa o la otra" es demasiado vasto. O eres mía, y en ese caso todo está bien, o te pierdo, y en ese caso no puede decirse que todo esté mal, porque ya no hay todo ni hay nada, ya no quedan ni celos ni padecimiento ni ansiedad, absolutamente nada. Y es verdad que hasta cierto punto es una blasfemia construir tanto sobre una persona; por eso mismo penetra el temor en los cimientos, pero no es el temor por ti, sino el temor de haberse atrevido a construir de ese modo.

"La destrucción sistemática de mí mismo en estos años es asombrosa", escribiría Kafka el 17 de octubre de 1921. Dos días antes había enviado a Milena su diario. Un gesto inusitado y de un valor extraordinario para alguien tan sumamente introvertido con el que demuestra estar dispuesto a desnudarse ante ella, a enseñarle su alma y su conciencia.

En diciembre de 1921 Franz anota en su diario que Milena lo ha visitado cuatro veces y que tiene que partir de viaje. En enero de 1922, el diario contiene el borrador de una carta que probablemente no llegó a enviarle. En ella menciona las últimas visitas de Milena, durante las cuales ha detectado cierto cansancio, cierta obligación, como las visitas a los enfermos. Y se pregunta si habrá encontrado Milena algo decisivo contra él.

Kafka intervino en nombre de la joven en una cuestión familiar, ocasión en la que aparentemente el escritor se condujo con mucha corrección y de forma eficaz. Sin embargo, él una vez más se declara culpable por haberse inmiscuido en la vida de ella, y este sentimiento le sume de nuevo en una tremenda confusión. En una carta escrita poco después reflexiona sobre las consecuencias de escribir o no escribir cartas:

> Cuando te escribo, no hay ni que hablar de dormir, ni antes ni después. Cuando no escribo consigo por lo menos conciliar un sueño superficialísimo, intermitente. Cuando no escribo sólo me siento cansado, triste, pesado; cuando escribo, en cambio, la inquietud y la angustia me devoran. Es como si nos rogáramos mutuamente compasión, yo a ti, para poder por fin arrastrarme hasta desaparecer, tú a mí...; pero el hecho de que esto sea posible es la más espantosa paradoja.

Kafka empieza a lamentarse, a sufrir en carne viva un desmoronamiento que le va recluyendo de nuevo en la oscuridad donde había vivido hasta que apareció Milena:

> Eso no podía durar. Aunque me acariciabas el lomo con mano muy bondadosa. [...] Cada vez me daba cuenta mejor de la inmunda peste, de la molestia que era en todo sentido para ti. [...] Recordé quién soy, ya no vi en tus ojos ningún engaño, sentí el terror-del-sueño. Por eso "tenía que volver a la oscuridad, no soportaba el sol, estaba desesperado, realmente como un animal perdido, me eché a correr lo más rápido que pude, pensando constantemente: "¡Si pudiera llevármela conmigo!", y la idea opuesta: "¿Existe acaso la oscuridad donde ella está?" [...]

Más tarde añade que todo esto es una exageración y una mentira, sólo el deseo es verdadero:

> Pero aun la verdad del deseo no es tanto su propia verdad como —mil veces más— la expresión de la mentira de todo lo demás. [...] Por otra parte, quizá no sea en realidad amor cuando digo que eres para mí lo más amado; amor es cuando digo que eres el cuchillo con el que escarbo mis heridas. [...]

Es en este momento cuando la relación empieza a desintegrarse. En abril de 1922 debieron de encontrarse una vez más en Praga. Pese a todo, en los años siguientes, él le escribió cartas breves a intervalos largos. Kafka confesaría en una de las últimas, escrita cuando ya se había instalado en Berlín, lo que habían significado las cartas, para entonces, el escritor ha recuperado las formalidades de sus primeras misivas:

> Hace ya mucho tiempo que no le escribo, señora Milena, y también hoy le escribo por una casualidad. En realidad no tengo que disculparme de mi silencio, usted ya sabe cómo odio las cartas. Toda la desdicha de mi vida —no quiero con esto quejarme, sino hacer una observación de interés general— proviene por así decir de las cartas o de la posibilidad de escribirlas. Las personas casi nunca me han traicionado, pero las cartas casi siempre, y en verdad no las ajenas sino las mías.

Y Kafka tiene razón cuando afirma que toda la desdicha de su vida proviene de las cartas, porque aunque se vieron a menudo a lo largo de estos años, esta es una relación, sobre todo, epistolar tal y como nos muestra la abundante correspondencia. Es una orgía de desesperación que transita desde el extremo donde se halla la luz, hasta las tinieblas, es un recorrido donde ambos sufrieron la desdicha de un amor irrealizable y sin embargo dieron con el registro adecuado para rozarse las almas.

Antes se ha mencionado la carga adicional de una moral marcadamente sexista como una de las posibles razones por las que las relaciones de Kafka con las mujeres se vieron siempre lastradas; sin embargo, la principal causa de sus fracasos sentimentales hay que buscarla en la carta que le envió en 1922 a su amigo Max Brod: "¿Por qué no cesa el arrepentimiento? La conclusión siempre es la misma: podría vivir, pero no vivo". Lo cierto es que Franz Kafka, lo sacrificó todo —amores, viajes, amistades, la vida, en definitiva— en aras de su escritura. El sentimiento de culpabilidad por la vida "no vivida" fue agudizándose en los últimos años, y con él el miedo a la "nada" de esa vida que sólo existía por la literatura.

Las cartas de Kafka son perfectas, brillantes, intensas en todo lo que quieren decir y en lo que callan, son pequeñas piezas maestras donde un genio insatisfecho consigo mismo sangra y escupe pasión en cada línea.

Kafka se fue a vivir a Berlín a finales de 1923 con Dora Diamant, una joven judía de veinte años que había conocido en julio. Una vez instalado en la única ciudad en la que Kafka creía poder vivir —aunque en ella lo que hizo fue morir— escribió una última carta a Milena:

> Hace mucho tiempo que espera aquí un fragmento de carta para usted, pero no consigo terminarlo, porque los viejos males han vuelto a encontrarme aquí, me han atacado y me han vencido un poco. [...]

Es difícil desentrañar si en esta carta se refiere a su enfermedad que en aquella época se había agudizado, o a la nostalgia por la pasión que le inspiró Milena, quizá lo más acertado sea considerar que, como el escritor dijera en distintas ocasiones, ella era su verdadera enfermedad.

Kafka murió de tuberculosis el 3 de junio de 1924, un mes antes de cumplir los cuarenta y un años. Fue enterrado en Praga, la ciudad que amó y odió, de la que siempre quiso huir pero que siempre le retuvo.

En 1939 Milena Jesenská fue encarcelada en Praga y posteriormente asesinada en un campo de concentración. En una de las cartas que Milena escribió a Max Brod, en los primeros años de su relación con Kafka, explica su situación: "Si en aquel momento me hubiera ido a Praga con él, habría seguido siendo para él lo que ya era... Pero mis fuerzas no daban para tanto, a pesar de saber que era lo único que habría podido serle de ayuda. Esa *es* mi culpa".

Quién sabe, pero tal vez sólo así, en la distancia, en la imposibilidad de su cumplimiento, fue como Kafka llegó a concebir y alimentar su desesperada pasión.

La única mujer
Paul Eluard y Gala

Paul Eluard conoció a Helena Dimitrievna Diakonava, a quien puso el apodo de Gala, en un sanatorio para tuberculosos de Suiza. Él era francés y ella rusa, y ambos tenían diecisiete años. Cinco años después, en 1917, se casaron, y un año más tarde tuvieron a su hija Cécile. Si todo gran amor se acerca a la utopía, la relación entre este hombre y esta mujer quizá llegara a tocarla.

Paul Eugène Grindel, conocido como Paul Eluard, nació en Saint-Denis en 1895. Desde muy joven participó en la creación del grupo surrealista, junto con Breton, Soupault y Aragon. Al comenzar la Primera Guerra Mundial, Eluard es movilizado y destinado, a causa de su precaria salud, a servicios auxiliares primero y más tarde a un hospital donde llegan los millares de heridos del frente. Sin embargo, en diciembre de 1916, consigue, a pesar de las súplicas de Gala, ser destinado al 95 Regimiento de Infantería.

Esta es una de las pocas cartas que se conservan de Gala a Eluard. Ella entonces se expresaba con gran dificultad en francés, de ahí que sus frases estén mal construidas y que cometa algunos errores de sintaxis:

> Ponte por encima de tu orgullo que digan de ti lo que quieran.
>
> Si te quedas ahí será la mejor prueba de tu amor en serio. Yo te he probado he venido a tu casa. Pruébame tú a tu vez [...]

> Si supieras qué decepción para mí tener que suplicarte, rogarte —como limosna— que te quedes al abrigo que guardes tu vida. No me amas como yo te amo. (No me atrevo a suplicarte. Me siento como una pobre mujercilla a la que se ama cuando no se tiene nada más "grande", más "serio". Lo odio todo). Soñaba con descansar bien esta semana, leer tranquilamente. Es imposible. Si supieras cómo sufro. Siento que no me amas, que estoy impotente, que no eres capaz de hacer nada grande por mí eres como todos los jóvenes orgullosos, arrastrados por el tonto entusiasmo de la multitud. He venido con la esperanza de calmar tu sufrimiento. ¿Y me he equivocado?

En este fragmento le previene para que no vaya a la guerra, tiene un miedo atroz a perderle e intenta convencerle para que no participe activamente, y se mantenga en la retaguardia. Gala después de regresar a Rusia, antes del comienzo de la guerra, había vuelto a París para encontrarse con Eluard. En este pasaje demuestra, a pesar de sus dificultades de expresión, lo mucho que ama a Eluard; no quiere que vaya al frente, teme por su vida, y está dispuesta a presentarse como enfermera. Estas son sus amenazas: "Es peligroso para mi salud pero si no me amas como quiero, lo 'bastante' lo sentiré muchísimo. Y como no tengo valor para acabar conmigo de golpe; me agotaré lentamente". Oculta bajo la inescrutable coraza con la que Gala se mostraba al mundo, existe una mujer vulnerable, ávida de amor, en absoluto calculadora, más bien insegura y sobre todo desdichada. Un mes más tarde escribe:

> Mi niño absolutamente único, que es para mí y para siempre. No quiero nada en el mundo más que tú. Me duele, no puedo. Cuídate, cuida tu vida que es más que preciosa, más que querida, es todo para mí. Ella es yo misma, me pierdo contigo.

Durante los primeros años de matrimonio apenas se escriben, ya que generalmente están juntos. Sus respectivas infidelidades no parecen preocuparles, si creemos lo que se dice en las cartas. Ambos huyen de los sentimientos vulgares y de toda idea de posesión del otro. Eluard se adscribe, y lo repite con frecuencia, a una fidelidad superior, esencial, que los devaneos sexuales no pueden poner en peligro.

La siguiente carta fue escrita en abril de 1928 desde Eaubonne, cerca de París. Eluard se acaba de despertar de la siesta, son las cuatro de la tarde de un lunes. Lleva unos días enfermo, se siente débil y echa terriblemente de menos a Gala:

> Mi amor querido, mi dulce amor, sigo en cama. Acabo de tener un sueño maravilloso, uno de esos sueños diurnos donde las emociones físicas te dejan al despertarte toda la parte correspondiente al deseo... y el deseo que arrastras después, ya despierto, se parece tanto al placer del sueño. Estaba tumbado en una cama al lado de un hombre que no puedo identificar con seguridad, pero un hombre sumiso, soñador desde siempre y para siempre silencioso. Le doy la espalda. Y tú vienes a tumbarte cuan larga eres pegada a mí, me besas los labios dulcemente, muy dulcemente y yo te acaricio bajo el vestido los senos, fluidos, tan vivos. Y tu mano pasa, muy despacio, por encima mío, busca al otro personaje y se aposenta en su sexo. Lo veo en tus ojos, que se turban lentamente, cada vez más. Y tu beso se hace más cálido, más húmedo, y tus ojos se abren más y más. La vida del otro pasa a ti y al poco rato es como si masturbaras a un muerto. Me despierto, ligeramente ebrio, incapaz de renunciar al placer.
>
> Confieso que el regreso a Arosa no me parece triste, que de hecho no es un regreso a Arosa sino un regreso a ti, por consiguiente a mi amor. Por consiguiente, sólo una cosa deseo: verte, tocarte, besarte, hablarte, admirarte, acariciarte, adorarte, mirarte, te amo sólo a ti, la más bella y en todas las mujeres sólo a ti te encuentro: toda la Mujer, todo mi amor tan grande, tan simple.

En esta carta como en muchas otras Eluard se despide cubriendo a Gala de besos y añadiendo: "Soy tu marido para siempre". Sin embargo, sólo un año después esta afirmación dejaría de ser cierta. El primer detonante de lo que sería su separación definitiva tiene que ver con el deseo de Eluard de pasar una temporada en Berlín: ha conocido a una joven por la que se siente altamente fascinado. Antes de tomar la decisión pide consejo a su mujer. Esta carta la escribió Eluard desde París en el mes de marzo de 1929:

> Mi niña hermosa, esta es la única carta que escribiré desde aquí. No he parado de correr de un lado a otro y no sé cuándo llegaré a Arosa. [...]
>
> Ayer me puse enfermo. No podré vivir aquí nunca más. En París, mujeres lamentables. Ni un sólo rostro humano, ni una sola tentación. Pero las cartas no han mentido. He conocido en el tren a una berlinesa con rostro de india, habla inglés, me ha dado su dirección. Si no veo nada en París, me apetece mucho pasar tres días en Berlín. Siempre, desde luego, que no tengas ningún inconveniente, siempre que no te aburras (!!) demasiado, siempre que no tengas la impresión de haber sido abandonada, etc..., etc... Contesta a vuelta de correo.

Cuando en este fragmento Eluard menciona las cartas se refiere a las cartas del Tarot; Gala era muy aficionada y sabía echarlas de lo que se deduce que en ellas pudo ver que en la vida de Eluard aparecía una mujer. Los surrealistas, Breton el primero, se interesaban por los temas esotéricos y la adivinación. La carta continúa:

> La belleza no consigue, nunca ha conseguido satisfacerme. Sin el amor, todo está perdido para siempre, perdido, perdido, abyecto lleno de remiendos y de venenos insípidos y abyectos. No hay vida, sólo hay amor. Trataré de ir a Berlín, veré a esa mujer con la que apenas puedo hablar. Quizá ella

> me reanime, quizá me dé la fuerza de considerarla algo más que una marioneta, algo más que una estatua. Haré este último intento para saber a qué atenerme, para no volver a extraviarme, para saber si sólo puedo emocionarme contigo, con tu amor, incluso con tus amores, tus goces, tus sufrimientos. Mi pequeña Gala, te amo infinitamente. No creo en la vida, sólo creo en ti. Mi universo, que se mezcla con la muerte, no puede penetrar en ella sin ti. Estoy entre tus brazos. Convocado entre tus ojos, entre tus senos, entre tus piernas, jamás me extinguiré.

Esta carta es quizá una de las más significativas para entender el tipo de vínculo que se había establecido entre ellos. Por un lado, Eluard le pide permiso y busca su aceptación para ir a encontrarse con una mujer en Berlín, por otro, no ama a nadie más que a Gala. Eluard está tentado por la tristeza y el misterio. Tiene miedo de haber perdido el entusiasmo, se siente viejo, confuso, aunque entonces sólo contaba treinta y cuatro años:

> He gastado demasiado de mi vida. Y te amo demasiado (lo digo con fervor, con fe, de sueño en sueño, por ti he cambiado de universo, he pasado al tuyo. Mírate en el espejo, mira los ojos que amo, los senos que amo, el sexo que amo, tus hermosas manos, escúchate hablar, comprende bien lo que dices, mi única amiga, por qué no comprendo otra cosa que tu lenguaje, por qué te dejo libre, qué placer saco del tuyo, por qué te quiero audaz y fuerte y hecha solamente a tu voluntad, a tu voluntad que es la mía, que se ha elevado maravillosamente, como la mía, de todo nuestro amor).

Eluard se pregunta si podrá tener una aventura que valga la pena. Si será capaz de postergar varios días su encuentro con Gala, en Arosa, por ir en busca de una joven berlinesa que teme que le pueda desilusionar. El hecho es que finalmente optó por ir a Berlín y, como era previsible porque además estaba en su ánimo que así fuera, el viaje le decepcionó.

El poeta manifiesta su necesidad de comprobar que puede emocionarse con otra mujer, que puede excitarse y desear a otra mujer que no sea Gala. Esta quizá sea una de sus obsesiones: poder amar a Gala en otra. Pero Eluard no estaba a la altura, amaba demasiado a su niña, y a pesar de sus intentos de colocar su relación matrimonial por encima de las convenciones burguesas, le resulta muy difícil sublimar el amor; a él, a diferencia de Gala, parece que ninguna relación sexual le satisfacía lo suficiente. Sólo con ella el amor tomaba el cariz que buscaba: una pasión mística donde el cuerpo de Gala deviene su religión.

Estando en Berlín, Eluard escribe a su mujer el 26 de marzo. Este fragmento corresponde a su despedida:

> Te amo, quisiera tenerte sobre mí para saber que existo.
>
> Quisiera que, desnuda y ciñéndome entre tus piernas, me besaras los pechos. Después que me masturbaras. (He aquí que existo. Por vez 1ª vez aquí). Sólo a ti te amo verdaderamente. Terriblemente.
>
> Enteramente tuyo.

Gala debió preguntarle por la chica del tren y en la carta Eluard le contesta: "No, no he vuelto a ver a la dama del tren. No me he atrevido". Y dos días más tarde desde Múnich le confiesa:

> Pienso en ti, estate tranquila. Pensar en ti es lo único capaz de inquietarme. Sueño contigo. Siempre estás ahí, reina dulce y terrible del reino del amor. Te imagino de todas formas.
>
> Pero qué suerte tienes de poderte excitar tan fácilmente con otros. Cada cual a su tiempo. A mí me haces falta Tú, desnuda hasta la cintura, de abajo arriba, de arriba abajo.

Eluard se siente muy infeliz; el juego de la infidelidad no le va, está obsesionado con su mujer, no puede vivir sin ella. Al día siguiente escribe:

> Sólo en ti engendran mis deseos el delirio, sólo en ti se sumerge mi amor en el amor. Pero mi amor tiene que pasar por tu amor absoluto. Si no, me mataré. Perdóname que te diga semejante cosa, pero esa es ahora para mí la consecuencia de tu indiferencia, aunque sea pasajera... Sueño que estás aquí. Es el campo de verdad, podrías vivir casi desnuda y amarme. ¡¿¡No te tendré jamás como te tienen otros!?! Soy un desdichado, un desdichado. Mi amor me queda demasiado grande.

A lo largo de este viaje el poeta va cayendo en una especie de depresión quizá agudizada por su recaída física; en sus cartas explica que teme ponerse otra vez enfermo, se siente débil, tose a menudo, escupe y ha adelgazado mucho. El 10 de abril escribe desde París:

> No me gusta mucho explicarte por carta mi deseo y mis razones para verte. Es demasiado complicado. Evidentemente, para mí sería muy deseable, visto el cansancio, los gastos y las complicaciones que supone, no quedarme mucho tiempo en París.
>
> 1º Todavía tengo cosas que hacer, pero temo caer otra vez enfermo (toso, escupo, estoy muy delgado).
>
> 2º La Pomme es muy guapa y muy simpática, pero demasiado anormal. Mops se va hoy de aquí porque está muy celosa de ella. La ama mucho y se da cuenta vagamente de que la Pomme me ama a mí (ella piensa que yo no la amo nada).
>
> La complicación es que la Pomme me ama, sueña con divorciarse, quedarse en Francia, hacer la calle si es necesario para quedarse. No hará nada de eso, pero será muy desgraciada si esto se prolonga mucho. No puede hacer el amor sin llo-

rar de pensar que tendrá que irse pronto, adelgaza, llora, etc... Todo ello me horroriza.

Y sólo mi partida puede acortarlo todo.

3º La verdadera razón: que te amo y que sueño con estar contigo. La primera noche te haré el amor tres veces. Y te quiero desnuda toda la noche. Voy a masturbarme pensando en ti.

Y ya estoy harto de las demás, tú eres la única que quiero. Si te amo, lo que quiero es hacer el amor, terriblemente. Y estrecharte en mis brazos, lamerte toda, aplastarte, hacerte más ligera que nada, más mojada, más caliente, más blanda y más dura que nada. Mi lengua entra entera en tu boca, en tu sexo, mi sexo te adorna con esperma. Tienes esperma en las manos, en el vientre, en los pechos, en tu rostro locamente viviente, y empezamos otra vez a acariciarnos, a besarnos, a perforarnos. Quiero amarte más que nunca.

Gala mía, aquí hago el amor muy a menudo, demasiado. Pero qué no daría yo por pasar una noche contigo. Todo.

Solamente.

La "Pomme" es el nombre que puso Eluard a una berlinesa guapa, voluble y de vida mundana, llamada en realidad Alice Apfel. "Mops" cuyo nombre es Thea Sternheim era, según Eluard, de una fealdad atrayente y se interesaba tanto por las mujeres como por los hombres.

Eluard escribe desde Niza en junio de 1929:

Mi bienamada,

Me alegro de que quieras venir. Es lo que había que escribir. ME ALEGRO MUCHO. (Masturbado dos veces hoy pensando que ibas a estar ahí).

Así, con esta temperatura, podré adorarte DESNUDA durante horas enteras. Sólo saldremos para ir al cine maravilloso spezial [sic]. [...]

Viviremos de amor, solamente de amor. [...]

> Estoy aturdido de excitación, de sueños de ti:
> DESNUDA
> los ojos, la boca
> y el sexo abiertos.
> He recibido un telegrama de Gaillard. [...] Comprende y hazle comprender que me gustaría que te poseyéramos a veces los dos juntos, como habíamos acordado.

No sabemos si se llegó a consumar el triángulo sexual que propone Eluard en esta carta. Sin embargo, todo parece indicar que así fue y que como consecuencia de esta experiencia Eluard se enfadó con Gaillard. Lo importante no es tanto la anécdota como el hecho de que ayude a constatar que Eluard deseaba y buscaba el placer y la satisfacción sexual de su mujer. Quizá esta fórmula fuera el modo que encontró Eluard para hacerla feliz en sus ansias de libertad pero participando activamente de sus aventuras.

Poco después, en agosto de este mismo año, Gala conoció a Dalí en Cadaqués. Unos meses antes Dalí había invitado a Eluard a pasar unos días en España. Gala, Eluard y la hija de ambos se instalaron en el hotel Garimar. El primer encuentro entre Gala y Dalí fue decisivo: el pintor la consideró una mujer extraordinaria. En su autobiografía publicada bajo el título *La vida secreta de Salvador Dalí*, el pintor narra sus recuerdos de este primer encuentro, recuerdos difícilmente verificables aunque por el carácter de ambos resultan bastante verosímiles. Dalí, que hasta entonces no había mantenido ninguna relación sexual con una mujer, reconoce en Gala su "Galochka rediviva" y decide seducirla perfumándose con excrementos de chivo, poniéndose un geranio tras la oreja, despellejándose las axilas y esparciendo la sangre "por coquetería". Gala, por su parte, que sospechaba que este genio medio loco tenía cierta tendencia a la coprofagia, según se desprendía de su cuadro *Juego lúgubre*, decide averiguar si es cierta esta inclinación. Dalí desmiente que sea coprófago y Gala tranquilizada por la respuesta determina empezar una nueva vida a su lado. No sabemos si fueron los excrementos de chivo o el geranio en la oreja, lo cierto es que el violento flechazo hizo que permanecieran unidos el resto de sus vidas. Gala, después de este encuentro, viajaría a París pero regresaría al poco tiempo a Cadaqués. Allí, junto a Salvador Dalí, viviría hasta el día de su muerte. Por su parte Eluard regresa a París. Entiende que su mujer ha sido hechizada por el extravagante pintor catalán y no parece dudar de que el hechizo tenga una fecha de caducidad. Sin embargo, pasan los días y Gala no se muestra muy receptiva ante la insistencia de su marido para que vuelva a su lado. Es entonces cuando las cartas de Eluard se hacen más frecuentes, más breves y hasta cierto punto compulsivas. En ellas refleja su amargura, el estado de melancolía en el que vive permanentemente. Eluard escribe su pérdida, y lo cierto es que Gala cada vez está más ausente.

Durante el mes de septiembre el poeta está arreglando un apartamento en el que pretende instalarse con Gala. En sus cartas habla de su amor, le llama "mi niña", le suplica que vuelva, ha perdido el rumbo:

> Ayer por la noche me masturbé magníficamente pensando en ti, imaginándote enamorada y desatada, como me has enseñado a verte. Te adoro y te deseo terriblemente.

Y unos días más tarde:

> Me gustaría mucho que volvieras. [...] ¿Qué vas a hacer en Barcelona? Te cansarás. ¿A quién vas a ver allí? En fin, mi hermosa querida, haz lo que quieras. Sólo deseo tu placer, sólo deseo tu libertad.
>
> Pero no sé qué decirte. Por encima de todo me gustaría verte y tenerte. Sí, regresa. Ven, ven, eres mi único amor, mi único deseo, lo único que comprendo. Eres lo que quiero. Ven, ven, ven mi muy hermosa, mi único ser.

En enero de 1930 ante la perspectiva de un nuevo encuentro, Eluard escribe excitado:

> Te deseo tanto que enloquezco, muero de la sola idea de volverte a encontrar, de verte, de besarte. Quiero que tu mano, tu boca, tu sexo no se aparten de mi sexo. Nos masturbaremos en la calle, en los cines, con la ventana abierta. Esta mañana me he masturbado magníficamente pensando en ti. Y mi imaginación no se cansa. Te veo por todas partes, en todo, sobre todo. Muero de amor por ti. Tu sexo me cubre el rostro, devora el mío, me cubre con tu belleza, con tu genio. Todo en ti es hermoso: tus ojos, tu boca, tus cabellos, tus senos, tu vello, tus nalgas, tu sexo, tus piernas, tu sexo, tus manos que no abandonan jamás lo que masturban, ese espacio que hay entre tus muslos, cerca de tu sexo, tus hombros. Me embriago pensando en cada una de las partes de tu cuerpo. Y todo cuanto haces me enajena, me aterra, me tortura, me arrebata, todo cuanto haces es perfecto.

Eluard evoca el cuerpo de su amada, se recrea en él, lo hace y lo deshace, lo fragmenta y lo reconstruye, y sufre porque se ha vuelto inaccesible, ya no le pertenece. Sueña con Gala, se despierta con Gala, pero ella ya no está a su lado. Algo ha cambiado, su pequeña Gala ya no es la misma; antes ambos tenían sus escarceos amorosos pero siempre regresaban el uno al lado del otro. Eluard sospecha que la ha perdido, sufre una crisis de melancolía, no puede dejar de pensar en ella, se encuentra débil y enfermo. El 20 de enero escribe: "Quiero que seas feliz, pero un día de estos, cuando esté alegre y de buena salud, intentaré que lo seas conmigo". Pocos días después le dirá: "Gala, si se me ocurre pensar que todo puede haber terminado entre nosotros, soy en verdad como un condenado a muerte, *y a qué muerte*".

En 1932 Gala y Eluard se divorciaron, pero si algo tiene de peculiar esta historia de amor es que se perpetuó en el espacio y en el tiempo. Incluso cuando Eluard se casa en 1934 con Nusch, una mujer frágil y dulce, el amor por Gala no disminuye, ni el fervor por ella sufre modificación alguna. El poeta siente una gran ternura por su nueva mujer, pero Gala es la única e irreemplazable. Y así será hasta el final de sus días en 1952. Durante estos años, sus juegos sexuales siguieron teniendo lugar hasta que el desastre de la Segunda Guerra Mundial les impuso una larga separación que acabó siendo definitiva.

En marzo de 1935 Eluard escribe desde París:

> Tengo que confesarte que hace buen tiempo. La primavera siempre ha tenido la mejor de las influencias sobre mí. Estoy decidido a liquidar, liquidar, liquidar cuanto hay de encenagado en mi actividad "intelectual" cotidiana.
>
> ¿Cuándo vienes? Tu presencia, tus consejos serían para mí una ayuda preciosa. Cuando pienso en ti me enorgullezco. Hemos vivido bien, valerosamente.
>
> Hace un tiempo tan radiante como el sentimiento que tengo de ti, de nuestro amor.
>
> Y has de saber que te he amado encarnizadamente y que no te he dado mala vida. Nuestro amor nos ha hecho adquirir conciencia de nosotros mismos, dominar nuestra puerilidad, nuestra inocencia, parecidas a las de los locos.
>
> Ahora te amo con tranquilidad. Tengo la absoluta seguridad de que no volveré a atormentarte, de que serás dichosa. Gala, mi hermosa Gala, niña, moriré tranquilo.

Al terminar la carta Eluard le pide que le diga a Dalí que le quiere mucho. No deja de ser paradójico porque a pesar de haberle separado de lo que él más quería, no le guarda rencor. Dalí y Eluard colaboraron a menudo en distintos proyectos e incluso este último le defendió frente al grupo de surrealistas e intentó que Dalí se diera cuenta del tremendo error en el que incurría ensalzando la figura de Hitler por la que el pintor sentía fascinación. Esta es quizá una de las características de la compleja personalidad de Eluard, era un hombre sincero y generoso, y su amor por Gala estaba por encima de todo. Ella fue su inspiración durante toda su vida; cuando la tuvo a su lado y desde el recuerdo.

Un año más tarde, en 1936, Eluard le escribe una carta, como todas las suyas, sincera, sensual, donde se muestra tal y como es. Sin ningún pudor ni cínico orgullo:

> Mi pequeña Gala adorada, hoy, cosa extraordinaria, me siento muy bien físicamente, pero te echo de menos de una manera intolerable. Una melancolía invencible.
>
> Me gustaría apoyarme en tu hombro, verte, estar contigo. Tienes suerte de no sentir nunca con tal fuerza la nostalgia de tu pasado. Es espantoso.
>
> Y estoy tan tranquilo, tengo tan pocas ganas de quejarme, de gritar. Perdona que te lo cuente. No podíamos vivir de otra forma. Soy imperfecto, puerilmente complicado, nervioso, etc... Pero no me olvides nunca, nunca. Tengo demasiado poco apego a la vida.

Mientras Gala y Dalí fijaban su residencia en Norteamérica, Eluard siguió viviendo en París. En 1942 se había afiliado al Partido Comunista y pronto se convirtió en el poeta más famoso de la Resistencia. A lo largo de estos años la correspondencia continuaba llegando con cierta regularidad a pesar de las dificultades de comunicación derivadas de la guerra. Durante la Segunda Guerra Mundial Gala envió dinero y paquetes de alimentos a su antiguo esposo. A medida que pasan los años Eluard sigue soñando con volver a ver a su adorada Gala. En 1945 escribe:

> Cécile y yo nos alegramos muchísimo de enterarnos de tus señas. Nuestra separación de ti ha adquirido caracteres de catás-

trofe. Y quisiéramos saber cuándo volveremos a ver a nuestra pequeña Gala. Es demasiado tiempo, demasiado tiempo. Ahora me veo como un buen vejete. Ya no puedo leer sin gafas. Todo ha cambiado, salvo mi corazón. Y todo el pasado está muy lejos, salvo tú, porque tú, tú siempre estarás presente en mí. Pequeña Gala...

No sé qué decirte de estos cinco años. [...] Hemos tenido el horror casi permanentemente ante nuestros ojos. Hemos esperado y desesperado, rabiado, luchado como hemos podido —y envejecido—. Ya casi no sé reír.

Es en esta época cuando muere la mujer de Eluard; su desaparición prematura y repentina postra al poeta en un estado de absoluta melancolía.

En 1946 Paul Eluard escribe: "Espero que pienses, como yo (incluso estoy seguro), que debemos evitar dejar tras nosotros rastros de nuestra vida íntima. Así que rompo tus cartas...". Y así lo hizo por eso hoy sólo tenemos noticia de algunas cartas que Gala le escribió en el año 1916, poco antes de casarse. Ella, que sobrevivió treinta años al escritor y que se decía enemiga de todo recuerdo, conservó la correspondencia de Eluard durante esos treinta años. Quizá una vez desaparecido deseó guardar lo único que le quedaba de su querido niño. No sabemos si las releería o simplemente las olvidó en un cajón, lo cierto es que su hija Cécile las halló tras la muerte de su madre en 1982. Eluard tal vez le escribió insinuando su deseo de que Gala destruyera sus cartas porque notaba la muerte cerca, pero todavía sobrevivió a su soledad y a sus crisis depresivas seis años más.

La última carta que se conserva de Eluard a Gala está fechada el 21 de febrero de 1948 y empieza así: "Pequeña Galochka querida, esta noche he soñado con vosotras dos. Estábamos en el campo". Más adelante le habla de su hija Cécile:

Cree que ya no la quieres y que no volverá a verte. Aunque es una mujer bastante dura, llora cada vez que habla de ti.

Una vez más mi pequeña Gala de siempre, no te atormentes. Puedes arreglarlo escribiéndole de vez en cuando cariñosamente y mandándole paquetes que le prueben que piensas en ella.

Sus últimas palabras son: "Pequeña Galochka, cómo me gustaría volver a verte".

El amor fuerte, profundo, entendido como una religión, existe más allá de la duración de las cosas. En una carta Eluard escribe: "Pienso en ti como en la luz fatal de mi nacimiento". El poeta ha nacido para ella y por ella, ella es su origen y su destino, ella es, simplemente, él mismo. Su amor es intemporal y si de algo podemos estar seguros es de que Paul Eluard dedicó el último pensamiento en su última hora a su pequeña y adorada Gala: su ser.

A tres bandas
Jean-Paul Sartre y Simone de Beauvoir

La extravagante y turbia alianza entre Jean-Paul Sartre y Simone de Beauvoir duró cincuenta y un años. Ambos disfrutaron de diferentes amantes, generalmente jóvenes discípulas, que a veces compartían. Se trataban entre ellos de usted y nunca llegaron a vivir juntos. Siempre elegían cuartos contiguos en los hoteles o vivían en apartamentos separados dentro del mismo barrio parisino. En los últimos años han visto la luz cartas y otros papeles íntimos que revelan nuevos y sorprendentes matices de la personalidad de ambos. La correspondencia entre la escritora feminista Simone y el padre del existencialismo, que el propio Sartre quería ver publicada después de su muerte, nos muestra una imagen del autor de *El ser y la nada* no excesivamente favorecedora por no decir bastante ruin. También la guapa e inteligente Simone resulta ser una mujer mucho más vulnerable y frágil de lo que permitía intuir su ideología feminista y su aspecto de mujerona fría y voluntariosa —el apodo de Castor proviene precisamente de su laboriosidad y capacidad de trabajo—. Simone era una mujer altiva y se consideraba superior a casi todo el mundo, menos a Sartre. Su talón de Aquiles fue, única y exclusivamente, su "querido pequeño" Sartre. De hecho, no tuvo ningún reparo en sacrificar su amor transatlántico y maduro con el escritor americano Nelson Algreen cuando Sartre le pidió que regresara a Francia para ayudarle a corregir un manuscrito. Simone, sin pensarlo dos veces, acudió a la llamada de su amado amo, dejando atónito y compungido a Algreen. El escritor americano fue una de sus muchas víctimas; murió a los setenta y dos años debido al sofocón que le produjo el impudor y el mal uso que Simone había dado a su relación, haciéndola pública en sus memorias y convirtiéndola en materia literaria en la novela *Los mandarines.*

Simone de Beauvoir nació en París, en 1908, en el seno de una familia de la alta burguesía. Siendo aún una adolescente quiso romper con la ideología y los valores propios de su clase y se convirtió en una de las figuras más descollantes de los movimientos de izquierda. Pronto conocería a Sartre, eran los felices años veinte, la Primera Guerra Mundial, aunque seguía presente en la retina de los europeos, había terminado y, con ella, el siglo XIX emitió su último estertor. Los treinta fueron tiempos de renovación y euforia donde cualquier exceso tenía cabida: desde el amor libre, a la experimentación con drogas de toda índole, pasando por la contracultura. Este fue el caldo de cultivo que favoreció la aparición de un nuevo tipo de mujer. Atrás habían quedado los corsés y los refajos; las mujeres, y Simone fue una pionera, querían *ser*; ser en sí mismas y no por intermedio de los hombres. Simone se consideraba una mujer liberada y emancipada, palabras de moda en aquella época, y en cierto modo lo fue; sin embargo el azar propició que fueran precisamente las palabras, aquellas de las que ella más se vanagloriaba, las que la ataran irremediablemente a Sartre; palabras escritas, dichas o susurradas, pero al fin y al cabo palabras.

Sartre también había nacido en París, en 1905, y conoció a Beauvoir en 1929 en la Sorbona, donde los dos eran brillantes estudiantes de filosofía. Nunca más volvieron a separarse, al menos espiritualmente, se convirtieron en una pareja con una sola cabeza, la complicidad tanto intelectual como afectiva determinaría sus vidas durante cincuenta y un años. Sólo se produjo un distanciamiento entre ellos en los últimos siete años de vida del filósofo. Durante este tiempo, Sartre, que se había quedado ciego y que probablemente sufría el deterioro de su salud mental y de la lucidez intelectual que había poseído, se fue alejando de Beauvoir.

Poco a poco fueron prescindiendo el uno del otro; Sartre se hizo adepto a un grupo de maoístas y adoptó una hija, Arlette. Simone también adoptó a Sylvie, una chica treinta años menor que ella y que en 1990 se encargó de publicar *postmortem* las cartas a Sartre y el controvertido *Diario de guerra*. Cuando Sartre murió en 1980, Arlette estaba con él en el hospital. Simone, al conocer la noticia de la muerte de su eterno compañero, llegó corriendo hasta su lecho y quiso meterse en la cama con el cadáver.

La relación entre ambos fue mucho más intrincada y compleja que una simple pasión amorosa. Sartre y Simone habían inventado una expresión que definía perfectamente su acuerdo: habían pactado un *matrimonio morganático*, apelación de lo más pomposa que se emplea para denominar la unión contraída por un príncipe con una mujer de condición inferior. Su unión tenía además otras premisas: nada de matrimonio, sobre todo, nada de matrimonio; nada de hijos; son muy absorbentes; vivir cada uno por su lado, tener aventuras sentimentales y sexuales. Su única promesa era contárselo todo el uno al otro, no mentirse nunca. Promesa que resultaba del todo absurda y difícil de cumplir ya que ambos eran unos mentirosos furibundos. Además, a Sartre no siempre le interesó dar a conocer a Simone la verdadera índole de sus relaciones afectivas con otras mujeres; más de una vez estuvo a punto de casarse a sus espaldas. En una carta escrita en julio de 1938, Simone explica detalladamente a su "querido pequeño ser" sus recientes noches de amor con Bost, uno de sus amantes, justo unos días antes de que ambos, Sartre y ella, embarcaran hacia Marruecos:

No le escribiré muy largamente, a pesar de que tengo un montón de cosas que contarle, pero prefiero contárselas el sábado de viva voz. Mientras tanto sepa que:

1. Ante todo, que lo amo profundamente. Estoy emocionadísima al pensar que el sábado lo veré apearse del tren con la maleta. [...]

2. Ha sido usted muy dulce al escribirme cartas tan largas. [...]

3. Me ha pasado una cosa muy agradable y que al partir no podía imaginar: hace tres días me acosté con el pequeño Bost. Naturalmente, fui yo quien lo propuse, el deseo era común y durante el día manteníamos graves conversaciones mientras que las veladas se hacían intolerablemente pesadas. Una noche lluviosa, en una granja de Tignes, estábamos tumbados de espaldas a diez centímetros el uno del otro y nos estuvimos observando más de una hora. [...] Al final me puse a reír tontamente mirándolo y él me dijo: "¿De qué se ríe?". Y le contesté: "Me pregunto qué cara pondría si le propusiera acostarse conmigo". Y replicó: "Yo estaba pensando que usted pensaba que tenía ganas de besarla y que no me atrevía". Remoloneamos aún un cuarto de hora más antes de que se atreviera a besarme. Le sorprendió muchísimo que le dijera que siempre había sentido mucha ternura por él y anoche acabó por decirme que hacía tiempo que me amaba. Le he tomado mucho cariño. Estamos pasando unos días idílicos y unas noches apasionadas. Sin embargo, no tema encontrarme taciturna, melancólica o incómoda el sábado; me parece una cosa preciosa e intensa, pero es leve y tiene un lugar muy determinado en mi vida. [...] Ahora me parece extraño, por ejemplo, pensar que voy a pasar dos días con Védrine. [...]

Lo abrazo fuertemente.

Su Castor

Esta es una muestra de cómo Simone cumplía a rajatabla su promesa de ser absolutamente transparente con Sartre, al menos, cuando le convenía. También es una manifestación de cómo todos los amantes —hombres o mujeres— eran siempre menospreciados en su correspondencia, bien, como en este caso, de una forma sutil o, como veremos más adelante, impúdicamente. Resulta curioso cómo maneja y controla el tiempo la Beauvoir en esta descripción de sus veladas con Bost: "Todavía tardamos un cuarto de hora". Ciertamente el detalle es importante: Simone era dueña de su tiempo, era capaz de quedar con cinco personas el mismo día, simultanear sus aventuras amorosas, escribir la novela o el ensayo que correspondiera y leer algún manuscrito de Sartre o cualquier otro libro. En sus manos el tiempo pendía de otros hilos, lo que induce a pensar que era una mujer de un cerebralismo glacial y sobrehumano.

También es significativo el modo en que se refiere a su amante, Bost, que, como no podía ser de otro modo, cae rendido ante sus encantos. Simone deseaba revalorizarse constantemente ante los ojos de Sartre. Ambos necesitaban tener un elenco de seguidores incondicionales, por eso la docencia resultó una buena fuente para proveerse de jóvenes enamorados. En esta carta, Simone también alude a Védrine, una chica con la que va a pasar unos días.

Aunque no se ha encontrado ningún dato que relacione a Louise Védrine con Martine Bourdin, después de contrastar fechas y hechos, no cabe la menor duda de que ambos son los seudónimos que utilizaban Simone y Sartre, respectivamente, para referirse a Bianca Lamblin. Bianca tras la revelación de su nombre en las memorias de Simone, *Diario de guerra*, en 1990, optó —a diferencia de Algreen que murió del disgusto— por contar su versión de la historia: "Soy plenamente consciente de que tal vez algunos se burlarán de este testimonio: que me enfrente a personajes de tal categoría les parecerá presuntuoso a quienes continúan siendo seguidores suyos. Voy a correr el riesgo. La forma en que Simone de Beauvoir y luego Sartre me trataron en 1940, la humillación a que me sometieron y los sufrimientos que me causaron fueron tales que tengo la esperanza de que resulte más clara, más exacta la verdad pura y simple que quiero exponer que las mentiras que aparecen en las *Cartas a Sartre*".

Bianca había conocido primero a Simone de Beauvoir como profesora de filosofía en la Escuela Superior de París. Pronto se estableció una estrecha e íntima amistad; Bianca admiraba a su profesora, estaba deslumbrada por su talento y su fuerza. Un día que discutían sobre filosofía Simone le propuso que fuera a ver a Sartre y que le preguntara personalmente aquello que le inquietaba. En poco tiempo el triángulo se había constituido, y tanto Sartre como Simone hicieron las delicias de esta joven romántica e inocente.

Bianca tenía dieciocho años en 1940, cuando recibió la carta de Sartre que transcribimos a continuación. Este fragmento hace referencia al lío en el que se encuentra metido Sartre por culpa de dos mujeres: Bourdin (Bianca) y Tania. La primera ha sido una amante casual, la segunda parece tener visos de ser algo menos perecedera. Al llegar a oídos de Tania que Sartre ha mantenido relaciones sexuales con Bourdin en las mismas fechas en que se acostó con ella, monta en cólera y le pide explicaciones. Este hace cómplice a Simone de Beauvoir, y no le oculta ni el más mínimo detalle de sus correrías; explica la situación en la que se encuentra inmerso y cómo decide resolverla. Son dignas de mención las múltiples veces que Sartre se llama a sí mismo cerdo en su correspondencia con Simone. Si algo resulta llamativo es que a lo largo de su relación, ellos, en su intimidad, se mostraron como eran en toda su fealdad y vileza. La carta no tiene desperdicio y más bien parece el argumento de una comedia de enredo. Sartre la escribió el 23 de febrero de 1940:

> Mi querido Castor:
>
> Como usted había vaticinado, esta historia de Bourdin me ha puesto muy nervioso. Me cayó como una bomba, sabe Dios lo lejos que estaba de sospechar una cosa así. He leído cuatro

páginas furibundas de Tania. Contestar se hace difícil porque existen cartas escritas por mí a Bourdin que ella le ha mostrado a Mouloudji y en las que juego a hacerme el macho, usted se acordará. En definitiva, también es cierto que, como usted ha dicho, Tania no se ha enterado de nada que no supiera ya.

Ahora hago una auténtica maldad pero Bourdin se la merece, le envío a Tania una carta abierta a Bourdin que ella deberá despacharle. [...] Cierto es que la carta de Tania procura evitar lo peor, pues termina así:

Discúlpame, hago todo lo que puedo por no asquearme de la obscenidad como una melindrosa. Pero me es imposible evitar un terrible malestar físico, es como si me hubiesen puesto carne delante, y además pienso en esas mezclas de cuerpos en las que debí de participar sin saberlo. Hasta mañana, te quiero lo mismo pero estoy molesta, todo esto se tendrá que ir disipando.

Tania

Sartre, a continuación, instruye a Simone para que lleve a cabo una serie de maniobras que le ayuden a deshacer el embrollo. Para finalizar, se despide de ella:

Pequeño encanto, cuánto la quiero, me impresiona pensar en usted, qué permiso delicioso hemos tenido. Pequeña mía, lo que una vez le dije sigue siendo cierto, usted es el optimismo de mi vida. Nada puede estar mal, si usted existe. Pero cuánto quisiera ver de nuevo su carita de carne y besarla. [...]

En el mismo envío, incluye la carta que ha escrito para Bourdin y que hará llegar a Tania, para que esta última se la entregue.

Mi Castor

Aquí tiene el borrador de la carta de Bourdin.

Tu indiscreción que ha llegado a mis oídos, me fuerza a decirte lo que pienso exactamente de nuestra relación, a fin de que puedas, si no consigues evitarlo, contarla como es debido.

Jamás te he amado, me has parecido físicamente agradable pero vulgar, sólo que adolezco de cierto sadismo que tu propia vulgaridad estimulaba. Jamás —y esto desde el primer día— pretendí tener contigo otra cosa que una breve aventura. [...]

En septiembre me aburría ya un poco contigo, y recordarás cuán a menudo te quejabas durante el día de que fuese a ver a mis padres o amigos. Es que no me divertía mucho contigo. Mis cartas, ejercicios de literatura pasional que nos hicieron reír con ganas al Castor y a mí, por ese entonces no te engañaban del todo. En el fondo sabías que no te quería. [...] Como las amenazas de guerra hicieron que el Castor regresara a París, dejé de verte unos ocho días antes y, por una estúpida idea de compensación, lo confieso, te ofrecí verte cuatro o cinco veces en octubre, cosa que hice. Era molesto, te ponías a mi lado, parecías deseosa de reanudar relaciones físicas conmigo, te echabas sobre mí y después me rechazabas bruscamente y pretendías que estaba faltando a mi palabra, que yo quería comenzar de nuevo unas relaciones que habíamos decidido acabar. Yo era demasiado cortés para contrariarte, pero esto me exasperaba. Fui cada vez a menos. [...] Te confesaré que la atracción que durante unos días me había inspirado tu persona estaba liquidada, el sadismo y la vulgaridad cansan. Para colmo había que soportar tu noble parloteo, tu revoltijo filosófico, yo estaba con la cabeza hecha añicos. Particularmente, debo confesarlo, cuando me hablabas de teatro. Por último, estuvimos varios meses sin vernos y te tenía completamente olvidada cuando en junio me escribiste una carta, parecías desdichada y el Castor me aconsejó que te viera.

Para despedirse, después de esta furibunda e infame misiva, Sartre aconseja a su ex amante:

Así que ya sabes cómo tienes que contar la historia. A todo esto, la última vez que escribías: "¿Por qué te parezco vil?". Pues bien, ahora lo sabes: porque cuentas historias obscenas e inventadas que tú combinas con un sentimentalismo de romanza.

J.-P. Sartre

La carta habla por sí misma, el escritor ridiculiza e insulta salvajemente a la joven Martine Bourdin (Bianca Lamblin). Aunque como él mismo reconoce su estrategia es aún más perversa y quizá a ella se deba el tono encendido de la misiva, ya que lo que pretende es que Tania la lea y así demostrarle que está equivocada al dudar de él. Como en casi todo lo que hizo en su vida, Sartre necesita pedir consejo y opinión a la voz de su conciencia y su cómplice, el Castor. Esta carta tuvo consecuencias gravísimas en la mente delicada de Bianca, como ella cincuenta años más tarde referirá en sus memorias: "Esta doble ruptura en un momento histórico tan amenazador para una judía como yo, me hundió en una grave y persistente depresión...". El uso implacable y demoledor que hicieron Sartre y Simone de sus amantes tuvo como se puede constatar graves consecuencias. Otro caso fue el de Olga, otra de sus tiernas alumnas. Esta, durante los dos años que duró la relación triangular, estaba tan trastornada psíquicamente que se apagaba los cigarrillos en las manos.

Pero la pasión que sintió Simone de Beauvoir por Sartre a lo largo de toda su vida no suele desprenderse del contenido de sus cartas, ya que casi todas ellas son más bien meras y frías descripciones de lo que hace y no tanto de lo que siente. Sin embargo, hay que leer entre líneas y conocer cuáles eran sus verdaderos sentimientos para comprender hasta qué punto el Castor utiliza las cartas para manipular, hacer y deshacer a su antojo y, sobre todo salir siempre bien parada y revalorizada. En *La plenitud de la vida* Simone de Beauvoir escribe: "Entre nosotros (refiriéndose a Sartre y a ella) existe un amor necesario: no está de más que sintamos también amores contingentes". En esta primera fase de sus relaciones, fue Sartre, quien movido por una necesidad irreprimible de conquistas femeninas, le había impuesto al Castor semejante pacto, ya que no estaba dispuesto a renunciar a la seductora diversidad de las mujeres: el compromiso consistía en contarse todo lo relativo a los amores contingentes. La astucia de Simone consistió en ser ella quien le surtiera de jovencitas, generalmente alumnas suyas que sentían admiración y en algunos casos una gran atracción por su profesora. Cuando el Castor nota que Sartre se está alejando de ella, por lo menos sexualmente, pone en marcha su plan, creando, por poderes, otros vínculos. Así se figuraba que podía controlar la nueva relación amorosa de su pareja. Era, en palabras de una de las víctimas de aquella manipulación, una especie de ten con ten entre los términos del pacto sellado por ambos —aceptar una total libertad en el plano amoroso— y su latente preocupación por perder a su "querido pequeño ser".

Fue el 27 de febrero de 1940 cuando Simone contestó la misiva de Sartre con estas palabras:

> Mi amor, quizá sí se pasó un poco con Védrine (Bianca); había que tener un poco más de tacto. [...]
>
> Ayer fui a llevarle sus dos cartas al Hoggar, muy ansiosa. Llegó ella, trágica y deliberadamente bella, cosa que en el fondo le reproché: llevaba un traje rojo oscuro y un sombrero negro muy bonito con un tul que le daba aires de mujer fatal, parecía una mujer joven prematuramente marcada. Leyó sus cartas y conservó la compostura de una manera formidable aunque la cólera la transfiguraba. [...]
>
> Humillada también, hasta la repugnancia, de las apasionadas cartas que le escribía aún quince días atrás; me resultó indescriptiblemente desagradable, no es que estuviera con ella de todo corazón, pero su actitud durante la velada fue estimable e incisiva, y justa. Ciertamente la carta era indefendible, nota que algo es mentira y le gustaría saber cuál es la verdad y creo que, incluso desde mi punto de vista, motivos no le faltan. Sigo pensando que con la ayuda del desprecio olvidará pronto y lo superará bien, pero de momento sufre, y mucho. [...]

> Y ahora me voy a la cama, pequeño mío, me caigo de sueño. Mi amor a quien tanto quiero, hubiera querido hablar con usted de todo esto, en lugar de escribirle, temo que mis cartas suenen demasiado a reproche y yo soy tan incapaz de querer reprocharle nada, es tan inimaginable, tan abstracto para mí. ¡Soy tan feliz cuando pienso que voy a verlo dentro de seis semanas! El arreglo que propone es perfecto, nadie sospechará nada y nos veremos con toda tranquilidad. Mi amor, necesito tanto sentirlo de nuevo junto a mí, lo amo apasionadamente, carita que me observa con aire huraño desde la pared de enfrente. Buenas noches dulce pequeño tan tiernamente amado.
>
> Su encantador Castor

En cartas anteriores Simone ya había prevenido a Sartre en contra de Bianca. Parece que, como ha escrito esta última en sus memorias, Simone era un bloque de piedra con dos caras, una especie de Jano. Sartre, en aquella época, estaba haciendo el servicio militar y poco después el 21 de junio de 1940, fecha de su cumpleaños, fue hecho prisionero de guerra a la caída de Francia bajo el ejército hitleriano. Una vez liberado, Sartre llegó a formar parte activa de la resistencia francesa. Mientras tanto y durante los años posteriores, la pareja siguió el sendero iniciado. Entre amores y desvaríos, su relación se mantuvo en los mismos términos. Aunque, evidentemente, el reconocimiento público de ambos, pero sobre todo de Sartre, hizo que se extremara la esquizofrenia en la que vivían. Lo destacable de esta pareja mítica es, independientemente de su categoría como novelistas, ensayistas e intelectuales, su incapacidad para poner en práctica todo aquello que predicaban. La fama y su ambición intelectual les obsesionaban y quizá fue este el motivo para que se alejaran tan precipitadamente de la realidad.

El 13 de diciembre de 1945 Simone escribe a Sartre:

> Me resulta tan extraño escribirle; es como una comedia en la que no creo del todo, porque está aún tan cerca de mí, apenas a cinco horas, y casi puedo imaginar que dentro de una horita va a regresar y se deslizará dentro de la cama con su pijamita azul. [...]

Sartre que ya había estado en Norteamérica, embarcó de nuevo hacia ese continente. La carta continúa y en ella Simone revela cierto grado de humanidad:

> [...] estoy un poco trastornada y no tengo ganas de subir a ver a Sorokine ni de dormir, sólo de charlar con usted. La causa de mi trastorno es Louise Védrine. La llevé al Golfe Juan (donde nos encontramos a Badel con Gab y Sylvia en una mesa y a la Sumerville con Arbessier en la de enfrente). Nos quedamos charlando hasta medianoche. Me dejó de piedra y removió mis remordimientos. Está sumida en una crisis neurasténica terrible y profunda, creo que por culpa nuestra, es la consecuencia muy desviada aunque profunda de nuestras relaciones con ella. Es la única persona a la que realmente hicimos daño, porque realmente se lo hicimos. [...] No para de llorar, durante la cena se echó a llorar tres veces; llora en su casa cuando tiene que leer un libro o cuando tiene que ir a la cocina a comer. Y de entre todos los factores, ¿cuál fue el primero? De cualquier modo toma forma de comparación con nosotros, nada en relación a nosotros, me necesita, necesita un apoyo, etc. Es terriblemente desdichada, perfectamente lúcida, pero incapaz de sacar nada de esa lucidez. [...]

En el año 47 Simone es invitada a dar una serie de conferencias en Estados Unidos. Cuando después de tres meses está a punto de regresar, escribe a Sartre desde Nueva York:

> Mi amor:
>
> Desde que recibí su telegrama estoy trastornada; París, usted, me parecen tan cercanos, hubiera podido verle el domingo,

pero habrá que esperar ocho días más. Aunque es usted el que lo quiso así. Me resultaba tan intolerable la idea de regresar antes de que usted lo deseara, que el sábado me puse enferma cuando vi que no podía cambiar mi billete y el lunes me arrastré a los pies de quien fue preciso de tal modo que el martes era cosa hecha. Así que quedamos el *domingo 18* alrededor de las diez y media en la estación de los Inválidos. Confírmemelo con otro telegrama. Me puse enferma porque aunque, naturalmente, me duele marcharme ya tengo muchas ganas de estar en París tranquila y sin problemas, al menos los primeros días. Se lo ruego, amor mío, arréglelo todo para que nos veamos a solas durante bastante tiempo, que nada estropee la felicidad de volver a vernos. Me cuesta escribirle, llevo ocho días muy nerviosa. Duermo cuatro horas, no como y bebo como un cosaco. [...]

En estas líneas Simone muestra abiertamente su dependencia de Sartre, su necesidad de volver a verle. Sin embargo, ya había aparecido en su vida Nelson Algreen al que menciona al final de la carta: "Aquel tipo de allá que me gustó hace dos meses me suplica que vuelva a ir y creo que va a estar bien". Simone viajó a Chicago para verse con Algreen con el que por entonces ya se había liado.

La Beauvoir y Sartre tenían dos caras altamente contradictorias: una, la pública y otra, la que sólo se mostraban entre sí. Quizá la tercera cara fuera lo que de verdad eran. Quizá Sartre nunca amó a Simone, tal vez este fue el motivo que obligó a Simone a construirse una imagen de mujer fuerte y segura de sí misma. Acaso cuando murió en 1986, seis años más tarde que Sartre, se llevó consigo el secreto mejor guardado. Y es que aunque ella fue durante toda su vida pública una feroz defensora de la dignidad de la mujer, en su fuero interno, en esa tercera cara que jamás mostró a nadie, vivió esclavizada y supeditada a un amor que nunca resultó pleno, gratificante y exclusivo como ella hubiera deseado. Sólo así, por amor, se puede explicar tanta mezquindad.

Confesiones de una esposa atormentada
Jane Auer y Paul Bowles

Jane Auer y Paul Bowles se conocieron en Nueva York en 1937 y un año después, contra todo pronóstico, se casaron. Ambos eran homosexuales y siguieron ejerciendo como tales una vez casados. Al principio de esta extravagante unión parece que mantuvieron relaciones sexuales, aunque no hay pruebas concluyentes. Este es el relato de las vicisitudes de un matrimonio nada ortodoxo, donde el amor fraterno, la dependencia emocional y el gusto por la literatura les mantendrían unidos, que no revueltos, hasta la muerte.

Paul había nacido en 1910 en Nueva York y era el único hijo del matrimonio Bowles. Su padre, que no deseaba tener descendencia, estuvo a punto de matarle cuando sólo contaba con seis semanas de vida. El motivo eran los celos; Claude Bowles no podía soportar que su mujer prestara atención a una tercera persona, aunque esta fuera su hijo. La represión tiránica que sufrió Paul determinó su personalidad; desde muy pequeño aprendió a atrincherarse en su imaginario universo. Las consecuencias positivas de esta conflictiva relación fueron que Paul desarrolló una tremenda fe en su propio yo. Las hostilidades con su padre le animaron a iniciar pronto el camino de su independencia. El deseo de viajar y de conocer mundo configuró su existencia, de hecho la descripción de su biografía es como la narración de un viaje.

En 1929 se instaló por su cuenta en el Village gracias al dinero que obtenía como empleado en una librería. En esa época recuperó a una antigua novia que había sido compañera de estudios de bellas artes. Esta relación le arrojó a una especie de dilema por lo que se refiere a su identidad sexual. Y así se lo escribió a su amigo Morrissette:

> Soy demasiado perverso. Si me veo haciendo algo agradable y que gusta a la gente, entonces hago lo contrario; lo que hago debe ser malo... Quizá tú dirás que forma parte de un "pan-emocionalismo". ¡Hurra! Si es así, puede que todavía sea normal. (Con eso quiero decir hetero u homo) pero si no, entonces debo vagar por la vida buscando algo de lo que enamorarme definitivamente, y es bastante probable que ese algo sean animales. Eso sería realmente malo, pues ahí tenemos un vicio mucho más vicioso que la vulgar tolerancia con los humanos. Pero ya hace tiempo que soy consciente de que todo lo que toco se convierte en una especie de vicio. No puede haber amor, ni afecto ni saciedad "en mi vida". Todo lo que me complace debe ser un vicio. Es cierto, de verdad. El que me golpeen, por ejemplo. Un vicio. Pero qué agradable. Qué exquisito. Entregarme al dolor, cuánto más agradable que hacer travesuras con alguna chica o un hombre... Al menos soy anormal de un "modo distinto", pero ello convierte la vida en algo inexpresablemente sucio y profundo. No me puedo formar otra concepción de mi existencia. [...]

Su preocupación por el vicio se repite una y otra vez en las cartas de esta época. En París, donde había estado algunos meses antes, había probado varias "formas de vicio". Entre ellas se encontraba la heterosexualidad. Sin embargo, y a pesar de su dudas metafísicas, según recuerda su amigo Bruce Morrissette, Paul era sexualmente frío, "perplejo ante la idea misma del sexo". Bowles parece sentirse atrapado entre el estricto puritanismo de Nueva Inglaterra en el que se educó y su deseo de querer ser "moderno". Bowles asimilaba el sexo al vicio, y consideraba la sexualidad como un mal necesario. Se sentía orgulloso de su autocontrol, de su capacidad para ocultar sus emociones, y de hecho su repugnancia hacia el acto sexual es una consecuencia lógica de una infancia dedicada a no revelar sus verdaderos sentimientos.

En 1931 volvió de nuevo a París. Paul era un joven guapo, encantador e inteligente y enseguida se granjeó la amistad de Gertrude Stein, quien se convirtió en una de sus mentoras, y del resto de artistas que formaban parte de la llamada "generación perdida". Muchas de las amistades trabadas por Bowles en la juventud se prolongarían durante toda su vida. En aquel entonces sentía fascinación por la música. Su profesor, Aaron Copland, consideraba que poseía un gran talento como compositor. La noción de Bowles del papel del artista también estaba estrechamente ligada a su educación puritana: "Mi propia convicción era que el artista, siendo un enemigo de la sociedad, debía permanecer por su propio bien lo más invisible posible y desde luego indistinguible del populacho". Bowles pensaba que el arte y el crimen estaban indisolublemente unidos. Homosexualidad, asesinato, violación y drogadicción, eran los temas que le obsesionaban y se convertirían en parte sustancial de su ficción.

Las cartas de esta época revelan la lucha despiadada de un joven que intenta convertirse en compositor, pintor y poeta. Fue en este segundo viaje a París cuando, después de almorzar con Ezra Pound y beber grandes cantidades de champaña, escribió una carta a los editores de *The Left*. En ella, entre otras muchas lindezas, decía que todos los trabajadores nacen para ser aplastados. La publicación de esta misiva tendría consecuencias muy desagradables para Bowles. Aunque sólo contaba con veintiún años y había escrito la carta al borde del coma etílico algunos no se lo perdonaron. Lo más significativo es que la lamentable publicación modificaría sustancialmente el contenido y el tono de su correspondencia futura.

Jane Sidney Auer había nacido en Nueva York en 1917. Era una judía austro-húngara de tercera generación. Hija única también, se quedó huérfana de padre siendo aún una niña. Una caída del caballo le condenó a una permanente cojera desde los diecisiete años. Esta jovencita impulsiva y enigmática, que llevaba el pelo cortado en un estilo masculino, con rizos cobrizos y labios carnosos, fue quien cautivó a Paul. Jane a finales de los años treinta era una asidua del círculo de bohemios y lesbianas del Village. Ambos se conocieron en 1937 gracias a su común amigo La Touche. Quizá lo que más le gustó a Paul de ella fue su alocamiento y sus ojos que, según otro amigo, Thomson, estaban llenos de perfidia. En aquella época Paul era ya un reconocido compositor y ella una prometedora escritora. El magnetismo entre ambos funcionó y un año más tarde se casaron.

Se barajan distintas hipótesis para intentar explicar una decisión tan inesperada y paradójica como fue la de casarse. Es cierto que ella le intrigaba a él; y él a ella. En sus *Memorias de un nómada* Paul escribiría: "Jane y yo solíamos fantasear sobre lo divertido que sería casarnos y asombrar a todo el mundo, sobre todo a nuestras respectivas familias. La distancia entre la realidad y la fantasía suele ser mucho más corta de lo que imaginamos". Las razones que adujeron cada uno de ellos son más bien vagas: Paul lo consideró como una consecuencia inevitable de la existencia; Jane confesó a un amigo, que se casó porque se encontraba sola. Quizá también Jane se sintiera muy presionada por su madre, quien sabía que su hija era lesbiana y estaba deseando que encontrara un hombre con el que casarse y, de este modo, ocultar sus preferencias sexuales. Además, si contraía matrimonio, Jane heredaría una pequeña suma de dinero. Tal vez la explicación más sencilla sea que Jane era consciente de que Paul estaba tan desinteresado en una relación tradicional como ella, y que, por tanto, era un compañero ideal. Poco después de celebrar una boda civil, viajaron de luna de miel a América Central y Francia. A su vuelta se instalaron en una granja cerca de Nueva York.

Entre 1943 y 1946 Jane pasó la mayor parte del tiempo en compañía de su amante Helvetia Perkins, mientras Paul deambulaba por el mundo. Durante esos años vivieron separados, cada uno hacía su vida, y si coincidían en la misma ciudad comían o cenaban dos o tres veces por semana. En 1943 ella publicó su primera novela, *Dos chicas muy serias*. Las críticas fueron descorazonadoras y Jane nunca llegó a recuperar la seguridad de sus primeros años como escritora. Sin embargo, no cejó en su empeño. La decepción sufrida la mitigaba con exceso de alcohol. Fue en el siguiente viaje que realizaban solos, varios años después de la luna de miel, cuando Jane se desmayó al bajar del tren en la estación de Montreal: se había pasado todo el trayecto ingiriendo alcohol como una posesa. Paul se dio cuenta de la gravedad de la situación en la que se encontraba su mujer, quien se había arrojado en brazos de la bebida hacía ya tiempo.

En julio de 1947, Paul viajó a Marruecos, donde ya había estado a principios de los años treinta, para comenzar a escribir su primera novela, *El cielo protector*. Siete meses más tarde, en enero de 1948, Jane llegó a Tánger con su nueva amante, Cory. Acompañadas por Paul y Dewin Denby visitaron Fez y luego emprendieron su propia gira por Marruecos. Cuando Cory regresó a Estados Unidos, Jane fue a reunirse con su marido. Habían transcurrido diez años desde que se habían casado y tras recorrer medio mundo, algunas veces juntos, la mayoría cada uno por su cuenta, el matrimonio Bowles se instaló en la ciudad de Tánger. Pronto Paul tuvo que marcharse a Nueva York. En julio de 1948 le llamaron para trabajar en la música de una obra de Tennessee Williams. La carta que le escribió Jane ese mismo mes revela el tipo de relación sentimental que habían hecho fraguar en este tiempo: un complejo rompecabezas de sentimientos encontrados.

Mi querido Bup,

Es una estupidez por mi parte haber tardado tanto tiempo en escribirte. Parece que hay muchas cosas de las que escribir; me refiero a Fez, al dinero, a África, y a mi fracaso para que me guste lo que a ti te guste, y lo que haces en cualquier parte. [...] Ahora que te he visto esperar la llegada de O., y he sido testigo de la desilusión subsiguiente, me estremezco sólo de pensar en mi propio fracaso para reaccionar adecuadamente. Tengo razones para confiar en que, sencillamente, no podrías haberte sentido tan animado ante mi llegada o que, al menos, tu animación fue de una naturaleza diferente. [...]

Paul, después de haber apremiado a su mujer para que se reuniera con él, le obsequió con una tímida recepción. Jane vivía en un estado de permanente ambivalencia acerca de su relación: estaba preocupada por él y al mismo tiempo le tenía miedo.

La carta continúa y en ella Jane expresa su inquietud, su dificultad para hacer frente a la relación con Paul en los términos que él desea:

Me sentí muy celosa, y me marché; me di cuenta de que tú estabas mucho mejor con Edwin, y de que en alguna fecha futura se establecería alguna desgraciada comparación. Y he aquí que llegó mucho antes de lo que había esperado, y aún no he dejado de reflexionar melancólicamente al respecto; tampoco he puesto mucha intensidad en intentar estar en tu mundo, en verlo como tú lo ves, y esa fue probablemente la razón por la que me sentí de mal humor durante todo el tiempo. Quería ser una compañía agradable, una fuente de suave placer durante las comidas, y comportarme de una forma serena y humilde. Siento mucho que todo haya salido tan diferente, de veras. Aún no sé muy bien lo que me ocurrió, pero sí sé que nunca había estado tan cerca de desmoronarme por completo.

El miedo que Jane sentía hacia Bowles actuaba en varios niveles: ella creía que su marido desaprobaba su literatura y su modo de vida. En el caso de la literatura Jane experimentaba sentimientos contradictorios, una mezcla de envidia y admiración ante la facilidad con que él había alcanzado el éxito y el reconocimiento artístico, mientras ella se esforzaba por conseguirlo. En cuanto a su vida, consideraba que Paul la juzgaba con excesiva dureza y que no soportaba su angustia permanente y su falta de autoestima.

> De todos modos, tú estarás más feliz allí [en Fez], sin mí, pero ¿quizá en Palais Jamais? [un hotel en Fez] Antes de abordar otros temas, confío en que no pensaras realmente que "me gané un ataque al corazón" durante el viaje como le dijiste a Libby y a Topper. De todo lo que has dicho, eso es lo que más me ha importado, eso y la observación que hiciste en Fez acerca de imaginarme en una silla de ruedas o muerta. En cualquier caso, yo ya estaba bastante asustada en cuanto a mi corazón. Sólo encuentro dos explicaciones para tal clase de afirmaciones: o bien no creíste ni por un instante que hubiera algo que andaba mal, o bien te sentiste realmente preocupado y, por lo tanto, te mostraste mezquino.

Jane hace referencia a un probable ataque al corazón que su marido interpretó como una estratagema para llamar la atención. La angustia que manifiesta Jane en este fragmento muestra el complejo tejido sentimental que le atormenta. Si bien Jane anhelaba en extremo su independencia, y cuando era independiente no estaba celosa de las similares afirmaciones de Bowles acerca de su necesidad de actuar libremente, cuando estaba sola inmediatamente se sentía no querida, no amada e indigna. Otra vez vuelve a aparecer el miedo, el miedo al rechazo. Durante los primeros años de matrimonio era Bowles quien con frecuencia se sentía rechazado; sin embargo, una vez en Marruecos, la situación fue la contraria. Allí Bowles necesitaba menos de ella que ella de él. Poco familiarizada con el entorno y sin ningún amigo o amante que le diera aliento, Jane sentía, más que nunca en el pasado, la necesidad de comprender la verdadera naturaleza de su relación con Bowles.

Mientras Paul posponía su regreso de Estados Unidos debido a que quería ultimar los detalles de la publicación de *El cielo protector;* Jane, sola en Tánger e instalada en el hotel Ville de France, dedicaba las mañanas a escribir su segunda novela, *El tiempo exterior,* y el resto del tiempo a perseguir a Cherifa, una joven campesina árabe que Paul le había presentado. Cherifa era una atractiva mujer de unos diecinueve años, con una poblada melena negra como el azabache y unos ojos vivos. Vendía grano en el mercado de Tánger y era analfabeta; sólo hablaba el dialecto magrebí. En las cartas que Jane envió a Paul a lo largo de estos meses de ausencia, le explicaba con todo detalle los éxitos y fracasos en su intento de seducción de la joven Cherifa. Aunque Jane iba detrás de otras dos mujeres árabes, era Cherifa la que más deseaba, encontrándola, y no por casualidad, la más esquiva.

> Me sigue gustando Tánger, quizá porque tengo la sensación de estar al borde de algo en lo que entraré algún día. No creo que pudiera sentirme así de no haber conocido a Cherifa y a la "Mountain Dyke", es tan fea (?). Me resulta difícil separar el lugar de las posibilidades románticas que he encontrado en él. Creo que por primera vez en mi vida, no puedo separar ambas cosas. Quizá yo deba permanecer a perpetuidad al borde de esta civilización suya. Cuando estoy en casa de Cherifa, me sigo sintiendo al borde de éso, y cuando salgo de allí casi no puedo creer que he estado en eso y verla después, ni más ni menos amistosamente. [...]

Además de la evidente obsesión enfermiza por Cherifa, había otra, menos evidente, que estaba presente en estas cartas: la necesidad de confesarle a su marido, su ansiedad y fracaso en el amor. Una de las razones que aduce en esta larga y angustiosa carta, en la que habla de Cherifa y de su imposibilidad para prever su comportamiento, era que consideraba que Paul había sido en parte responsable de que se hubiera enamorado de Cherifa: "Seguramente no habría comenzado... no se me hubiera ocurrido la idea de no ser por ti, quiero decir". En cierto modo sus cartas deben interpretarse como un intento de obtener alguna seguridad respecto de si se puede considerar que ella existe todavía para él: "Es terrible no saber lo que uno haría si estuviera totalmente solo en el mundo. Tú harías lo que haces siempre, igual que Helvetia, pero yo no existo de manera independiente".

Las réplicas de Bowles a estas cartas se han perdido, pero atendiendo a la correspondencia de Jane, parece que no supo o no pudo tranquilizar su espíritu. La ya conocida frialdad y dificultad de Bowles para expresar sus sentimientos, a pesar de la creciente histeria y decadencia de Jane, resultan evidentes.

En octubre de aquel mismo año, Jane estaba pasando por una situación dramática: sin dinero, impotente ante los desplantes de Cherifa, incapaz de escribir una sola línea, se sentía física y moralmente derrotada:

> Hay días en que sólo gasto 10 de mis 45 pesetas. Pero al día siguiente, de repente, gasto sesenta por una u otra razón —la lavandería, o la doncella que merece una propina, o drogas—, o me harto del aburrimiento de comer porquerías en mi habitación y salgo a comer una comida decente. [...]
>
> Soy incapaz de decidir si debo regresar [a Estados Unidos] o quedarme aquí. [...]
>
> Me niego a afrontar el hecho de que no me queda ninguna otra esperanza que ir aumentando *ligeramente* mi vida

social con Tetum y Cherifa. Al ofrecerles un regalo en el momento adecuado, me las arreglo para seguir manteniendo mi intromisión. [...] Quizá si me quedara aquí el tiempo suficiente y aprendiera de veras el idioma, lograría llegar más lejos, aunque lo dudo. Tetum tiene a su amiga Zodelia, y Cherifa sigue estando loca por Boussif. Eso ya no me molesta porque yo estoy loca por Tetum, lo que, comprenderás, es una situación sin esperanza. Siento una especie de fiebre y hasta me pregunto si ella no me habrá administrado una especie de gri-gri, un gri-gri hecho especialmente para europeos, que les induce a entregar todo aquello que poseen.

Esta carta es una premonición de lo que probablemente hicieron con ella. Hay bastantes indicios para creer que Cherifa la envenenó y que, como resultado de dicho envenenamiento, Jane sufrió un ataque de apoplejía. Pero esto ocurrió en 1957; antes Jane volvió a Estados Unidos, donde se quedó durante dos años, para terminar regresando a Tánger, el único lugar en que se encontraba a gusto.

En junio 1954 Jane escribió una extensísima carta a Natashia y Katharine, dos amigas que habían pasado una temporada con ella en Tánger. En esta carta describe con precisión la excitación y la sensualidad que despiertan en ella este mundo de misteriosas e insondables mujeres a contraluz:

Yo había estado buscando a Cherifa y ya había estado en unas tres casas, todas ellas pertenecientes a su familia, hasta que finalmente llegué allí. Por un momento pensé que me encontraba en un burdel. La habitación era muy elegante, llena de terribles cojines de colores azul y blanco hechos en Manchester, Inglaterra. Cherifa llevaba una falda de satén, de color azul pálido, que le llegaba hasta el suelo, y un suéter español de color gris, una especie de suéter de escuela, pero nada deportivo. Parecía estar flirteando constantemente con

> una mujer que llevaba un kaftán azul pálido, hasta que finalmente se sentó cerca de ella y le rodeó la cintura. C. parecía como una niña. [...] Yo estuve triste mientras ellas se dedicaron a tocar los tambores y a bailar sus impúdicas danzas del vientre. [...] En cualquier caso, al final de la tarde (y parte de mi tristeza eran unos dolorosos celos por la mujer del kaftán azul), Cherifa me llevó hasta la puerta y me sacó al patio azulado, donde había dos aburridas palomas y me preguntó si yo iba a vivir o no en mi casa.

Paul y Jane habían adquirido una casa después de años de negociaciones y dificultades para firmar el contrato. Durante todo este tiempo, se habían alojado en hoteles. Bastantes páginas después, en la misma carta, Jane anuncia orgullosa sus progresos con Cherifa a raíz de una excursión que realizaron a una cueva sagrada; su pasión por ella iba en aumento, la brutalidad de la joven árabe también:

> Pero lo cierto es que, como resultado de ese día, Cherifa y yo hemos estado más unidas. Ahora, ella se pasa aquí dos o tres noches a la semana, vestida con una especie de falda de pana. Me pidió cinco mil pesetas para poder llenar su tenderete de grano a rebosar. [...] Ella duerme con una especie de mono y varias prendas más por debajo. Tendría que escribiros otra carta para explicaros todo esto. De hecho, esperé y esperé antes de escribiros porque, quizá estúpidamente, confiaba en poder deciros: "He conseguido o no he conseguido a Cherifa". Lo más terrible de todo es que ni siquiera lo sé. No sé lo que ellas hacen. No conozco cuáles son sus sentimientos. A veces creo que resulta horriblemente duro superar el bloqueo de una virgen. Otras veces, pienso que eso es así porque ellas no lo saben. Yo..., bueno, resulta difícil de explicar, de saber si se trata de una astuta maniobra por su parte, o de una falta de pasión, o de temor, de sencillo temor a perder todo su valor de mercado y de que a mí ya no me

importe nada una vez que la haya conseguido. A veces, ella se muestra terriblemente afectuosa y los besos son una bendición del cielo. A pesar de todo, yo no sé cuándo podré conseguirlo, o si debo darme por vencida. Simplemente no lo sé. Lo únicos que me hablan de las reglas del juego son Paul o Temsamany y ambos son hombres. T. dice que si no se las consigue las dos primeras veces, nunca se las conseguirá. Es un pensamiento terrible. Pero, después de todo, él es un hombre. [...] Todo es muy preliminar y agradable, como el inicio de una relación amorosa entre una virgen y su novio en un coche. Luego, cuando finalmente estamos juntas en la cama, ella me dice: "Ahora, a dormir". A eso sigue o bien un "adiós" o alguna pequeña bendición en árabe, que yo le repito también a ella. Y allí permanecemos tumbadas, como dos leños, uno de ellos con los ojos muy abiertos. Yo me tomo una pastilla tras otra para poder dormir. Y, sin embargo, temo hacerle la proposición con claridad: "Si haces esto, te daré todo el dinero, si no...". Resulta muy difícil para mí. Sobre todo porque su afecto y su ternura me parecen muy reales. Ni siquiera estoy segura de que, en cierto sentido, esta no sea la experiencia más romántica que haya tenido, y resulta todo tan milagroso en comparación con lo que ocurrió hasta ahora.

En esta carta se pone de manifiesto la tiránica relación que se había establecido entre Cherifa y Jane. Cherifa la maltrataba psicológicamente, y abusaba de su amor logrando todos sus caprichos; era la que daba las órdenes y Jane las cumplía sumisamente.

En abril de 1957, Paul se encontraba en Ceilán con Ahmed Yacoubi, su amante marroquí. Le había conocido hacía ya varios años y mantuvieron una estrecha e íntima relación hasta los años setenta. Yacoubi era un joven marroquí con talento artístico como pintor y de una increíble belleza. En esta carta, Jane da cuenta de la pelea que mantuvo con Cherifa. Sería la última carta que enviaría a Paul antes de su ataque de apoplejía:

> Ya ha llegado el Ramadán, y Cherifa y yo estuvimos a punto de llegar a las manos la otra noche. Si tenemos que levantarnos a las tres de la madrugada, yo insisto en que ella se ría, pero se niega a tratar la comida como una ocasión festiva. La he amenazado con enviarla a su casa durante un mes y ella, a su vez me ha amenazado con quedarse allí. Soy incapaz de decidir qué es peor, si quedarme sola o pasar por eso. [...]
>
> Cuando llegues a Inglaterra, escríbeme, por favor. [...]
>
> Me excita mucho la idea de que cada vez estés más cerca.

Una noche de finales de abril de 1957, después de una nueva pelea con Cherifa, Jane sufrió un ataque de apoplejía. Tenía sólo cuarenta años, nunca volvió a ser la misma. Este día se inició un verdadero vía crucis que acabaría con ella dieciséis años después, en 1973. Las pocas cartas que Jane fue capaz de escribir a partir de su ataque ilustran lo auténtico de su desamparo. La que se reproduce a continuación fue escrita en 1958 cuando Jane se había trasladado a Nueva York para obtener un nuevo diagnóstico. En ella se incluyen las inexactitudes de sintaxis, ortografía y puntuación:

> Desp de haber leido yo misma este doctor que es el jefe de lenox Hill dijo que necesitaría yo ayuda. estoy decidida a conseguirla si creo que realmente me ayudara porque nopuedo sgeguir de este modo, solo aqui sentada. [...] Es terrible depender de los demás. No puedo conseguirla del todo, pero ire saldria en Tanger. Saldria al mercado y volveria y pasaria nochess sola y no teniendo miedo. [...] Por favor no te sientas cuilpable que se est uforma de cualuqier jaleo actual estuve metida a tes o stoy metida ahora fue por completo cosecha de mi misma y no tuya. Tengo el corazón destrozado por mi vida conc. Pero eso no es nada como el presente que tanto me assusta.

No deja de ser paradójico y terriblemente cruel que a una mujer que luchaba ferozmente con las palabras fuera el amor el que le arrebatara la posibilidad de expresarse. Porque independientemente de si hay algo de cierto en el rumor de que Cherifa la envenenó, de lo que no cabe duda es que Jane se fue matando con el maltrato diario, el alcoholismo y sobre todo con la sensación permanente de no sentirse amada por Cherifa y no existir para Paul.

A lo largo de estos durísimos y largos años tuvo momentos de lucidez, pero quizá estos eran los peores, precisamente porque entonces era consciente de su progresivo deterioro físico y mental. Paul se mantuvo a su lado, la cuidó, la ayudó y procuró que fuera atendida por los mejores médicos, mientras tanto siguió trabajando en sus libros y en sus composiciones musicales. Pero, como él mismo escribió en 1972: "Yo no lo sabía entonces, pero los buenos tiempos habían acabado".

En 1968, Jane ingresó en una clínica mental de Málaga de la que sólo salió durante cuatro meses en 1969 para estar con Paul. Su empeoramiento le obligó a regresar a la clínica de la que ya nunca más saldría. Una de sus últimas cartas escrita desde el sanatorio de Málaga en 1968 o 1969:

> [*Me pregunto si y me pregunto si* tachado] No se que iba [varias palabras tachadas] preguntarte pero yo pero ciertamente sé que te echo de menos [*desperad* tachado] [*tu* tachado] mucho y por favor ven y saca [*me* tachado] aqui a verme y sacarme si eso es posible. Deseo tanto regresar a casa
>
> [sin firmar]

Jane murió sola, semiinválida y ciega en la cama del sanatorio en mayo de 1973. Él entonces escribió refiriéndose a Jane: "Creo que vivía en gran parte a través de otra persona y no lo sabía. Y cuando no tuve a nadie a través del que ni por quien vivir, me sentí desgajado de la vida". Su vida, como dijo un amigo, se prolongó ataviada de tristeza. En 1977 escribió en un poema estos versos:

Hay un medio de dominar el silencio
Controlar sus curvas, habitar sus rincones oscuros
Y escuchar el siseo del tiempo allá fuera

Paul murió en Tánger a finales de 1999 de un ataque al corazón.

El último placer
Henry Miller y Brenda Venus

La prodigiosa aparición de la joven actriz Brenda Venus, en 1976, cuando Miller tenía ochenta y cuatro años fue como una bocanada de aire fresco y permitió que el viejo y rebelde Miller acabara sus días en un estado de euforia amorosa.

Henry Miller nació en Nueva York en 1891 y creció en Brooklyn. En 1924, después de ejercer una serie de trabajos variados, abandonó su último empleo estable para dedicarse a escribir "seriamente". Contó con el estímulo de su segunda esposa, la antigua cabaretera de alquiler June Smith, quien, durante los siguientes seis años, atendió al sustento de ambos, en condiciones a menudo precarias.

En 1930 Miller, que despreciaba América, a la que denominaba "pesadilla de aire acondicionado", busca en Europa, en concreto en Francia, un terreno fértil para desarrollar su escritura. La amistad literaria con Anaïs Nin, a quien conoció en 1931, se convirtió en 1932 en una ardiente aventura amorosa que había de durar muchos años. Los esfuerzos de Miller por sobrevivir en París, sin hogar, sin dinero y a menudo sin comer, le proporcionaron la materia prima para su primer libro de éxito, *Trópico de Cáncer*, publicado en 1934.

Trópico de Cáncer es un libro autobiográfico que relata su vida en París como artista miserable y mujeriego, y su publicación le costó el divorcio de June Smith. El empleo que hace Miller de términos obscenos fue revolucionario y refleja con un nuevo realismo la charla masculina y el potencial destructivo de tales términos. A pesar del escándalo que produjo el libro, Miller siguió su brillante carrera literaria. Sus siguientes libros fueron *Primavera negra* y *Trópico de Capricornio*. En 1940 volvió a Norteamérica y pocos años después se estableció en California donde vivió hasta el final de su vida y donde escribió, entre otros, la trilogía *La crucifixión rosada* —formada por *Sexus* (1949), *Plexus* (1952) y *Nexus* (1960)— y *Un diablo en el paraíso*.

Miller había cumplido 84 años cuando recibió una carta de una desconocida: su nombre, Brenda Venus. Así fue como entablaron relación, una manera sin duda peculiar, por no decir extravagante. Venus tenía pensado asistir a una conferencia que daba Miller en una escuela de arte dramático cuando se le quemó la casa, y tuvo que renunciar a su propósito. Pero la casualidad o la fortuna propició que, unas semanas después, en una subasta de libros de Miller, Venus encontrara dentro de un ejemplar titulado *Mujeres a través de los tiempos* una carta del escritor dirigida a una mujer. Venus no lo pensó dos veces, pujó y por 3.000 dólares se llevó el libro y la dirección que tanto deseaba poseer y que aparecía en el remite. La carta, milagrosamente descubierta, fue una magnífica excusa para entrar en contacto con el escritor.

Brenda Venus era una jovencísima actriz de cine, más o menos desconocida, cuando le escribió, en 1976, enviándole además de la carta, unas fotografías suyas "de actriz"; pensó que de esta forma podría despertar su "curiosidad". Había nacido en Mississippi, en esa época no debía de tener más de veinticinco años y vivía, como Miller, en Los Ángeles, California. Entonces ya había debutado como actriz secundaria y asistía a clases de arte dramático. Durante el tiempo que duró su relación con Miller rodó las películas *Joshua*, en 1976, y *FM*, en 1978. Su última interpretación fue en *48 HRS*, en 1982.

Se ignoran cuáles fueron los motivos de la joven actriz, una mujer poderosamente atractiva y de una gran ambición, con pechos robustos y rasgos orientales, para querer entrar en contacto con el escritor de culto en que se había convertido Miller, toda una leyenda. Quizá se debiera a su reconocido prestigio, a su influencia y amistades, o tal vez atendiera a una razón de carácter meramente literario, aunque lo más probable es que todas estas motivaciones jugaran su baza en la mente de Venus. Lo cierto es que su estrategia dio resultado y, mucho antes de lo previsible, recibió una respuesta de Miller: la primera de las mil quinientas cartas que a lo largo de sus últimos años de vida le escribió.

La relación epistolar se prolongó desde 1976 hasta el día de su muerte en 1980. Llegaron a ser buenos amigos y, no cabe duda, las cartas así lo constatan, de que Brenda Venus se convirtió en el aliciente de Miller para seguir vivo. Cuando el escritor conoció a Venus "estaba hecho una ruina", según sus propias palabras, y ella fue su mejor bálsamo haciéndole más llevadero el último tramo de su ajetreada vida. Miller imaginaba y ella se dejaba querer, él soñaba con grandes actuaciones sexuales y ella le correspondía preparándole pollo al estilo sureño y dejándose besar en la frente.

Un mes y medio más tarde de que Venus hubiera establecido el primer contacto con el escritor, Miller escribió de madrugada, después de haber estado cenando en casa de ella, la siguiente carta, fechada el 24 de julio de 1976:

> La primera vez que te oí decir "mi periodo" me quedé casi estupefacto. ¿Qué? La tímida Brenda hablándome acerca de su periodo, de su copioso flujo, de sus dolorosos espasmos. Increíble. Pero qué natural fuiste. Y luego en el cuarto de baño aguardando vacilante, dispuesta, creo yo, a sacármela y sostenérmela, si era preciso. No me chocó; simplemente me demostró lo considerada que puedes ser. [...]
>
> [...] Curioso que me contases lo del pene quemado del Capitán John Smith mientras yo te hablaba de la película japonesa en la que la mujer le cortaba el pene al muerto. ¿Sabes

por qué trataba de estrangularle mientras le cabalgaba? No sé si sabes que hay una leyenda acerca de los ahorcados, según la cual en el momento en que se rompe el cuello y con este el córtex, automáticamente se eyacula. Y donde hay una horca crece una planta llamada mandrágora o mandrake, con forma de cabeza humana, y que nace del semen del ahorcado. Había una novela alemana escrita en torno a ese tema llamada *Alraune*, escrita por Hans-Heinz Emers, hace muchos años.

¿Tienes un ejemplar de *Tristán e Isolda*? Si no, me gustaría mandarte uno. Esa y *Cumbres borrascosas* de Emily Brontë son dos historias muy apasionadas, desencadenadas. Dime, con tus otros talentos, ¿también escribes narraciones, teatro o guiones? Tienes los días tan llenos que me pregunto si puedes encontrar tiempo para tales pasatiempos o incluso para hacer el amor.

A juzgar por los pocos detalles que me has dado acerca de tu vida amorosa la imagino colmada y rica. Y también la imagino algo contradictoria, p. e. extrema pasión junto con una gran modestia. Si no fuera por esto último correrías el grave peligro de ser una ninfómana. ¿No es cierto?

Dijiste en la mesa durante la cena: "Todo el mundo posee una marca de nacimiento". Pero no es así. Marcas de vacuna, *oui*. Pero no de nacimiento. Creo que si te examinas más de cerca descubrirás todavía otra marca de nacimiento y esta vez en las proximidades del plumero. (Tal vez oculta por el vello púbico). Los japoneses dicen a veces "vello público".

Ahora me adentro en terreno peligroso, ¿no es cierto? Pero lo hago únicamente a tu amable invitación y no te niego ni una migaja.

¡Cuánto ansío recibir tu próxima carta! Espero que sea de las "tórridas". ¿Te fijaste que el subtítulo de la película japonesa era "la corrida del amor"? Una corrida por mí, ¿eh?

Henry

Aquí ya se vislumbra cómo Miller comienza a construir los cimientos de lo que sería su relación: son cartas con un contenido sexual elevado, que se irán haciendo más y más explícitas a medida que avance la amistad y vayan ganando confianza. Sólo contamos con las cartas que escribió Miller, pero parece que Venus no le fue a la zaga y sus misivas eran también altamente sexuales. Lo importante de esta relación es el hecho de que un hombre como Miller, un adicto al sexo, un hombre fálico y en ocasiones absolutamente perverso con las mujeres, tuviese que conformarse con la imaginación y los sueños para dar forma a sus deseos. Las fantasías sexuales eran su apoyo y su recompensa, en ellas deja de ser el anciano de ochenta y cuatro años para alcanzar toda su potencia viril y sexual. El final de la carta es muy significativo; él sólo alcanzará placer a través del placer que sienta ella, con otros o por sí misma. El sexo por primera vez en la vida del escritor se convierte en una quimera. Las cartas son el testimonio del deterioro físico de un hombre, de un amor delirante por una mujer joven y de una necesidad cada vez más imperiosa, quizá por lo que tiene de imposible, de ver realizado su deseo de poseerla. Precisamente esta imposibilidad es lo que llevará a Miller a convertir a su adorada mujer de las primeras cartas en una diosa intocable, siendo la fantasía del sexo el único ritual posible para enfrentarse con la eternidad.

Brenda Venus pasó a ser una obsesión. Miller llegó a escribirle dos y tres cartas diarias. Solían hablar todas las noches por teléfono. El viejo escritor no sólo ejerció de adorador sino que además fue su mentor; a lo largo de estos cinco años le envió miles de libros y le propuso otras lecturas que después comentaban, bien en las cartas o vis a vis. También utilizó sus influencias para ayudar a Brenda en su difícil tarea de convertirse en una actriz reconocida y hacerse famosa. Acostumbraban a salir a cenar una vez a la semana, generalmente a un restaurante japonés que a él le gustaba mucho, en otras ocasiones iban a casa de ella, pero la mayoría de las veces, sobre todo en los últimos años, cuando Miller iba en silla de ruedas y se estaba quedando ciego de un ojo, era Venus quien iba a su casa y le preparaba la cena. Ella cocinaba y charlaban largas horas, para después despedirse con un cálido beso.

Hay que esperar unos meses más para encontrar una carta explícita y abiertamente sexual, donde Miller deja de ser un agente pasivo para convertirse en el *macho* de épocas pasadas. En esta carta el escritor recupera el lenguaje de sus primeros libros como *Trópico de Cáncer* y el estilo que él llamó "anatómico", de *Sexus*. A propuesta de Brenda, Miller se decide a enviarle una carta donde describe una de las escenas que le viene a la mente obsesivamente; está escrita en francés porque Brenda se lo sugirió, como él mismo señala en una carta anterior: "Tal vez por eso me pides que te escriba en francés la carta erótica. En francés se utiliza un lenguaje *sucio*, pero ellos lo hacen sonar al mismo tiempo *humorístico*". Está fechada a principios de agosto de 1976:

> Desde que te he conocido has ocupado perpetuamente mis pensamientos. En mis fantasías he hecho toda clase de cosas contigo. He guardado en mi cabeza la idea de no ofenderte. Al mismo tiempo a través de tus cartas tengo la sensación de poder atreverme a hacer y decir mucho más de lo que realmente estoy haciendo. Tu mismo cuerpo es una invitación a hacer de todo.
>
> La escena que me viene a la mente se repite con frecuencia. Estoy en tu casa mirando tus cuadros. Inmediatamente me ofreces algo de beber. La bebida se nos sube a la cabeza. Vistes una camisa muy fina y transparente. Por encima del ombligo no llevas absolutamente nada. Tus pechos son espléndidos. Tienes el aire de una bailarina (como un Degas). Tus piernas son fuertes y hermosas. De repente me lanzo sobre ti y te arranco la camisa. Vas totalmente desnuda

bajo la camisa. El pelo negro y copioso de tu sexo me pone de inmediato tenso. Hundo mi mano entre tus muslos y advierto que ya estás húmeda. Pareces muy excitada, dispuesta para hacer lo que sea. No me sorprende. Te conozco desde hace siglos, quiero decir de anteriores encarnaciones. Hemos sido amantes muchas veces. En ocasiones eras prostituta del templo, en la India, en Egipto y en otros países. Siempre eras una mujer para el placer, pero siempre religiosa. Tu religión era siempre el "sexo", como los actuales practicantes del Tantra. Enseñas a los jóvenes, hombres y mujeres. Para ti es una cuestión artística. Por eso parece ahora que seas una experta.

Sin el menor rubor te acaricias suavemente el coño con la mano derecha. Entonces... con dos dedos de cada mano abres la hendidura entre tus piernas y me muestras los pequeños labios que tiemblan como un pajarillo. El jugo fluye abundante; tus muslos centellean.

Sin decir una palabra pones la mano en mi pantalón y empuñas mi miembro (o el tronco, si lo prefieres). Tus manos son tan fuertes, pero delicadas, juegan con él como si fuese un instrumento musical. Tú estás sofocada e irresistible. Quiero "jugar" inmediatamente, sobre todo cuando pones tu lengua en mi boca. Después tu boca empieza a lamer suavemente mi miembro. Es difícil permanecer de pie. Afortunadamente está cerca el sofá. Caemos sobre él juntos, boca sobre boca, miembro contra coño. Pero todavía no te he penetrado. ¡Qué caliente estás! Me llenas de besos. Deseo besarte. Estás entregada. Me agarras el miembro y te lo pones entre las piernas. Entra suavemente, lentamente incluso. Tu órgano está deliciosamente formado. Es angosto y profundo. Me retienes como lo haría un dedo. Naturalmente no puedo aguantarme más. Me voy —al igual que tú— al mismo tiempo.

Permanecemos así durante unos instantes, entrelazados como serpientes. Trato de liberarme pero tú no me lo permites. Me sujetas con tu poderosa musculatura. Al cabo de un rato advierto movimientos en tu interior. Poco a poco empiezo a hincharme. Ahora alzas las piernas y las colocas sobre mis hombros. Estás totalmente abierta y mojada. No cesas de correrte. Tus ojos se dirigen hacia el techo. Me pides que continúe, que no me detenga. Me dices (en inglés): "¡Jódeme, Henry, jódeme! Métemela hasta la empuñadura. ¡Estoy tan caliente!" Es la primera vez que utilizas ese lenguaje conmigo. Oírte me vuelve loco. "Dios, dame fuerzas, déjame poder", me digo a mí mismo, "y te besaré eternamente". No olvides que te estoy contando una fantasía. No entiendo de dónde salen las fuerzas para poder darte tan prolongado placer.

Eres insaciable. Haces toda suerte de movimientos, y en ocasiones gestos que resultan absolutamente delirantes y obscenos. Has perdido la cabeza. Eres sexo y nada más que sexo. Sabiendo que podrías matarme te apartas de mí para que pueda recobrar el aliento. Pero no cesas de acariciarme, especialmente con la lengua. Y tu cuerpo sigue ondulando sobre mí. ¡Me besas como una posesa!

Esta es la primera de muchas otras cartas de la misma índole que Miller escribiría a lo largo de su relación de "amistad pasional". El viejo escritor se desfoga imaginando ardorosas escenas de sexo, probablemente recordando los juegos eróticos habidos a lo largo de su prolífica vida sexual.

Un mes más tarde, el 17 de septiembre, a propósito de la actuación de Venus en una obra de Tennessee Williams, Miller escribe:

Estuviste sencillamente perfecta en tu papel y el acento sureño te salía con mucho estilo. También estuviste muy seductora. Se puede percibir el magnetismo sexual que emanas. (La siciliana surge con fuerza).

Sentí un ligero punzazo de celos mientras le dabas las buenas noches a Peter (el actor con pinta de adolescente). La forma en que pasaste tu brazo en torno a su cuello y le besaste me afectó. (Hipersensitivo, como siempre, sospecho). Y probablemente mal acostumbrado con toda la atención que me dedicas.

Tu carta, que leí nada más volver a casa, era decididamente encantadora. Escribes como alguien que posee una larga práctica en cartas de amor. No hay vacilaciones entre tus sentimientos y tus palabras. Lo cual es un don, como sabes. Hay escritores que luchan durante años para conseguirlo.

Tú lo tienes, sea lo que sea. Asimismo, eres la primera mujer que combina coño e intelecto, o espíritu, o alma. Y lo creo en serio. Eres terriblemente sexual (no sólo sensual) y al mismo tiempo pura como un ser etéreo. El nombre Venus te va a la perfección. Venus-Afrodita. De no haber sido Venus podría haber sido "Juno" (sin el pavo).

Y hablando de pollas, me cogiste por sorpresa cuando hiciste esa pregunta en la mesa la otra noche. Las únicas pollas que yo conozca que pueden ser sopesadas son aquellas que joden mucho. Y sin embargo un hombre como George Raft, que tenía el hábito de dormir cada noche con una mujer diferente, tuvo siempre la misma polla que de adolescente, de acuerdo con mi amigo Joe Gray que era un buen amigo suyo. Muchos hombres con pollas inusualmente grandes tienen problemas. Las prostitutas les hacen pagar doble. Las mujeres normales con sexos normales no quieren saber nada de esos anormales. A pesar de lo cual las mujeres fantasearán siempre acerca de pollas enormes, ¿no te parece? Herriot, un primer ministro francés y hombre de extensa cultura, la tenía tan grande que tenía que atársela a la pierna.

En la carta el escritor hace un juego de palabras al mencionar el pavo de la diosa Juno que en inglés es *peacock* y la aceptación grosera para denominar el miembro, *cock*. Después de detenerse en la morfología del sexo masculino, Miller hace una pequeña disertación de cómo deber ser la vagina de la mujer:

Para una mujer, la cosa suprema es tenerlo más bien grande y profundo, que se adapte como un guante. Y debería estar equipado con mil lombrices o su equivalente. Algunos coños habría que llamarlos coños risueños. Otros son más bien aburridos, solemnes y secos como un hueso.

O sea que "cuidas de ti misma", como tú misma dijiste. Suena como si estuvieses cultivando "un jardín secreto". Cuando pienso en cómo debe ser tu coño me explota la imaginación.

Venus en alguna ocasión le reprochó que sólo tenía sexo en la cabeza. Él, en una carta, se defiende y se explica: "No sólo tengo sexo en la cabeza, pero cuando doy con una criatura que es todo sexo, no puedo evitar traicionar mis sentimientos".

Tal y como afirma Venus había dos aspectos en su relación: realidad por una parte, y fantasía por otra. Todas sus cartas o pasajes eróticos eran fantasía. La idea de que ella no hacía el amor con nadie porque no lo hacía con él era parte de su ilusión. De hecho Miller sabía que ella tenía novio, pero se volvió tan suspicaz que Venus evitó hacer mención alguna de sus amigos de aquella época. Para Miller escribir a su diosa era una forma de poseerla, una forma de tenerla cerca, de saberla suya: "Escribirte cartas es una forma de sujetarte entre mis brazos y acariciarte". Miller le escribe en una ocasión preguntándole si quizá sus cartas eran demasiado personales, demasiado vulgares, demasiado íntimas: "Siempre dices que te gustan. Espero que sea cierto porque vas a recibir muchas más, si vivo lo suficiente". Y vivió lo bastante para escribirle cerca de mil quinientas cartas a lo largo de un lustro durante el cual se fue haciendo más patente su resquebrajamiento físico. Esta correspondencia es el fruto de una profunda pasión, que jamás llegó a mitigarse, de un deseo encendido que no pudo ser apagado. Dada su edad y su precario estado de salud, difícilmente podría haber ocurrido otra cosa. En octubre de 1976 menciona sus recientes ataques de angina de pecho:

¿Sigues pensando en mí de una manera corporal? ¿Me deseas? Yo ciertamente te deseo a ti, de forma pura, si es que no te suena incongruente. Quiero decir que cuando pienso en tu cuerpo y en tu sexo lo hago tan limpiamente como si pensase en el intrincado funcionamiento de tu mente. Suena raro, ¿no te parece? No me estoy poniendo pío o puritano. Amo tu coño, tus tetas, tus muslos, tu culo como cualquier viejo libertino. Sólo que los amo más ardientemente, me parece. Por otra parte, durante mis recientes ataques de angina de pecho tuve el inquietante presentimiento de que si tú algún día me concedieses realmente tus favores podría morir en tus brazos. "¿Qué mejor forma de morir?", podrías decir. ¡Cierto! Sólo que no deseo morir todavía. No quiero perderte. ¿Se te ocurre alguna forma de que podamos disfrutar juntos sin el riesgo fatal? ¿Me sigues? ¿Crees que estoy loco? [...]

Debo dejarte ahora. El día se ha terminado. Me siento algo débil pero al mismo tiempo caliente, ¿puedes entenderlo? Quizás es que nací caliente, siendo un Capricornio con Venus en su nacimiento y Marte y la Luna en tu jodido Escorpio. Pero basta digo.

Después de despedirse y firmar Miller escribe, a modo de posdata, una serie de asteriscos: *********** y explica: "(Estos son polvos imaginarios)".

A medida que se va afianzando la relación Miller comienza manifestar sus celos y su sentimiento posesivo hacia Brenda. Creía que todo el mundo se enamoraba de ella, porque estaba seguro de que todos la miraban con sus mismos ojos. A propósito de estas explosiones de celos Brenda afirma que unas veces era divertido y encantador, pero que otras resultaba difícil entenderle. Miller obsesionado como está con Brenda sueña a menudo con ella: son sueños vívidos, eróticos y él los describe con gran emoción. Esta carta, donde se palpa la excitación y se bebe el deseo, quizá como en ninguna otra, la escribió en agosto de 1978:

Estábamos dormidos, o medio dormidos o haciéndonos los dormidos, es difícil decirlo. Recuerdo haber abierto los ojos de cuando en cuando para mirarte y siempre parecías beatíficamente dormida, pero yo sabía instintivamente que no lo estabas. Hacías como que dormías para que yo pudiera continuar con mis depredaciones. Llevabas un vestido negro muy fino y absolutamente nada debajo. Parecías tan bella e inocente como en esas primeras fotos que me enviaste, aquellos retratos. Yo tenía un brazo debajo de ti y como tu traje se había levantado mi mano quedaba aprisionada por tus nalgas desnudas. No hacías el menor movimiento para apartarla.

Durante un tiempo que creí eterno pareció como si mi otra mano fuese muy lentamente, muy delicada y discretamente maniobrando para tocarte el sexo. Apenas me movía; tan sólo lo suficiente para llegar hasta alcanzar una mata de pelo tan espesa como un sporran escocés. En el corazón de esa jungla, naturalmente, se encontraba tu raja, que yo quería alcanzar.

Insistí en la lentitud de la maniobra porque eso era lo que hacía tan deliciosa la situación. A ratos parecía como si fuese a despertarme diciendo: "Es increíble, debo de estar soñando", y volvía más profundamente al sueño y cada vez más cerca de esa hendidura que mi dedo buscaba. [...]

Mientras tanto al juguetear, la sensación de osar tocarte aumentaba mi emoción y mi deseo de tomarte, en ese estado como de ensueño.

Entonces llegó el momento crucial en que mi dedo separó los labios y los abrió. Para entonces estaba totalmente fuera de mí. No te habías movido ni una pulgada, seguías con los ojos cerrados, tu expresión serena o angelical, pero yo sentía tu coño, con tres de mis dedos ya. Estaba extremadamente húmedo, suave como el terciopelo y aunque tu cuerpo continuaba inmóvil, tu coño se mostraba vivo, activo y seductor. Recuerdo que realmente me desperté y que volví a sumergirme deliberadamente en el sueño diciéndome: "¡Aprovéchalo al máximo!"

De repente mi miembro, que mientras tanto debía estar dormitando como una serpiente, se puso tieso y al mismo tiempo me hizo daño, debido a que la erección se produjo de golpe. Entonces vino lo más emocionante de todo. Debía atreverme a insertar mi orgullo, pese a que eso te devolviera definitivamente los sentidos. Empecé permitiéndome a mí mismo únicamente en el vestíbulo. Entonces, como no hacías movimiento alguno, decidí sumergirme, y me sumergí. Ahora tu cuerpo reaccionó. Arqueaste la espalda como para permitir la entrada completa y casi imperceptiblemente empezaste a moverte hacia atrás y adelante con el auténtico ritmo del coito.

Justo cuando me iba a correr fuimos despertados por nuestros amigos que acababan de descubrirnos y nos dijeron que era tarde y todo el mundo se iba.

Recuerdo cómo te desasiste con una mirada y un beso muy dulce, diciendo como sin aliento: “Mal, muy mal. Justo cuando todo iba tan bien”. Tus palabras me asombraron. ¿Cómo? ¿Mi Brenda hablando así? ¡Así que le gusta follar! Así que mi querida Brenda, este es el meollo del asunto. Espero que disfrutes tanto leyéndolo como yo disfruté soñándolo.

Este sueño es enormemente significativo y nos ofrece un completo y conmovedor retrato de Miller y de su más ferviente deseo a las puertas de la muerte. Pero, además de su obsesión por el sexo propiciada en cierta medida por su absoluta incapacidad para llevarlo a cabo, debido a su delicado estado de salud (ya entonces Henry Miller iba en silla de ruedas, estaba prácticamente ciego y había sido sometido a varias y peligrosas operaciones), Miller era un hombre vitalista, optimista, cuya creatividad y curiosidad nunca se debilitaron. Tal y como lo recuerda Brenda Venus: “Ver a ese hombre frágil, casi ciego, tanteando en su mesa de ping-pong, creando una espontánea acuarela, para luego echarse la siesta como un bebé, luego levantándose a contestar incansablemente el correo, descendiendo la rampa en su silla de ruedas camino del cuarto de baño y luego regresando a su mesa para escribir, leer o releer libros viejos y nuevos... esa fue su mejor lección".

En una carta, fechada en mayo del 79, Miller parece conformarse con el tacto y, probablemente, a esto es a lo más que llegaron. Aunque no hay ningún dato que lo confirme, tal vez Venus se dejara acariciar alguna vez sus exuberantes pechos, sus delicados muslos, su perfil de diosa:

> Sabes a pesar de todas las cartas tremendas que te escribo, cuando me levanto y pienso en ti nunca tengo esos pensamientos. Bueno, sí, me gustaría tocarte, pero eso es todo. Eres demasiado bella y sagrada para ser profanada. ¡Imagina al autor de *Trópico de Cáncer* diciendo esto! ¡Oh, hum! ¡Vaya, vaya!

En su última carta, dictada a su secretario, el 29 de septiembre de 1980, Miller bendice a esta mujer a la que amó hasta la muerte:

> Caigo de rodillas y rezo por ti, te bendigo con la poca santidad que hay en mí. Viaja feliz, mi queridísima Brenda y no lamentes nunca este romance a mitad de tu joven vida. Los dos hemos sido bendecidos. No somos de este mundo. Somos las estrellas y el universo de más allá.
>
> Larga vida a Brenda Venus. ¡Dios le conceda dicha, plenitud y amor eterno!

Miller se enamoró de muchas mujeres a lo largo de su vida: June, Betty, Anaïs... Cuando conoció a Brenda Venus acababa de salir de su última y desgraciada experiencia matrimonial con la pianista japonesa Hoki. Sin embargo, Venus consiguió congraciarle con el mundo y le inspiró los más exuberantes sentimientos en el umbral de la muerte.

En esta ocasión el género epistolar sirve para poner en marcha todas las fantasías de este escritor iconoclasta que consideraba el sexo como una de las más altas formas de arte y espiritualidad que nunca hayan existido: Miller hace el amor, vive la pasión, se recrea y la representa en cada una de sus cartas. A Henry Miller siempre le había interesado e intrigado el sexo y había acumulado una vasta información anecdótica sobre el tema. En sus cartas trata de educar a Brenda en las grandes filosofías universales del sexo y a lo largo de su relación le regaló infinidad de exóticas postales japonesas y libros sobre posturas del yoga Tantra, que según él era la unión sexual suprema entre dos seres humanos. A cambio de esta entrega Miller recibió el amor y la compañía de una joven actriz sureña que le escribía "tan profundas y conmovedoras reflexiones" que le hacía sentirse feliz y confuso como "un adolescente" y que le permitió vivir su última historia de amor.

Brenda Miller en la actualidad tiene una página en Internet donde se la puede apreciar en toda su plenitud sexual. Además de dar conferencias por toda Norteamérica, escribe libros sobre cómo conquistar a los hombres y sobre cuáles son los mejores "trucos" para obtener el máximo placer del cuerpo. Qué duda cabe que esta mujer autoproclamada la *Musa de Miller* ha sabido sacar provecho e inspirarse en la sabiduría sexual de su mentor y adorador Henry Miller.

Biografías

Emilia Pardo Bazán nació en La Coruña el 16 de septiembre de 1851. Fue profesora de Literatura Románica en la Universidad de Madrid, ciudad en la que vivía desde 1862. Empezó su carrera literaria bajo la influencia del naturalismo de Zola y enseguida destacó por sus novelas de ambiente rural gallego. Pronto alcanzó el éxito con su polémico ensayo *La cuestión palpitante* (1883). Entre sus obras destacan *Los Pazos de Ulloa* (1886), *La Madre Naturaleza*, (1887) e *Insolación* (1889). Murió en Madrid, el 12 de mayo de 1921.

Benito Pérez Galdós nació en Las Palmas de Gran Canaria el 10 de mayo de 1843, en el seno de una familia de clase media. En 1862 se estableció en Madrid para estudiar Derecho, profesión que abandonó para dedicarse al periodismo. Galdós es considerado como uno de los mejores novelistas desde Cervantes por el magistral retrato que hace en sus obras de la sociedad española del siglo XIX. Entre sus novelas destacan títulos como *La Fontana de Oro* (1870), *Doña Perfecta* (1876), *La desheredada* (1881), *Fortunata y Jacinta* (1886-1887), *Nazarín* (1875), *Misericordia* (1897) y la serie de los *Episodios Nacionales* (1873-1912). Además de novelista, también destacó como dramaturgo. Murió en Madrid el 4 de junio de 1920.

El poeta y dramaturgo irlandés **Oscar Wilde** nació en Dublín el 16 de octubre de 1854. Su madre, además de escritora, era la anfitriona de un salón literario, por lo que podría decirse que el poeta creció en el mundo de las letras. Wilde estudió en el Trinity College (Dublín 1871-1874) y en el Magdalen College (Oxford 1874-1878), donde se distinguió como un alumno culto e ingenioso. En 1882 viajó a Estados Unidos y Canadá para dar conferencias sobre estética. Wilde contrajo matrimonio en 1884 con Constance Lloyd, con la que tuvo dos hijos. Fue crítico del *Pall Mall Gazette* y editor de *Woman's World* (1887-1889). En 1895 fue encarcelado y condenado a dos años de trabajos forzados tras perder el juicio contra el marqués de Queensberry, padre de su íntimo amigo Lord Alfred Douglas, quien le acusó de homosexualidad. En 1898 escribió *La balada de la cárcel de Reading*, obra que refleja su vivencia en la cárcel. En su producción literaria, destacan títulos como *El retrato de Dorian Gray* (1890), *El abanico de Lady Windermere* (1893) y *Salomé* (1893). Murió el 30 de noviembre de 1900.

Lord Alfred Douglas, hijo del marqués de Queensberry, uno de los aristócratas de mayor abolengo del Reino Unido, nació el 22 de octubre de 1870. En 1889 ingresó en el Magdalen College (Oxford) y dos años más tarde conoció a Oscar Wilde a través de un amigo común. Mantuvieron una tormentosa relación que desembocó en el famoso proceso al que Wilde fue sometido en 1895. En 1902, ya muerto el poeta, Douglas contrajo matrimonio con Olive Costance con la que tuvo a su único hijo; la pareja se separó en 1913. Editor de *La Academia*, entre sus obras literarias destaca *El poeta muerto* (1901). Murió el 20 de marzo de 1945.

James Joyce nació en Dublín (Irlanda) el 2 de febrero de 1882. En 1902, después de su graduación en el University College de Dublín, se instaló en París para ingresar en la

Escuela de Medicina, aunque pronto abandonó esta idea para dedicarse a escribir poemas y prosa. Aunque los temas irlandeses están presentes en toda su obra, sólo volvió a su país durante breves estancias, residiendo a partir de entonces en diferentes ciudades europeas (París, Roma, Trieste y Zúrich). En el verano de 1904 conoció a Nora Barnacle, con la que se casó y con la que tuvo dos hijos. Su obra narrativa supuso una profunda renovación de la técnica novelística del siglo XX. Entre sus libros, destacan *Dublineses* (1914), *Retrato del artista adolescente* (1916), *Desterrados* (1918), *Ulises* (1922) y *Finnegan's Wake* (1939). Murió en Zúrich el 13 de enero de 1941.

Nora Barnacle nació en Galway (Irlanda) en 1884 en el seno de una familia humilde. En 1904 abandonó su ciudad natal para irse a Dublín a trabajar como sirvienta en el Hotel Finn. Caminando por la calle Nassau el 10 de junio de 1904 conoció a James Joyce. Desafiando las convenciones huyó con él al continente y vivió a su lado en Trieste, París y Zúrich hasta la muerte del novelista, en 1941. Ella murió en 1951.

Edith Newbold Wharton nació el 24 de enero de 1862 en Nueva York (Estados Unidos) en el seno de una de las mejores familias de la ciudad. Recibió una esmerada educación mientras viajaba con sus padres por varios países europeos. Cuando tenía veintitrés años contrajo matrimonio con Edward Robbins Wharton, trece años mayor que ella. En 1904 conoció a Henry James con el que entabló una buena amistad. Sus obras alcanzaron enseguida tanto el aplauso de la crítica como el favor del público, entre las más conocidas, se citan *Ethan Frome* (1902), *La casa de la alegría* (1905) y, sobre todo, *La edad de la inocencia* (1920), con la que ganó el Premio Pulitzer. Murió en Saint-Brice-sous-Forêt (Francia) el 11 de agosto de 1937.

Morton Fullerton nació en Connecticut (Estados Unidos) en 1865. Con veintiún años se graduó en la Universidad de Harvard. Se estableció en Europa donde ejerció como corresponsal del *Times* de Londres en París. Perteneció al círculo de Henry James, Oscar Wilde y Theodore Roosvelt. En 1907 conoció a Edith Wharton a quien ayudó a publicar en Francia su novela *La casa de la alegría* y con la que mantuvo una relación amorosa. Murió en París en 1952.

Miguel de Unamuno nació en Bilbao el 29 de septiembre de 1864. Estudió filosofía en la Universidad de Madrid y en 1981 accedió a la cátedra de griego en la Universidad de Salamanca. En 1924, debido a su oposición a la dictadura del general Primo de Rivera, fue desterrado a Fuerteventura desde donde huyó a Francia. Volvió a España en 1930 y, tras la proclamación de la segunda república, fue nombrado rector de la Universidad de Salamanca. Fue ensayista, novelista, poeta, autor de algunas piezas de teatro y de numerosos artículos periodísticos. Algunas de sus novelas que merecen ser recordadas son *San Manuel Bueno, mártir* (1933), *Niebla* (1920) y *Abel Sánchez: una historia de pasión* (1917); entre sus obras poéticas destaca *El Cristo de Velázquez* (1920); de sus ensayos cabe citar *En torno al casticismo* (1895) y *Del sentimiento trágico de la vida* (1913). Murió el 31 de diciembre de 1936 de un ataque al corazón.

Delfina Molina nació en Buenos Aires (Argentina) en marzo de 1879. Estudió química y en 1907 comenzó a trabajar como profesora. Se casó con un catedrático de lengua y literatura españolas con el que tuvo tres hijos. Tras cartearse con Unamuno varios años, en 1924 le conoció en Fuerteventura. Se encontraron dos veces más, una en París y otra en Hendaya. Murió en 1962.

Vita Sackville-West nació en Kent (Reino Unido) el 9 de marzo de 1892. Era la hija del barón de Sackville y nieta de Pepita, una bailarina española, cuya historia relata en *Pepita* (1937). Se casó en 1912 con el diplomático y autor Harold Nicholson, con el que tuvo dos hijos. Novelista y poeta, retrató en sus obras la sociedad del condado de Kent, donde vivió la mayor parte de su vida. En 1926 publicó *La tierra*, a la que siguieron *Los eduardianos* (1930) y *Toda pasión acabada* (1931), entre otras. Escribió también *Poemas del este y del oeste* (1918), varias biografías y manuales de jardinería. Murió el 2 de junio de 1962.

Violet Trefusis nació en Londres (Reino Unido) en 1894. En 1904 conoció a Vita Sackville-West y desde el primer momento surgió entre ellas una atracción; sin embargo, la educación recibida, la familia y la sociedad las incapacitaban para asumir que entre ellas había algo más que una amistad. En 1918 iniciaron su tormentosa relación que duraría tres años. En 1921 ambas perdieron el contacto y hasta 1940, a raíz de la Segunda Guerra Mundial, no lo recuperaron. Violet vivió exiliada muchos años en Francia e Italia, y estuvo siempre en contacto con los círculos sociales y literarios de la época. Murió en 1972.

Gilles Lytton Strachey nació en Londres (Reino Unido) el 1 de marzo de 1880. En 1899 ingresó en el Trinity College (Cambridge). Fue miembro del Grupo de Bloomsbury junto con G. E. Moore, John Maynard Keynes, E. M. Forster, Virginia y Leonard Woolf y Clive Bell. Desde 1904 hasta 1914 trabajó como crítico literario y de teatro. Alcanzó la fama con varias biografías entre las que destacan *Victorianos eminentes* (1918), *La reina Victoria* (1921), *Isabel y Essex* (1928) y *Retrato en miniatura* (1931). En 1917 compró una casa cerca de Hungerford, que durante dieciséis años fue punto de reunión entre Dora Carrington, Ralph Partridge y su amante Frances Marshall. Murió en Berkshire (Inglaterra) el 21 de enero de 1932.

Dora Carrington nació en 1893. Su primer contacto con la pintura fue en un colegio femenino al que la enviaron sus padres. En 1910 ingresó en la School of Art de Londres, donde estuvo cuatro años y obtuvo numerosos premios y reconocimientos. En 1914 un amigo artista, Mark Gertler, le presentó a Lady Ottoline Morrell, conocida mecenas quien la introdujo en el Grupo de Bloomsbury. Conoció entonces a Lytton Strachey, homosexual reconocido del que se enamoró rendidamente. Será precisamente este amor el que la lleve al suicidio en 1932, poco tiempo después de la muerte de Strachey.

Francis Scott Fitzgerald nació en Saint Paul (Minnesota, Estados Unidos) el 24 de septiembre de 1896. Representante de la "generación perdida", retrató los ambientes de las clases acomodadas norteamericanas en el periodo de entreguerras con un estilo conciso y un espléndido lenguaje. En 1918 conoció a Zelda Sayre, con la que se casó en 1919. Entre sus obras destacan *A este lado del paraíso* (1920), *El Gran Gatsby* (1923) y *Suave es la noche* (1934). Murió el 21 de diciembre de 1940 de un ataque al corazón.

Zelda Fitzgerald nació en Alabama (Estados Unidos) en 1900. Además de por su vocación literaria, destacó en el campo de la pintura. Fue una defensora de las libertades de las mujeres. Influyó mucho en los escritos de su marido. En 1930 se le diagnosticó una enfermedad nerviosa y fue internada en un sanatorio mental. En 1932 escribió su primera novela, *Resérvame un vals.* Entre sus trabajos destacan once historias cortas y algunos artículos periodísticos. Hubiera gozado de más reconocimiento y prestigio si su nombre no hubiera estado a la sombra del de su marido, Francis Scott Fitzgerald. Murió en un sanatorio mental en 1948.

El genial escritor checo en lengua alemana **Frank Kafka** nació en Praga el 3 de julio de 1883. En 1906 recibió el título de Doctor en Derecho y a partir de entonces llevó una oscura existencia, desempeñando diversos trabajos burocráticos hasta que enfermó gravemente de tuberculosis, dolencia que acabaría por causarle la muerte en 1924. Publicó su primer libro, unos fragmentos líricos de su Diario, en 1913. Sus obras, que en su mayoría permanecieron inéditas hasta después de su fallecimiento, describen un universo angustioso y opresivo en el que el individuo se halla solo e impotente ante la burocracia, la justicia y el poder. Entre sus novelas destacan *La metamorfosis* (1915), *El proceso* (1925) y *El castillo* (1926).

Milena Jesenská nació en 1896. Desafiante por naturaleza, solía posar desnuda para jóvenes artistas durante su adolescencia y enseguida empezó a frecuentar los círculos literarios de Viena y Praga. Escandalizó a su familia católica al casarse con el escritor judío Ernst Pollack. En 1919 comenzó su larga correspondencia con Kafka. Murió en 1944 en el campo de concentración de Ravensbruck, víctima del holocausto.

Paul Eluard nació en Saint-Denis (Francia) en 1895 en el seno de una familia de clase media. Con dieciséis años enfermó de tuberculosis y fue internado en un sanatorio suizo donde empezó a interesarse por la literatura. En 1917 apareció su primer volumen de poesía, *El deber y la inquietud*. Eluard estuvo vinculado al dadaísmo y más tarde fue uno de los creadores del surrealismo. Con el tiempo, su obra evolucionó hacia una poesía más preocupada por la realidad social. Entre sus títulos, destacan *Capital del dolor* (1924), *El deber* (1916), *Oda a Salvador Dalí* (1938), *Libertad* (1944) y *En abril de 1944: París respiró de nuevo* (1945). Murió, a causa de una deficiencia coronaria, en Charenton-le-Pont el 18 de noviembre de 1952.

Rusa de nacimiento, el verdadero nombre de **Gala** era Helena Dimitrievna Diakonava. El apodo con que se la conoce se lo puso el poeta Paul Eluard, al que conoció cuando ambos estaban en un sanatorio para tuberculosos y con el que se casó. Su matrimonio era ajeno a las convenciones y ambos sabían de las infidelidades del otro. En 1929 el pintor Dalí invitó a la pareja a su casa de Cadaqués; pronto se enamoró profundamente de Gala que, aunque en principio regresó a París con su marido, enseguida volvió junto al pintor para no separarse nunca de él. Sin embargo, fue capaz de conservar la amistad con Eluard, que siguió obsesionado con ella. Gala murió en 1982.

Jean-Paul Sartre nació en París en 1905. Estudió en la Ècole Normale Supèrieure y más tarde en Berlín, donde recibió influencia de Husserl y Heidegger. A partir de 1945 dejó la enseñanza y se consagró al mundo de la literatura. Dentro de su pensamiento filosófico se distinguen dos etapas: la primera, existencialista y, la segunda, caracterizada por su interés en la filosofía marxista. En 1945 fundó la revista *Les Temps Modernes*. Simpatizante del Partido Comunista Francés, evolucionó hacia la extrema izquierda a partir de la revolución de mayo de 1968. Algunas de sus obras son *Las moscas* (1943), *El ser y la nada* (1943), *La náusea* (1938) y *Baudelaire* (1964). Murió en 1980.

Simone de Beauvoir nació en París el 9 de enero de 1908. Estudió Filosofía en la Sorbona y a los veintiún años conoció a Sartre: compartió e impulsó sus ideas filosóficas existencialistas y fundó con él la revista *Les Temps Modernes*. Defensora del feminismo, empezó escribiendo ensayo y novela, pero luego se centró en la redacción de sus memorias. Entre sus obras destacan *La invitada* (1943), *Todos los hombres son mortales* (1947), *El segundo sexo* (1949), *Los mandarines* (1954) y *La fuerza de la edad* (1960). Murió en París en 1986.

Paul Bowles nació en Nueva York en diciembre de 1910. Estudió con el músico Aaron Copland, compuso varias piezas orquestales y música para las obras de su amigo, el dramaturgo Tennessee Williams. En Nueva York conoció y se casó con Jane Auer, con la que viajó al norte de África en 1947. Inspirado por la carrera literaria de su esposa, Paul escribió *El cielo protector*, obra publicada en 1949 y llevada al cine en 1990. Entre sus novelas destacan *Déjala que caiga* (1952) y *La casa de la araña* (1955); también publicó colecciones de historias cortas, una autobiografía y libros de viaje y poesía. Murió de un ataque al corazón el 18 de noviembre de 1999 en un hospital de Tánger.

Jane Auer Bowles nació en Nueva York el 22 de febrero de 1917, en el seno de una familia judía de clase media. Empezó a escribir cuando tenía quince años y a los veinticinco escribió su primera novela, *Dos damas muy serias*. Se casó con Paul Bowles en 1938, viajaron por varios países hasta que en 1947 se asentaron en Tánger. También escribió varias historias cortas y en 1966 la que sería su última novela, *Placeres sencillos*. Con cuarenta años, Jane sufrió una hemorragia cerebral que le impidió leer y escribir con normalidad. En 1969 se trasladó a Málaga donde murió el 4 de mayo de 1973.

Henry Miller nació en Nueva York el 26 de diciembre de 1891 y pasó toda su infancia en el barrio neoyorquino de Brooklyn. En 1924 abandonó su trabajo en la Western Union en Nueva York para dedicarse totalmente a la escritura. En 1930 se trasladó a Francia donde vivió varios años. Miller fue ante todo un escritor y un perenne bohemio cuyas novelas autobiográficas, bastante explícitas en el terreno sexual, aportaron una profunda influencia liberalizadora sobre la literatura de la segunda mitad del siglo XX. Sus obras de mayor éxito son *Trópico de Cáncer* (1934) y *Trópico de Ca-*

pricornio (1961). Murió el 7 de junio de 1980 en California (Estados Unidos).

Brenda Venus nació en Mississippi y muy joven se trasladó a Los Ángeles. En 1976, siendo una aspirante actriz de cine, conoció a Henry Miller, que tenía ochenta y cuatro años. Su relación duró hasta la muerte del escritor en 1980. En la actualidad mantiene una página web en Internet y tiene previsto publicar su correspondencia con el famoso escritor.

Bibliografía

PARDO BAZAN, Emilia, *Cartas a Galdós,* Turner, Madrid, 1978.

WILDE, Oscar, *Cartas a Lord Alfred Douglas* [Trad. Luis Antonio de Villena], Tusquets, Barcelona, 1987.

JOYCE, James, *Cartas escogidas* Vol. 1 y 2 [Trad. Carlos Manzano] Lumen, Barcelona, 1982.

WHARTON, Edith, *Cartas a Morton Fullerton* [Trad. Ester Gómez], Grijalbo, Barcelona, 1993.

PINILLOS IGLESIAS, María de las Nieves , *Delfina. La enamorada de Unamuno*, Laberinto, Madrid 1999.

TREFUSIS, Violet, *Cartas de amor a Vita* [Trad. María José Rodellar], Grijalbo, Barcelona 1990.

NICOLSON, Nigel, *Retrato de un matrimonio* [Trad. Óscar Luis Molina], Grijalbo, 1989.

HOLROYD, Michael, *Carrington* [Trad. Miguel Martínez Lage], Ediciones B, Barcelona, 1995.

FITZGERALD, Scott y Zelda, *Cartas de amor y guerra (1919-1940)* [Trad. Ángela Pérez], Grijalbo, Barcelona, 1994.

KAFKA, Franz, *Cartas a Milena* [Trad. J. R. Wilcock], Alianza Bolsillo, Madrid, 1995.

ELUARD, Paul, *Cartas a Gala* [Trad. Manuel Sáenz de Heredia], Tusquets, Barcelona, 1986.

DE BEAUVOIR, Simone, *Cartas a Sartre* [Trad. Nuria Pujol], Lumen, Barcelona, 1996.

LAMBLIN, Bianca, *Memorias de una joven informal* [Trad. María Teresa Gallego y María Isabel Reverte], Grijalbo-Mondadori, Barcelona, 1994.

SARTRE, Jean-Paul, *Cartas al Castor* [Trad. Irene Agoff], Edhasa, Barcelona, 1986.

BOWLES, Jane, *Cartas* [Trad. José Manuel Pomares], Grijalbo, Barcelona, 1991.

BOWLES, Paul, *En contacto. Cartas de Paul Bowles* [Trad. Pilar Giralt Torina], Seix Barral, Barcelona, 1994.

MILLER, Henry, *Querida Brenda* [Trad. Javier Fernández de Castro], Seix Barral, Barcelona, 1986.

WASHINGTON, Peter [selección y edición], *Love Letters*, Everyman's Library Pocket Poets, Nueva York, 1996.

Agradecimientos

Un día de diciembre de 1999 en una comida con mi amigo, el escritor y editor, Adolfo García Ortega, hablamos de la correspondencia íntima entre célebres personajes de la historia. Yo acababa de leer la novela *Posesión* de Antonia S. Byatt, cuyo argumento gira en torno a una pareja de estudiosos que indagan en el pasado de un excelso poeta y descubren, precisamente a través de sus cartas, una encendida relación adúltera. Aquel día de diciembre seguía imbuida de la atmósfera misteriosa y secreta del libro donde gracias a la aparición de unas cartas se reescribe la historia.

Terminada la conversación la idea de emprender un ensayo sobre este tema se había materializado: este es el resultado.

El trabajo de documentación pude llevarlo a cabo gracias a la estimable ayuda de dos buenos amigos, Manuel Hidalgo y Javier García Sánchez, escritores y bibliófilos, quienes me prestaron algunos de los epistolarios —muchos de ellos hoy descatalogados— en los que me he basado para realizar el ensayo.

Este libro
se terminó de imprimir
en Anzos, S. L. Fuenlabrada (Madrid),
en el mes de octubre de 2000.

Otros títulos publicados por Aguilar:

Luchas y transiciones, Manuel Azcárate. 216 páginas.
Memorias del líder histórico del PCE que comienzan con su exilio a la antigua URSS tras la guerra civil, la marcha a Francia, su llegada a España, una vez inaugurada la democracia, y su expulsión del partido.

La tercera vía, Tony Blair. 144 páginas.
El adalid europeo de la renovación progresista explica en su ideario político las nuevas respuestas económicas y sociales necesarias para afrontar los cambios producidos en este final de siglo.

La diáspora vasca, José María Calleja. 408 páginas.
¿Está en peligro la convivencia entre los vascos? ¿Corre el País Vasco riesgo de sufrir una fractura social? A partir de estas cuestiones tan cruciales en la España de hoy, Calleja analiza el exilio que padecieron quienes se vieron forzados a abandonar el País Vasco, por la intransigencia y las amenazas del terrorismo de ETA.

Ultreia, Luis Carandell. 174 páginas.
La narración del viaje nos lleva a descubrir los misterios que rodean el Camino de Santiago en su recorrido español. El arte y la arquitectura, las historias y leyendas...

El peso de la fama, Juan Cruz Ruiz. 410 páginas.
Veinte personajes de muy diferente procedencia profesional son requeridos para que cuenten su experiencia con respecto a la fama. ¿Cómo les afecta la popularidad? ¿Cuál es su relación con los medios de comunicación? ¿Qué actitud tienen frente a la celebridad?

EL CAMINO DE VUELTA, María Ángeles Escrivá. 416 páginas.
Historia de la reinserción de los presos de ETA desde dos puntos de vista: qué sucede dentro del Gobierno cuando la aplican y qué se gesta dentro de ETA cuando alguno de sus miembros se acoge a estas medidas.

ESTUPIDIARIO, ANTOLOGÍA DEL DISPARATE RADIOFÓNICO, Ramón Gabilondo, Luis del Val, Gorka Zumeta. 264 páginas.
Un repaso a la historia de la radio española y a sus principales protagonistas a través de los gazapos y las anécdotas más divertidas y curiosas.

MEMORIAS DE SOBREMESA, Ángel S. Harguindey, Rafael Azcona y Manuel Vicent. 256 páginas.
Azcona y Vicent son requeridos a preguntas de Harguindey para ir desgranando la realidad política, social y cultural de la España de los últimos cuarenta años.

EL REFUGIO, Eduardo Haro Tecglen. 290 páginas.
Tercera parte de las memorias (tras El niño republicano *e* Hijo del siglo*) de uno de los mejores testigos de la historia de España de los últimos sesenta años. Una referencia básica para entender la historia, la sociedad, la cultura y la política de nuestro país, desde una visión humanista que solamente un periodista de la talla de Haro Tecglen podía aportar.*

¿QUÉ QUEREMOS LAS MUJERES?, Erica Jong. 296 páginas.
Algunas de las cuestiones que más preocupan a los hombres y mujeres del final de milenio son respondidas con constantes guiños de humor por esta novelista, poeta y ensayista, utilizando habituales referencias a escritores contemporáneos de primera magnitud: Nabokov, Anaïs Nin, Henry Miller, etcétera.

YO TE DIRÉ..., Manuel Leguineche. 488 páginas.
Esta obra recoge sobre el terreno, con impresiones vivas y fuentes nuevas, la experiencia de la guerra de Filipinas, contada por quien recorrió el escenario de la trágica batalla.

YO PONDRÉ LA GUERRA, Manuel Leguineche. 312 páginas.
El conflicto de la guerra de Cuba entre Estados Unidos y España en 1898, por el que nuestro país perdía su última colonia, a través de quien fue el principal instigador: el magnate norteamericano W. R. Hearst.

EL HÉROE INEXISTENTE, Ramón Lobo. 344 páginas.
Este periodista del diario El País *ha cubierto como reportero numerosos conflictos en países de cuatro continentes (Bosnia, Serbia, Albania-Kosovo, Chechenia,*

Irak, Haití, Ruanda, Zaire-Congo, Guinea Ecuatorial, Nigeria o Sierra Leona). La experiencia profesional y sobre todo humana quedan plasmadas en estas páginas como un impresionante documento histórico.

IÑAKI GABILONDO: CIUDADANO EN GRAN VÍA, Carmelo Martín. 384 páginas.
El locutor de radio más escuchado en España es también un gran desconocido. Este libro recoge parte de esa silenciada biografía así como su trayectoria profesional, paralela a la radio de los últimos treinta años.

PASIONES, Rosa Montero. 240 páginas.
Dieciocho historias que la autora ha elegido y revisado cuidadosamente de la serie que publicó en el diario El País. *Esta obra muestra las pasiones de los más variados personajes de la historia que ayudan a desmitificar el amor.*

AQUÍ UNOS AMIGOS, José Ramón de la Morena. 264 páginas.
El líder de audiencia en la radio deportiva con su programa El Larguero *reúne en un volumen sus recuerdos, su experiencia profesional y las anécdotas que han hecho de él ese gran periodista.*

LAS HERIDAS ABIERTAS, Sami Naïr. 240 páginas.
Los conflictos que afectan al sur y al este del Mediterráneo son analizados en profundidad. Una lúcida recopilación de artículos para hacer del Mediterráneo un lugar de encuentro en el siglo XXI.

LO MAX PLUS, Máximo Pradera. 257 páginas.
El presentador —junto con Fernando Schwartz— del programa de televisión Lo + Plus *responde a las preguntas más habituales que le hacen los televidentes... y aun a otras cuestiones que él considera indispensables en la "guía del buen plusero". Humor y entretenimiento en cada línea.*

VAGABUNDO EN ÁFRICA, Javier Reverte. 496 páginas.
Este incansable viajero nos describe su recorrido desde Ciudad de El Cabo hacia Zimbabwe, las costas del Índico tanzano, el lago Victoria, Ruanda y finalmente se adentra en el río Congo siguiendo los pasos de Conrad en su obra El corazón de las tinieblas.

CORAZÓN DE ULISES, Javier Reverte. 532 páginas.
Un viaje a los orígenes de la cultura mediterránea en busca de la estela que dejó el mítico personaje de Homero: Grecia, Turquía y Egipto. La historia de la civilización occidental y la historia de un viaje conmovedor de uno de los autores de mayor éxito editorial de este género literario.